MAYDAY
*SAFE WAYS
TO ESCAPE
*DON'T FORGET!

HI ! WE ARE MAYDAY
BEST WAY TO READ
MAYDAY
CAUTION!
do not eat
(water-proof package)
STEP 2.
STEP 1.
30cm
music from MAYDAY
STEP 3.

序 — 在那個年代

在那個年代，如果你不能彈上一點More than words，
哼上兩句To be with you的話，就不能算得上吉他瘋了。

1991年的男孩發現了吉他，發現了搖滾樂，發現了自由，
發現了高中聯考後傷痕累累的靈魂裡，音樂與友情賜與的短暫解脫。

永遠是在等待最後一堂課的鐘聲，一天，才算真的開始，
可憐的書包裡總是只躺著活頁夾，上面載滿了密密麻麻的歌詞、和絃、吉他譜，
和一些有關音樂的夢。

當然，也有一些關於未來的夢；幻想著10年後的我們在哪裡，在做什麼，有沒有一首屬於我們的歌。
當然，沒有答案，不過想像是不必花錢的，於是我們抱緊吉他，埋頭苦練。

沒有吉他彈的時候，往往也不會太無聊，
社團裡總會有滔滔不絕的朋友，源源不斷的話題在等你。
有人去打鼓了，狹小的空間熱情的塞滿了各式各樣的聲音。
而噪音和樂音只有一線之隔，我們永遠覺得，那是最動人的音樂。

音樂常常被說成是至高無上的，但是你知道那往往只是藉口，
吉他社裡的傢伙實在太有趣，在這裡你會以為世界真的和平。

今天住你家，明天到我家，無數個嘻笑打鬧的夜晚，聽不完的唱片，來不及參與的搖滾盛世，
在第二天的課堂上的睡夢裡，重新搬演。

一定要搞一個樂團，研究一下哪裡的炸雞最好吃可樂最大杯，店員從來不趕人；
一定要搞一個樂團，實地採訪調查哪一家唱片行全西門町最便宜，有最齊全的貨色，
最後我們一起寫下一首裝滿我們的記憶和祕密的歌，在風大的日子裡大聲的唱：

現在是2001，永遠的2001，跟想像有點距離；
我將他唱在歌裡，曾屬於我們的相信， 希望我們永不忘記……

by 阿信 2001 9 18

index

U2
ALL THAT YOU CAN'T LEAVE BEHIN
AUTOMATIC
SPRINKLER SYSTEM
SUB-CELLAR TO
SECOND FLOOR

硬貨専用
Coin only

キップの買い方法

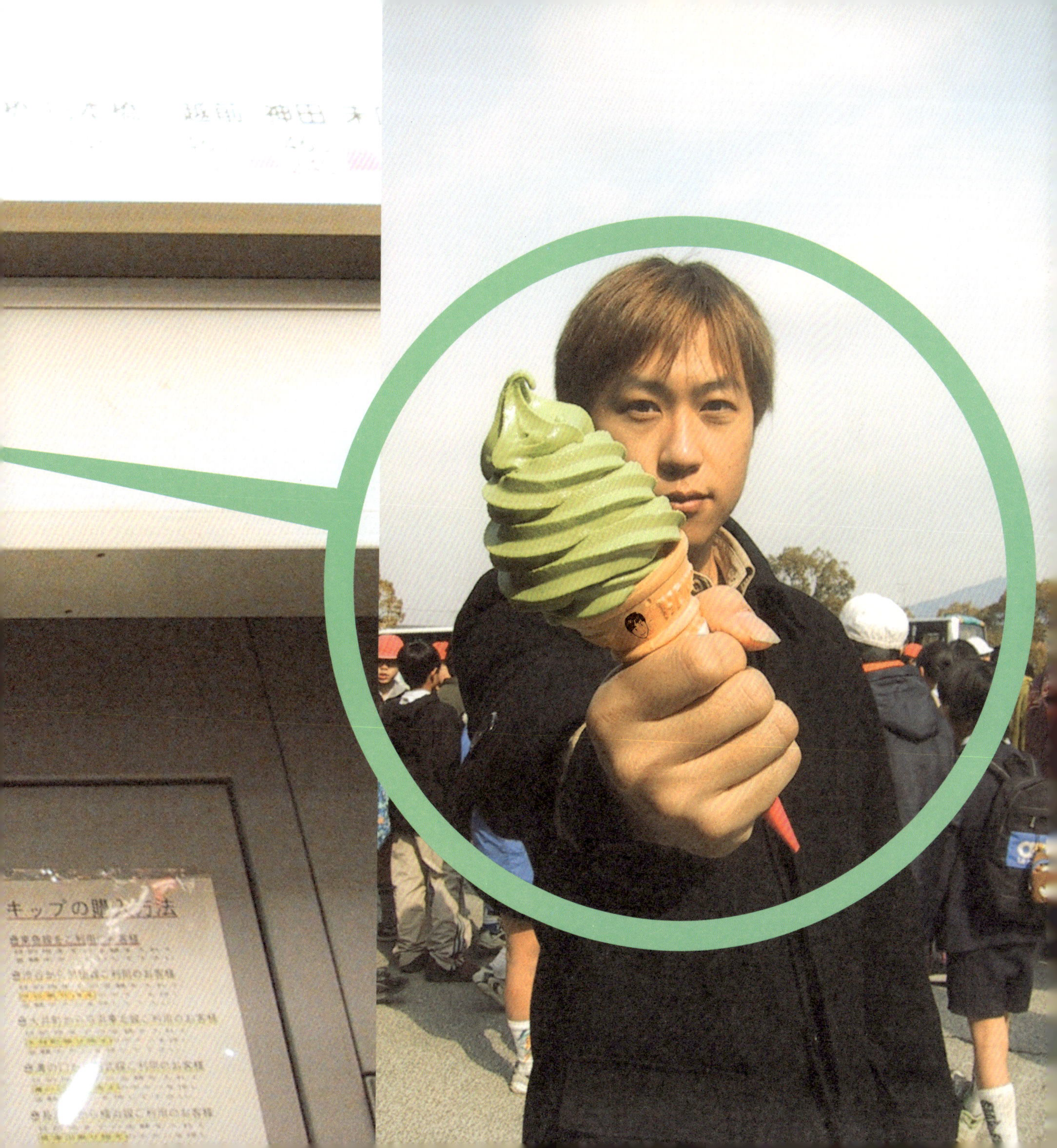

5
21

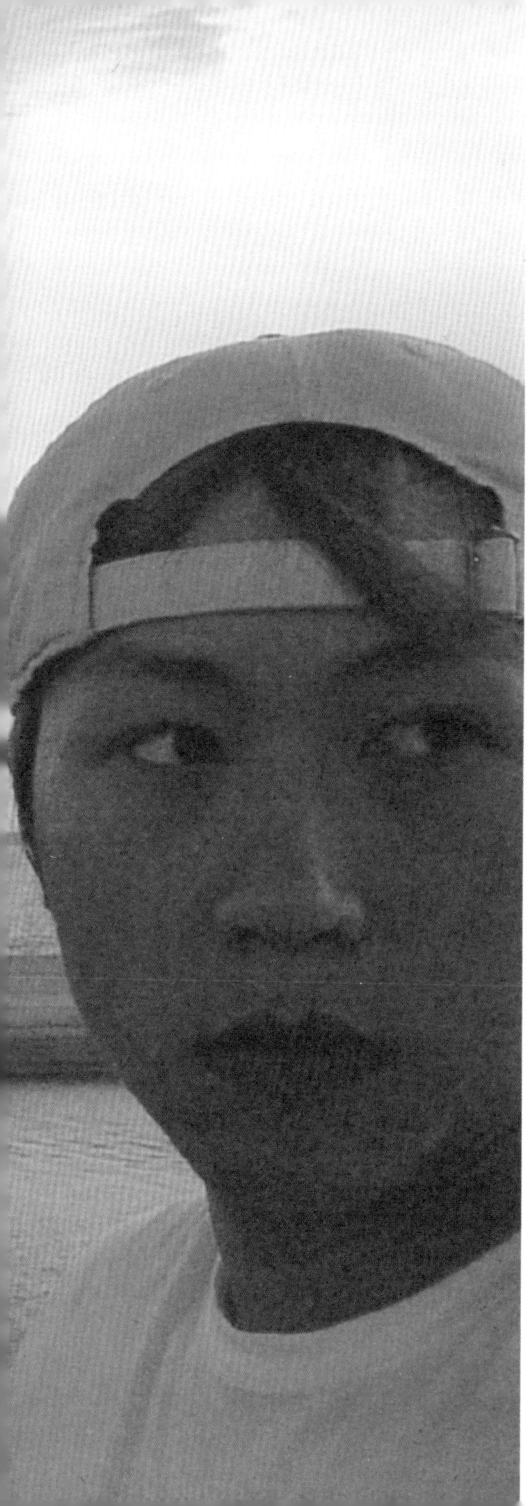

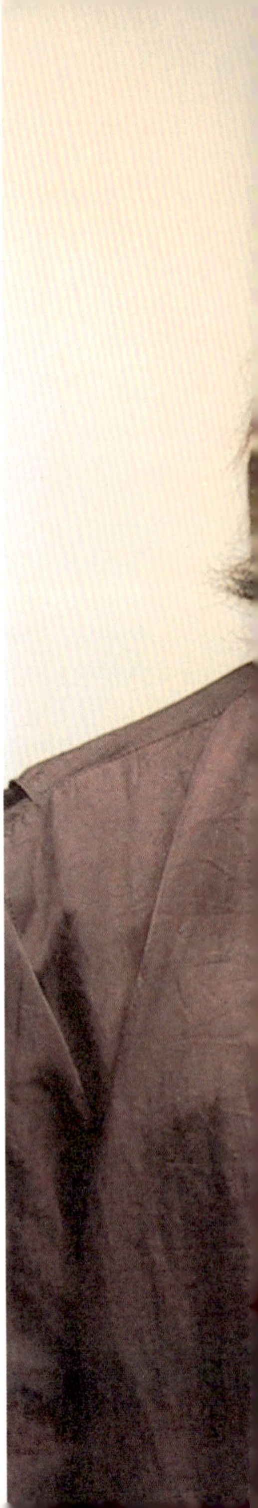

EMERGE

OPEN

* CHAPTER ONE

This is your Captain speaking

五月天の素人自拍

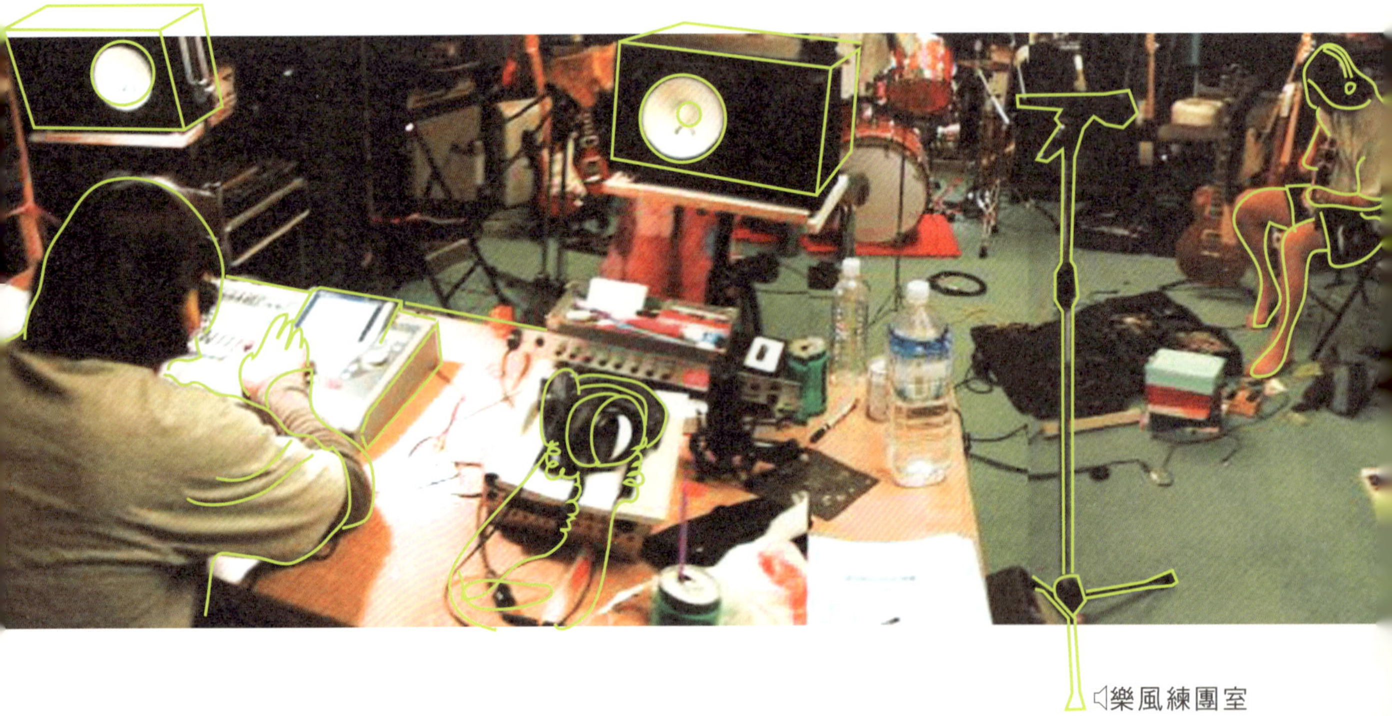

樂風練團室

※ CHAPTER ONE
This is your Captain speaking

「你等很久了嗎？」阿信的一句話把我拉回現實來。

搖滾樂，這裡那裡的。站在我面前的是全台灣最知名樂團的靈魂人物，而他彬彬有禮。他身後不到三公尺，電視機上的Marilyn Manson正用啤酒瓶碎片使勁地在胸前又添上一道新的傷口。三公尺的距離在這時候看起來格外遙遠，中間隔了一道鴻溝；非議、銷售量、主流非主流之爭、商業媚俗與否。至少觀眾的歡呼聲沒有多大差異，熱情是一樣的。

「這裡是我們的練團室。」阿信引領著我走過迴廊，頻頻回頭解釋：「本來是我們鼓手諺明經營的工作室，後來分成兩半，外面那一側分租給其他人用。許多樂團像X-L、強辯、Nipples都會來這裡練團。」

他在練團室門口停下腳步。旁邊架子上堆著好幾罐紙鶴、紙星星，還有滿滿一盒未拆封的信件，都是歌迷送他們的禮物。另一面牆上掛著好幾組歌迷為五月天團員們量身打造的人偶娃娃，戴著眼鏡的是諺明，拿著貝斯的是瑪莎，笑容可掬。阿信順手翻開一紙箱的玩偶，說：「等這個紙箱裝滿以後，我們會把這些玩偶送給育幼院。那裡的人應該比我們更需要這些玩偶吧。」

跟隨在阿信的身後走進了練團室，牆上的吸音棉隔開了有聲跟無聲的世界。首先映入眼瞼的是散落了一地的吉他、長短不一的導線、未闔上的樂器Case，這個地方凌亂的程度像是剛被愛爾蘭革命軍拿著衝鋒槍跟手榴彈突襲過的英國情報局一樣。整個大房間裡唯一顯得整齊的部份就是後方牆壁上釘著的未拆封Beatles造型人偶，跟四周的Beatles海報。

錄音器材旁邊放了一塊與人同高的大白板，上面密密麻麻地寫滿紅、綠、黑三種不同顏色的字體，注明了曲目名稱、時間長短，跟應該增添補充的事項。我不禁好奇：「這是你們新專輯的進度嗎？」

「這其實是我們最近一直在做的電影配樂。《人間四月天》導演的電影作品，叫《候鳥》。」阿信拉開一張椅

?
?
?
BEATLES
MONSTER
busy?
00 : 00 : 00
00 : 00 : 30
00 : 01 : 00

子坐下。「我們去年十二月初的時候接下這個Project。本來十二月底就該要完成了，其間導演有事，我們放了個小年假，又跟奶茶合作，所以直到二月中才全部搞定。零零碎碎加起來我們只花了一個月時間在這張原聲帶上，其實真的很趕。」

說著說著阿信拿起了搖控器，轉開電視螢幕：「我們來看電影吧。」他臉上浮現孩子氣的笑容，像是在沙灘上堆成壯觀的沙堡後迫不及待要呼朋引伴來一同圍觀的頑童，眼中閃耀著期待。

《候鳥》場景一幕幕地轉換，光影交錯。踩著耳邊小鼓輕快的步伐，如同澀谷系般精巧玲瓏的樂聲滴滴答答地轉動。我們有一搭沒一搭地談天說地。聊聊電影，聊聊音樂，聊聊所有自在與不自在的空間。

× × × × ×

地面下五公尺深的距離，一個叫樂風的地方。

在這裡空氣中氧氣的比例永遠被嗆鼻煙味稀釋殆盡。在這裡永遠沒有人知道現在是幾點幾分。就寢前的安眠藥永遠是不怎麼物美價廉的培根蛋餅跟冰奶茶，早餐店還會服務到家地送到電視機前的柔軟沙發。毛毯裡、地毯上永遠睡著什麼人，任你怎麼死命搖都不醒人事，也許他的名字你還叫不出來。那張仍陌生的臉孔可能是你昨天一起拍著肩膀說著笑的某個朋友的朋友，你跟他唯一的共通點是愛上了同一個樂團的同一段Bass旋律。

永遠會在音樂聲中醒來。某個房間裡永遠會有人在彈奏或敲打出一段陌生而嶄新的旋律／節奏，爬近你身邊將你溫柔地搖醒。也許那個彈奏或敲打的人就是石頭或諺明。如果有任何人嘗試離開樂風，走完往上攀升四十五度的階梯，天色總已泛白。從不例外。

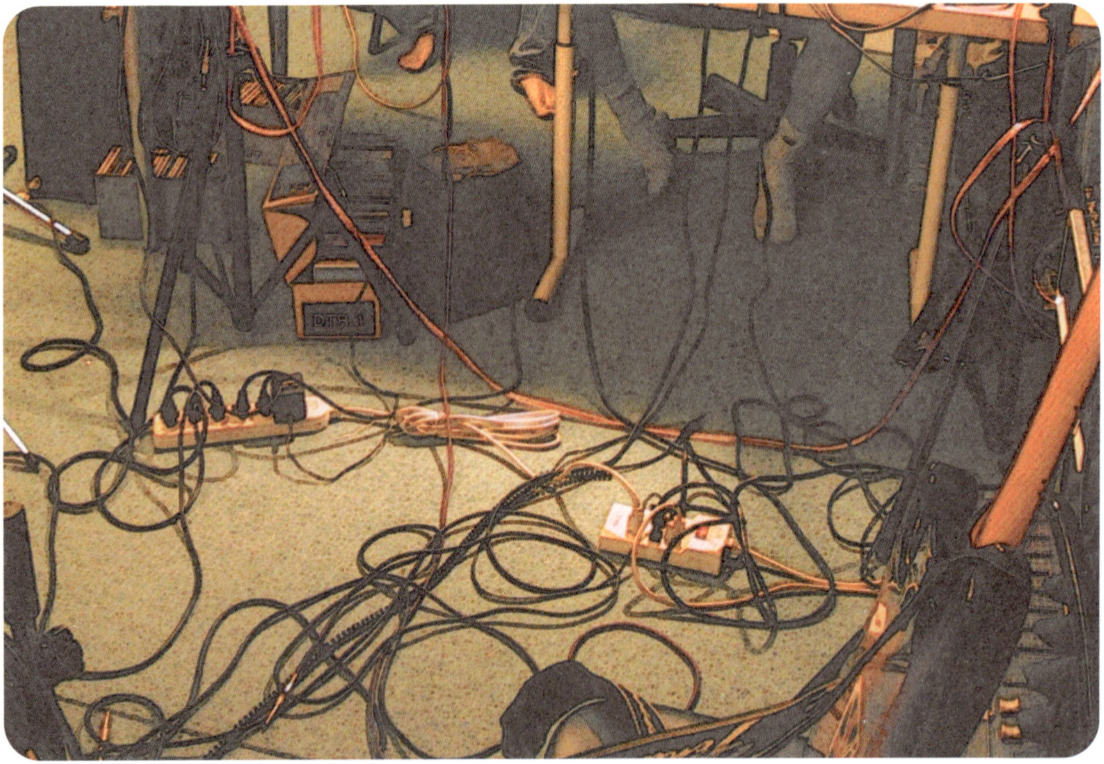

這裡是樂風，也是五月天的練團室、酒吧、電玩間、麻將館、會客室，明天這裡可能會變成他們的籃球場也說不定。

2000年2月8日，這本書從和平東路底地面下五公尺的這塊地方開始。開始的時候我們正一邊聊天一邊聽著〈鯊魚搖滾〉，看劉若英在加拿大和煦陽光下慵懶地舒展開白皙的腳丫。

當然故事的序幕早已經揭起了，在1998年那個夏天〈志明與春嬌〉第一軌大鼓錄進樂風裡的1680混音器時。之後我們去了很多地方，清華大學的福利社、高雄的火鍋店、台中晶華的飯店房間，留下滿桌子的空便當盒跟爽朗的笑聲。然而那些都不曾淡去。如果現在走下樂風蜿蜒狹長的階梯，彷彿大老遠的還能聽見怪獸扯開嗓門大吼：「老兄，這會不會太Over了一點！？」

先生小姐們，請將安全帶繫好，救生衣就在座位下方。飛機即將起飛。

CRAFTING
DENIM
UNION MADE

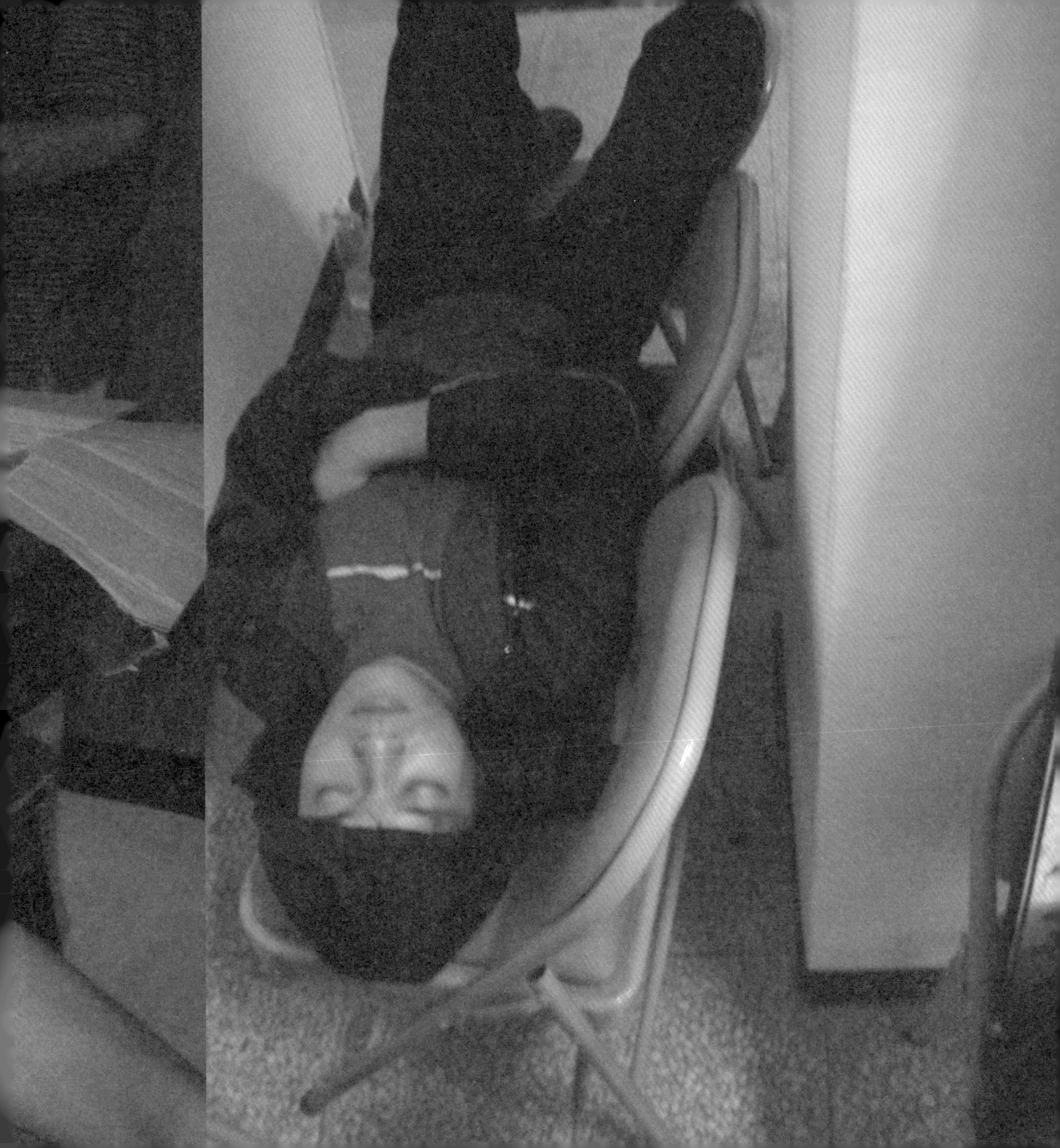

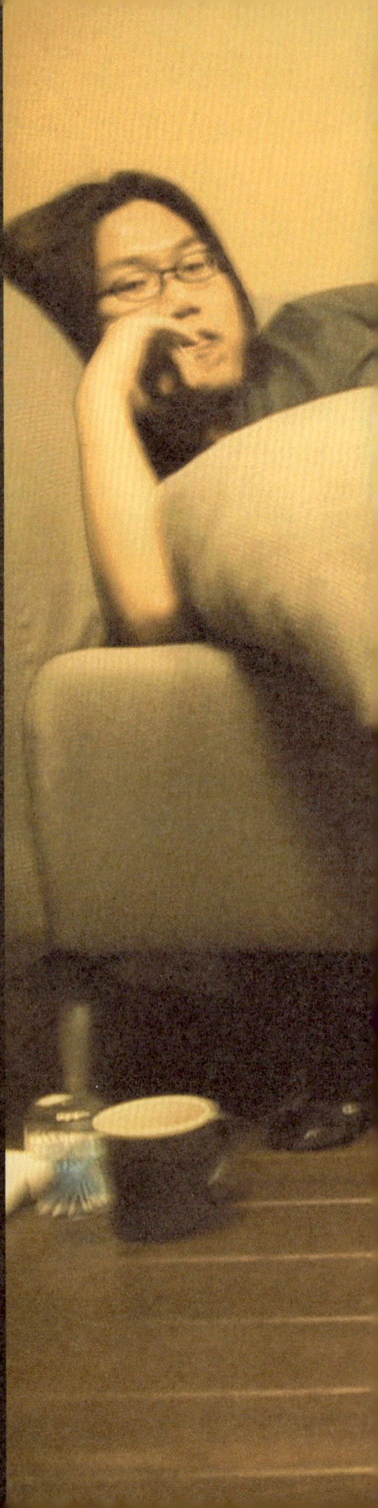

[MAYDAY]
[MAYDAY]
[MAYDAY]
[masa]
[ming]
[stone]
[MAYDAY]
[MAYDAY]
[MAYDAY]
[stone]
[ashin]
sos!
Lost Cat

[MAYDAY]
VIVA LOVE

人生海海
A1 有一天 我在想 我到底
還是我
人生海海
the third album
人生海海

* CHAPTER TWO
藍色三部曲
五月天の素人自拍

藍色三部曲

PLUS

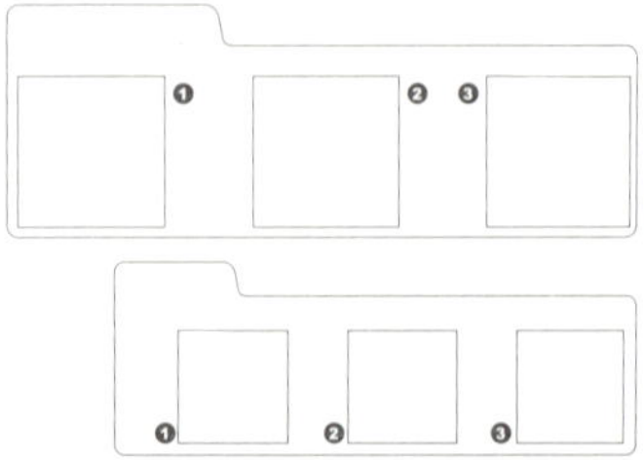

藍色三部曲 ❶瘋狂世界 ❷愛情萬歲 ❸人生海海

PLUS ❶168 ❷十萬青年站出來 ❸候鳥

✱ CHAPTER TWO
藍色三部曲

「人生海海，這就是我們第三張專輯的名稱。」阿信坐在樂風的辦公室裡，揉揉惺忪的眼皮說。「這次與前兩張專輯不同的地方是我們先決定好了專輯的標題跟方向，至於歌曲的部份再根據這方向去創作。」

時間是2001年三月，《候鳥》電影配樂已經完成，傷腦筋的部份留給導演去操心。接下來該是專輯了。練團室白板上原來密密麻麻的字體已經被擦拭乾淨，換成新專輯的進度：〈候鳥〉、〈彩虹〉、〈能不能不要說〉、〈稍等一下〉【註】。這是他們手頭上僅有的歌曲，剩下的八首歌全都還在阿信的腦袋裡，尚未孵化。

「今年九月的時候我、怪獸跟瑪莎都得去當兵，所以這算是一個段落的結束。公司本來是跟我們說不要給自己太多壓力，時候到了看完成幾首歌就發幾首，就算只是單曲或EP也好。但不管怎麼樣，我們還是希望做出一張完整的專輯。」

一個告別？至少怪獸是這麼說的。

「其實這三張專輯是一個完整概念所延伸出來的不同階段。第一張專輯《瘋狂世界》（五月天第一張創作專輯）是由年輕人的眼光出發來探索這個未知的世界，一切都是這麼新鮮這麼瘋狂。第二張專輯《愛情萬歲》理所當然就是全在談論愛情。從所有情感的根源來看，最基本的需求就是『愛情』，也是最重要的。所以我們用一張專輯的空間把『愛情』這個主題全都描述完。」

「再從《愛情萬歲》中〈憨人〉這首歌延伸出去，就是第三張專輯《人生海海》的中心主軸。〈憨人〉是說也許我們不夠聰明，也許做事慢吞吞，也許成天玩音樂，成績單上的份數總是慘不忍睹——但我們不是『歹子』，只是個誠心誠意的『憨人』。做完這張《人生海海》，剛好輪到我們得去當兵的時候，必須面對無可耐何的離別。該要對自己的人生做出重大的抉擇，就像順著河川蜿蜒匯入遼闊的海洋，我們終將在社會上找到屬於自己的位置。」

「把這三張專輯聯結在一起，就成了五月天的『人生三

LOVE

部曲』。或者可以說是『藍色三部曲』，因為這三張專輯的封面都是藍色的。隨著聆聽我們的音樂，聽眾也跟著年歲增長，從懵懂輕狂的少年，初嚐愛情的甜與澀，到真正體會生命的輕與重。這是我們音樂生命中一個必經的階段，代表了『青春期的五月天』。等我們當兵回來，吸收了不同的人生經驗，那又會是一個新的開始。」

× × × × ×

某個凌晨三點，走在忠孝東路的街頭。身上烤肉味道還沒散去，我們踩著街燈的影子往回程的方向。還是一樣關於《人生海海》的話題，阿信說著說著就笑了，眼睛瞇成兩條彎彎的新月。

「不知道，我記得應該是在《愛情萬歲》的記者會上吧。訪問到一半我突然就出神了，腦中莫名浮現『人生海海』這四個字，一直一直盤旋不去。後來決定就用它當做第三張專輯的標題。但也遭到不少人反對就是了，認為這個名字太俗太老氣，不怎麼適合。」

「第三張專輯是一個重大的關卡。很多樂團的首張專輯都做得很屌，一鳴驚人。接下來第二張專輯只要把第一張的優點拿出來放大延伸、去蕪存菁，做一張四平八穩的唱片就好了。到了第三張專輯，人們開始覺得你該是時候做些轉變了，卻又不能完全偏離你最初的優點跟方向。」阿信轉過頭來，半自嘲地說：「所以要滿足聽眾的耳朵還真是挺不容易的一件事。」

素人影像館
* vol.1- left to right

「想想看某些樂團也只擅長某一種樂風，從第三張專輯開始就走不出原來的路子。其實國外有很多One-Hit-Wonder樂團，出了一張唱片大紅大紫，可是再也擺脫不了那影子。人家永遠也只記得那張唱片，或只哼得出那首歌。可是也有像Metallica，我很喜歡他們，或是像Aerosmith這種樂團，十幾二十年前就在玩那麼重的音樂，可是現在他們新的作品卻也不會跟不上時代的腳步。」

「做第一張專輯時我們有整整一年的時間去摸索，盡量多做些歌，不給自己任何限制。再從所有作品裡挑出比較耐聽的歌，選成一張專輯。到了《愛情萬歲》，我們還留有一些之前做好了但是沒選入專輯的歌可以拿來用，像〈愛情萬歲〉、〈反而〉，從這些歌去構思，加上第一張專輯的經驗，該走的方向也就比較確定。不像第一張專輯時那麼模糊，後來做專輯的概念變得明確許多。」

1999年7月7日發行《五月天第一張創作專輯》，2000年7月7日發行《愛情萬歲》。一年一張專輯？

「這樣說起來，我們每年都想要在『本命月』五月發專輯，但是後來都Delay到了七月才完成。明明半年前就開始有人叮嚀：『該開始動工囉！』每天耳提面命，可我們總拖拖拉拉地弄到最後一刻才完成。」

「每年七月發行專輯後，我們通常會校園巡迴到年底。可以說是全臺灣走透透，醒來就準備動身到表演的場所，做綵排、在休息室等待，然後正式演出。這樣就花去了大半天的時間。那時候的生活很單純，每天都只想著一件事：表演。下了舞台後就可以去吃吃喝喝，享受自己的時間。」

「直到了年初，我們才開始想：該做一張專輯了。然後準備進錄音室，把剩下的半年花在專輯的催生上。我認識的一些國內樂團，也都是直到表演敲定前才說：『啊，該做幾首新歌好上台表演了。』其實在壓力之下誕生的作品並不代表它一定不好。像Bon Jovi、Oasis、Suede這些國際知名樂團也都是時候到了，每天關在房間裡八、九個小時，一張樂譜一隻筆一把吉他，才開始強迫自己寫歌創作。」

「當然在自然狀態下能信手拈來一首歌也不錯，像我們做第一張專輯那樣。做《愛情萬歲》的時候也很趕，但至少有足夠時間等到歌都寫完後再進錄音室編曲、錄音。這次《人生海海》真的很緊迫，歌寫到一半就得開始錄音了，必須一邊錄音一邊試著加各種調味料進去攪拌看看，凝固出來會是什麼樣的形狀。」

「所以說《人生海海》真的是我們一個必須要突破的關卡，不管是對時間的挑戰，還是對自我風格的轉變。」

註.一首歌尚未完成前，因為歌詞還沒決定，自然無法取名。這時候為了方便起見，樂團會先給這首歌一個Working Title。〈稍等一下〉即是後來〈OK啦〉的Working Title。

TO NEXT

CAPTAIN

* 五月天の素人自拍

* CHAPTER THREE

關於年少，一元硬幣的盲目愛戀

文＝瑪莎

五月天の素人自拍

✱ CHAPTER THREE

關於年少，
一元硬幣的盲目愛戀

我曾經很喜歡一個女孩，雖然我年紀不是很大，但那的確已經過了有一段時間了。

我不認識她，他當然也不認識我。充其量我們也只不過是同一間學校罷了。如果說我和她有什麼交集，大概也只是那一次在合作社排隊要結帳的時候，我就排在她的後面，老闆娘找給我她剛剛付錢的那張五十元紙鈔。就是這樣，沒有再多了。

我當然很珍惜那一張紙鈔。雖然一樣是國父板著臉的大頭和充滿油漬的縐褶，但我就把它放在我的書桌前，像是她就在我的書桌前每天等著和我對望一樣。我甚至背下了那一張紙鈔的號碼，DL914694BZ，但我當時卻背不起來自己的身分證號碼。

在那個荷爾蒙正旺盛分泌的年紀裡，我千方百計地想和她接近。在那樣的時候，誰還管莫耳數或是滬杭甬鐵路是從哪裡到哪裡這種就算我不知道還是一樣可以活到七老八十的事情。我偷偷摸摸地跟蹤她回家，就像懸疑的電影裡頭演的一樣。我想像自己是James Bond，我得用技術性的方法讓她不知道我正跟蹤著她，尤其是她那一票尖酸苛薄又長舌多嘴的姊妹淘。大概花了半個小時，我跟在後頭約五十公尺的地方閃閃躲躲地，最後我終於知道了她家的住址。只是糟糕的是，我不知道那是幾樓……

回家的路上，我去了電動玩具店和死黨在那裡玩雙眼鏡蛇，耗了一整個晚上，用本能和直覺搖動著左手的搖桿和右手的按鈕。就在忙著投著下一個五元好應付第四關魔王的同時，忽然覺得：我要知道她的住址幹嘛？！她住在哪裡與我何干！？靠！又死了一隻，看樣子要快準備下一個五元了。

她的成績真的很好，連作文都寫得嚇嚇叫。各式各樣的校內競賽只要有頒獎典禮，八成就會聽到她的名字。她就像那種被好人家養得乖乖又聽話的那種貴賓狗；燙好漿過的衣服和裙子，潔白的襪子，總是閃著黑光的皮鞋，走在樓梯上飄啊飄著的百褶裙，還有天冷時圍著她修長脖子的暗紅格子圍巾。

請原諒我用「貴賓狗」這樣糟糕的辭去形容一個好女孩。那時躲在她家附近閒晃時（說是閒晃，其實是在等她。等她要幹嘛？！我不知道），正好看見她帶著她的貴賓狗出來買東西。那簡直和她如出一轍的寵物，要不是人和狗是那種八竿子打不著的物種，我簡直會懷疑那就是她的親生妹妹。

哎呀！扯遠了，本來是要說她的成績的。

文化走廊有她參加繪畫比賽得獎的畫作；川堂的公佈欄老是貼著她的週記和得獎作文；節奏樂隊的比賽她是最引人注目的指揮；她同時也是學校合唱團高音部的部長

姓名：菜頭ㄍㄨㄟˋ
主人：瑪莎
興趣：散步、玩“瑪莎玩具”、喝水、睡覺......
專長：......散步、玩“瑪莎玩具”、喝水、睡覺......

素人影像館

＊vol.2- left to right

菜頭ㄍㄨㄟˋ的一天

▶▶07：00 菜頭ㄍㄨㄟˋ散步

▶▶12：00 菜頭ㄍㄨㄟˋ玩“瑪莎玩具”

▶▶18：00 菜頭ㄍㄨㄟˋ喝水

▶▶24：00 菜頭ㄍㄨㄟˋ睡覺

；週會時她總是因為演講比賽得獎而上台做示範；提到週會，她還是個司儀呢！每天全校，無論是校長、老師、主任或是同學，每個人都要聽著她甜美的聲音和標準的國語發號司令：立正，唱國歌，國旗歌，稍息。運動會她也是游泳池之中的佼佼者。對一個青春期的男孩來說，就算她沒有得到名次，她穿著泳衣在水中游著的樣子，簡直就是一隻美人魚。

總而言之，就是那種樣樣都讓人忌妒的模範生。也許有些她的記錄是我記錯了或是把她想得太完美了，反正那時對我來說，她真是一種完美的象徵。

終於，我有了她的電話，是死黨不知道怎麼弄到的。我也背下了她的電話號碼，我成天都想著拿起話筒撥通她家電話的那一天。在路上走著，就算窮到連雙眼鏡蛇都沒法玩，口袋一定至少也要有個一元硬幣。在家裡的時候，真希望家裡除了我沒有別人會用得到電話。

炎熱暑假的某一天，我八成是被太陽晒昏頭了。我跑到了巷口的公用電話花了一元撥了她家電話，聽見了她的聲音（也許不是她也不一定，但我就是這麼認定了），什麼話也沒說，馬上就掛了電話。

說實在的，那真是一種前所未有的滿足，我第一次感覺和她的距離是如此的接近，就像自己是她家的話筒一樣。所以後來，又有了第二次、第三次……甚至養成了我只要一想到她就想打電話到她家的習慣。雖然總是想著我要和她說些什麼：要畢業了，考試加油，希望你能考上理想的學校。好成績要盡量保持下去，別因為因為一點小挫折而氣餒了！…不外乎就是這些想要鼓勵她的話吧！反正這樣的年紀也沒辦法談什麼戀愛，什麼愛來愛去的話就還是別說了吧！但她又不知道我是誰，她哪會管我會說些什麼呢！

直到有一天打過去的電話，她的父親氣得在電話那一頭猛地開罵，大概差那麼一點三字經就出現了。我嚇到了，這下真的被嚇到了！後來連在學校都不敢見到她，雖然她明明就不知道那是我做的。心想，反正全校男生知道她家電話的又不只我一個人，我為什麼要躲著她。我不打，搞不好別人也會打。

我一向痛恨人云亦云，但有時別人說的事情和你切身有關的時候，你也真這麼容易就加入了這種毫無意義又沒建設性的潮流之中。快畢業了，學校裡盛傳著她交了個男朋友。那男的是出了名的假惺惺，雖然成績不錯，但愛打小報告又是個娘娘腔。我從來都沒證實過這樣的事，就跟著大家一起說起了她的八卦來。別人說她在班上的成績一落千丈，我跟著信了。別人說她現在除了約會，連補習或圖書館也都不去了。別人說她因為交男友的事情，和父母大吵了一架，差點就離家出走和那個娘娘腔私奔了。

素人影像館

有病！我心裡強烈地指責著她居然不好好唸書，就為了談個小情小愛就放棄了大好的前途。就算要談戀愛，如果主角換做是我和她，也許還稍微有那麼點轟轟烈烈的正當性。

總之，傳著傳著，我也就信了。而且深信不疑。雖然她一樣上台領獎，雖然她的作品一樣被張貼在那些作秀的地方，雖然偶而還是會聽到她又是全校前五名的成績。反正我認為她變了，她就是徹底的變了。她不再是當初我「認識」的那個純潔又與眾不同的模範貴賓狗了（雖然我從來也就不認識她）。

我開始討厭她。

畢業後第一年，她考上了她理想的學校。我在一家數學補習班裡又看到了她，她的父親接她下課。後來才知道，連在補習班或是那樣競爭激烈的學校裡，她的成績依然出色。依然很乖，依然沒有男朋友……。

同學會的時候，死黨和我聊起了過去的事。那時她和那個娘娘腔的傳聞，原來根本是那個好面子娘娘腔的一廂情願。八竿子什麼事都沒有發生……沒有，什麼都沒有！都是我的無中生有和要命的人云亦云。

現在想來，我的青春期真是個誇張又不折不扣的智障！

我要是那時可以多花點時間讓自己有好點的成績讓她注意，也許也不會感覺自己浪費一年多的時間幹了那麼多的無聊事。我和她現在成了好友，斷斷續續地保持著連絡。到現在才覺得，青春期的那一陣子，我從來都沒認識過她，雖然我假裝我是………

TO NEXT

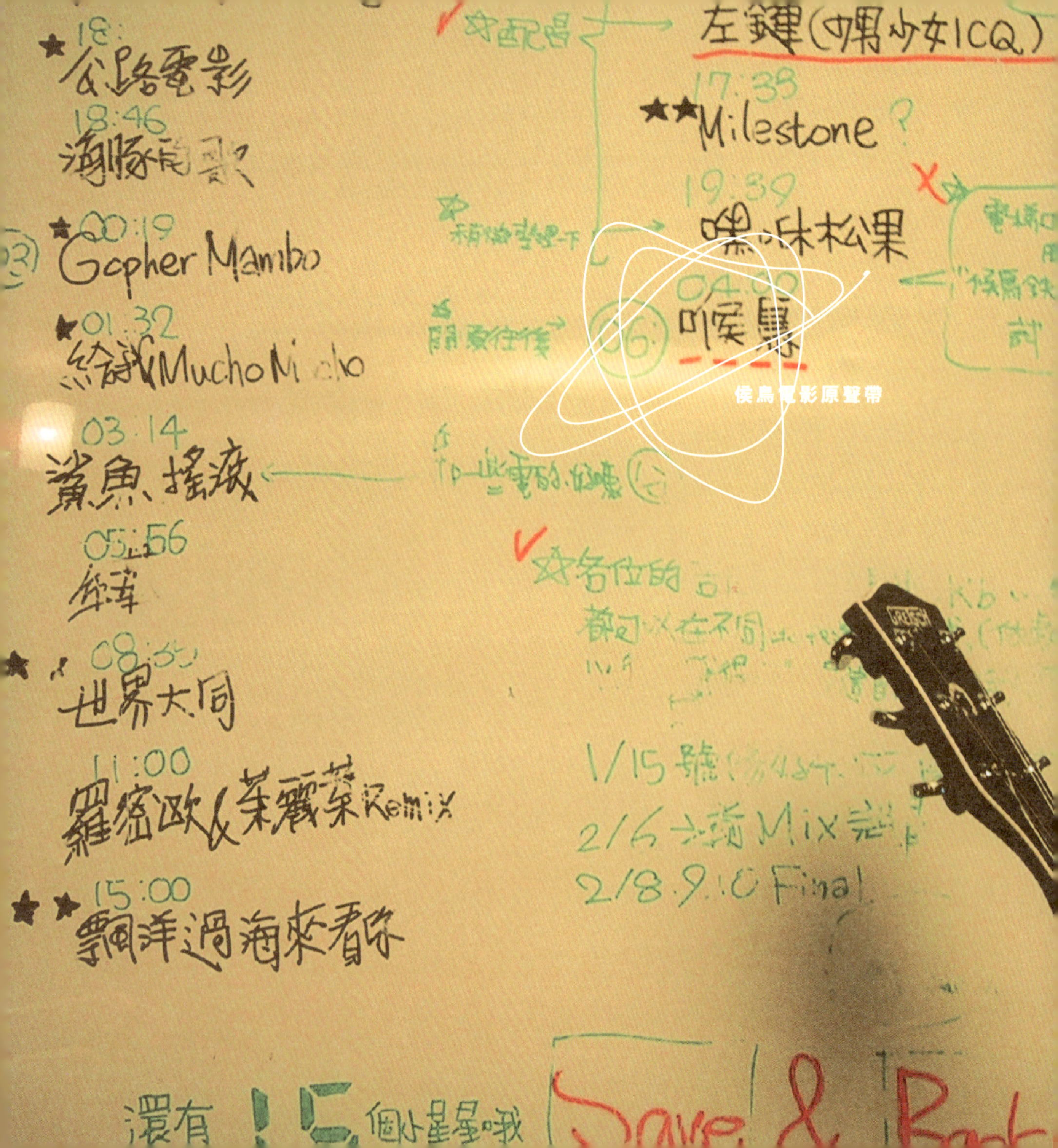

★ 18:
公路電影
18:46
海豚之歌

③ ★ 00:19
Gopher Mambo

★ 01:32
給我Mucho Mucho

03:14
鯊魚、搖滾

05:56
參軍

★ 08:35
世界大同

11:00
羅密歐&茱麗葉 Remix

★ 15:00
飄洋過海來看你

還有 15 個小星星哦

左鍵 (叫男少女ICQ)
17:38
★★ Milestone?
19:39
嘿味松果

⑥ 喉嚨

✓ 各位的

1/15 號
2/6 Mix
2/8.9.10 Final

Save & Back

候鳥電影原聲帶

*CHAPTER FOUR

Ready、Get Set、Go！

五月天の素人自拍

Ready、Get Set、Go！

五月天音樂罐頭工廠的製造步驟大致如下：

1 阿信：

詞曲＆和弦

先哼出一段旋律，用木吉他編好和弦後，先自彈自唱讓全團聽過一遍。

2 全體：

確定編曲風格

聽完團員們會拿起樂器把歌曲反覆跑個幾次，確定好這首歌大概的架構。

3 瑪莎＆諺明

襯底的鼓跟貝斯

諺明的鼓、瑪莎的貝斯也以最基本的彈奏方式疊上去。

4 石頭＆怪獸：

吉他編曲

石頭跟怪獸會拿起吉他，花上一兩個小時在電腦前面反覆對著Demo即興彈奏，兩個人一起摸索吉他編曲的感覺。

諺明

鼓重新編曲

瑪莎

貝斯重新編曲

★ CHAPTER FOUR
Ready、Get Set、Go！

五月天音樂罐頭工廠的製造步驟大致如下：

阿信先哼出一段旋律，用木吉他編好和弦後，先自彈自唱讓全團聽過一遍。聽完團員們會拿起樂器把歌曲反覆跑個幾次，確定好這首歌大概的架構。歌曲的輪廓開始凝固成形後，阿信會再在電腦裡錄進他的Vocal跟簡單的木吉他，諺明的鼓、瑪莎的貝斯也以最基本的彈奏方式疊上去。

這首歌的雛型至此已經粗略完成。石頭跟怪獸會拿起吉他，花上一兩個小時在電腦前面反覆對著Demo即興彈奏，兩個人一起摸索吉他編曲的感覺。兩把吉他該怎麼搭配？哪一段誰該竄起、誰該沉底，兩人協調好後再錄製進去。旋律組的部份確定後，再抽掉原本的鼓跟貝斯，依照新的編曲做修改。

如果依順序來畫成流程圖的話，就是：

阿信（詞曲＆和弦）→全團（確定編曲風格）→諺明＆瑪莎（襯底的鼓跟貝斯）→石頭＆怪獸（吉他編曲）→諺明（鼓重新編曲）→瑪莎（貝斯重新編曲）。

看似很複雜，不是嗎？

「編曲所需要的時間也包括進去的話，我們預計每三天要完成一首歌的Demo（工作帶）。當然這是最理想的狀況，因為我們還得把阿信寫歌的速度考慮進去。」怪獸皺著眉頭，站在白板前畫下進度表。「7月6日前要發行《人生海海》。在那之前我們要先寫歌、編歌，花掉一個多月的時間。Demo完成後，我們再拿去日本錄音、混音，至少鼓的部份可能要比照《愛情萬歲》時的模式在國外錄音。吉他、貝斯、主唱可以等到回國後再錄，屆時我們的新錄音室也將完工啟用，可以利用自己新錄音室的設備來嘗試錄音看看。」

「加上《候鳥》原聲帶會擔擱掉幾天的時間，算一算《人生海海》完成錄音應該是在六月初的事。在剩下不到

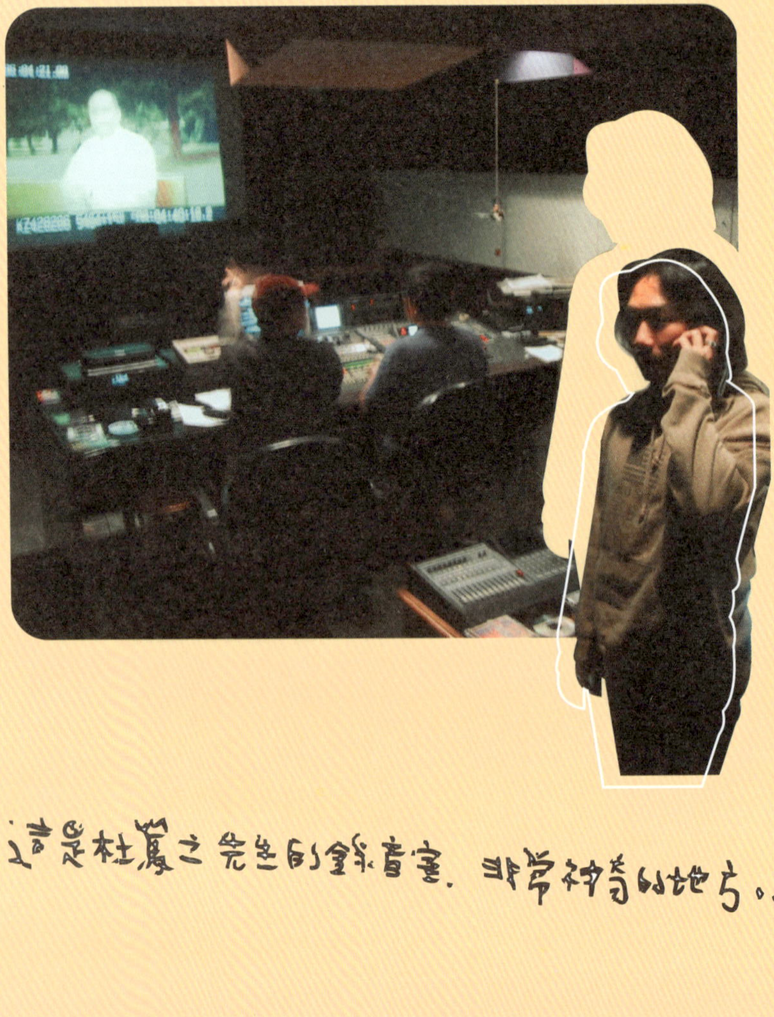

這是杜篤之先生的錄音室，非常神奇的地方……

一個月內，我們還要做企劃、宣傳、設計專輯內頁、拍Music Video、決定造型。天啊，進度真的很趕。」怪獸開始唉聲嘆氣。

× × × × ×

「怪獸喜歡將吉他訊號經過音箱送出後用麥克風收音，我則比較喜歡用Pre-amp【註1】直接把吉他訊號送進Mixer【註2】裡，而不透過麥克風收音，這兩種收音方式各有各的味道。」練習新版〈候鳥〉的中場休息，石頭放下他的Fender，解釋著。

「我們年初去美國玩時買了兩台吉他模擬音箱的POD回來，它不但內建有自己的效果器，還可以模擬許多廠牌音箱的特色。瑪莎也買了一台貝斯專用的POD。利用POD後我們可以不用再大費周章地拉導線牽麥克風，就能直接送訊號到Mixer裡面，仍然有音箱共鳴的感覺。現在錄Demo或編曲時我們都用POD，省去了不少麻煩不說，怪獸跟我在編曲上感覺增加了更多吉他的對話，兩個吉他聲線中有很明顯的互動，像是戲劇般的張力。這是之前所沒有的。」

「POD使用手冊第一頁就寫著：『真空管【註3】很屌這個觀念，從現在起該完全改觀了！』它甚至連舊音箱的那種滋滋聲都模擬了出來，逼真得沒話說。」

「製作《候鳥》電影配樂時我們初次開始接觸Protools【註4】，比諸第一二張專輯時使用的1680混音器在操作上省了不少麻煩。像Cut & Paste、調整Fade In Fade Out都簡單許多，軌數不但沒有限制，而且錄製樂器也很輕鬆。一個Take錄進去感覺不對，按個Undo鍵就能找回原來的Take。不像以前用1680混音器，錄進去就是錄進去了，會蓋掉上一個Take，找不回來。」

「錄製《候鳥》的時候，因為配樂需要跟畫面做很緊密的配合，我們也學習到怎麼利用Protools讓音樂跟畫面做同步。這是我們之前所沒有接觸過的技術。」

「等一下我們要繼續進行《候鳥》原聲帶的錄音。有幾首歌的Vocal要重錄，剩下的就是把整張原聲帶全部檢查一遍。」怪獸臉上露出些微疲態。「其實錄任何專輯都是一件有趣的事，但就是最後這個瑣碎的部份有點讓人頭大。你必須反複做著枯燥而單調的工作，一遍又一遍。」

「以五月天來說，一首歌的Vocal大概會錄上個十軌，比較簡單的歌只要五六軌即可。我們再花一個晚上從這幾軌中逐字逐句地挑選出錄得比較好的段落，甚至可能一個字一個字地剪，才拼貼出一首完整的歌曲。說實在話，那真的是錄音中最累人的工作，耳朵會聽到流膿。」阿信解釋。

「當然並不是沒有一氣呵成的時候，只是以流行音樂的標準來說，總是要盡可能做得十全十美。像角頭這種重『氣味』的唱片公司就不太一樣，他們只要感覺抓對就夠了，不必太吹毛求疵。」

凌晨五點開始上工。

怪獸翻開練團室裡的沙發床，先行骨碌睡倒。石頭跟阿信戴上監聽耳機，由石頭擔任錄音師來重新錄製〈羅密歐與茱麗葉Remix〉。阿信試著錄製第一句歌詞，唱完後迫不及待地問：「你覺得怎麼樣？」

「搶拍了啦。」石頭淡淡的說，一邊按下滑鼠。

看似睡著了的怪獸冷不防冒出一句：「Pitch【註5】不準。」

「那你來唱呀，獸爺。」阿信帶著挑釁的意味說。

「不然你來幫忙聽好了。」石頭摸出一副耳機，遞了過去。

怪獸仍懶洋洋地閉著眼睛，躺在沙發床上戴好耳機，突然笑出聲來。「這樣感覺真不錯，只要躺在床上聽歌，錄完丟一句：『Pitch不準』，你們就得從頭來過。當大爺真不賴。」

「你袂爽喔！」阿信罵了一句，聲音透過身前的麥克風傳進三人的耳機中。怪獸不禁抱怨：「喔！陳信宏的聲音直接對著我耳朵講話，感覺有點糟。」阿信心有不甘地回了他幾句。

錄〈羅密歐與茱麗葉Remix〉的三十分鐘裡，只要逮到空檔兩人就鬥嘴鬥個不停，跟小孩子吵架沒什麼兩樣。該說他們的感情到底是好還是不好呢？

熄去燈光的錄音室裡，石頭聚精會神地盯著電腦螢幕的微弱光線，手握滑鼠。兩旁的喇叭傳來〈羅密歐與茱麗葉Remix〉的旋律，一遍、兩遍……三十遍。

而沒有轟轟烈烈劇情
而沒有朱門恩怨背景
但是在兩人眼底心底
翻覆的天地

重複不斷的音符捲起了層層疊疊的浪頭，擺盪著、沖洗著。所有在錄音室裡的人都被扯入了漩渦，不禁也暈船起來。

阿信說的沒錯，剪Vocal真的是很要命的工作。轉頭一看，怪獸已經不醒人事了，阿信也正在大廳裡假寐片刻，準備待會來接石頭的班。諾大的錄音室裡只剩石頭一人在孤軍奮戰，看來他離暈船也不遠了。

× × × × ×

3月21日，《候鳥》終於決定要以原聲帶的形式發行。

五月天原本是依照每個電影場景的需求而做出一段段獨立的配樂，像〈金賽的迷惑〉原本分為三段，在不同鏡頭出現，〈羅密歐與茱麗葉Remix〉也有兩個版本；這次因為要收錄在原聲帶的關係，需要把這些分散的段落銜接成完整的歌曲。再加上這些配樂原本只是要襯托電影的情景，去掉畫面獨自聆聽時多少有些單調，收錄成原聲帶時也得補齊一些不足的空隙，添上一點Loop【註6】。

電腦螢幕像是七彩的調色盤，顯示出五顏六色的波形。阿信跟怪獸搶著要玩滑鼠，有點玩遊戲的氣氛，東剪一道西貼一塊。哪一首歌哪一個段落少了點什麼，滑鼠左鍵一按一拉，Loop就貼到哪。Protools果然功能強大。

「這真的是公報私仇。自己的專輯都不敢這樣亂貼亂玩，只有在《候鳥》原聲帶才敢這麼做。」阿信笑著說。「接著我們來決定曲目吧。」

〈鯊魚搖滾〉、〈羅密歐與茱麗葉Remix〉、〈花火一般〉、〈候鳥〉、〈海豚的歌〉、〈左鍵〉，一開始還挺順利的，進行到後半段時，阿信停下了手上的筆，開始進入沉思。該怎麼收尾？這才是最讓人傷腦筋的問題。

「沒關係啦，反正沒有人會聽到最後。大概在〈左鍵〉剛唱完時，聽眾的手指已經按上了隨身聽的Stop鍵吧。這是原聲帶的宿命呀。所有人都只會去聽主題曲，沒有人肯去花心思在配樂上。」阿信自我解嘲地說。「我們已經很收斂了，不然照常理來說第一首歌就應該直接放〈候鳥〉，第二首歌緊接著排〈左鍵〉。後面十一首歌再拿來放其他的純配樂，反正沒有人會耐著性子聽到最後。」

有點哭笑不得，卻是真心話。但問題依然沒有解決，專輯到底該怎麼結尾？阿信試著把第一首跟最後一首歌都放只有短短26秒的〈海豚的歌〉，簡潔卻顯得孤單的鋼琴。修改後重新試聽一遍，卻被怪獸打了回票。

「每次試著聽一張開頭跟結尾一模一樣的專輯，像Beyond的《遊戲》，又剛好在隨身聽上設定反複重播的話，感覺就像是走進了迷宮一樣。」怪獸說。「天啊！到底哪裡才會是盡頭呀？」

「那我告訴你一個Ending的方法吧。你先答應我不要吐哦！」阿信露出頑皮的表情。「那就是……在最後一首

歌放〈候鳥〉的卡拉OK版。」

「嘔！」怪獸還不等阿信說完就做出了嘔吐動作。「要騙錢也不是這麼搞法呀。這樣想想，無論我們怎麼硬湊，這張原聲帶都只有半個小時左右而已。乾脆我們就弄幾個卡拉版放在最後，湊滿剩下不足的半小時，你說怎麼樣？」

「還有電音版、Jungle Remix、Trance Remix、Drum & Bass Remix、Techno Remix、Punk Remix……」阿信也跟著鬧了起來。

嘻笑了好一陣子之後，兩人終於想出了解決之道。阿信把〈……的愉快〉放在最後一首歌，滿意地自言自語：「這空靈的聲響也是禪學的一種極致呀。聽起來就像是西藏高原上喇嘛們心靈的呼喚。」

註1.Pre-Amp即為前級擴大器的意思。當一般在錄音時，若音量不足，就會使用Pre-Amp來加大訊號。

註2.Mixer即為混音器。不管是現場表演或是錄音，樂器的聲音都是經音箱由麥克風收音，送一軌訊號到Mixer裡面後，可以在Mixer上調整其音量跟EQ（等化器）等旋鈕，處理過後再送到喇叭，播放出來。

註3.真空管是音響器材中經常使用的電子元件之一，有整流與充當放大器的功用。早在二十世紀初期，真空管就已被廣泛使用在各類儀器上，但因當時技術不足的關係，真空管的龐大體積一直無法縮減，而且有容易過熱的毛病。於是真空管的地位於六零年代漸漸被電晶體所取代。使用真空管的器材雖然不像電晶體那麼穩定，卻反而更有特色，音色也更肥更厚，所以深受樂手們的喜愛。

註4.Protools是一種電腦數位錄音程式，操作簡單。可以直接剪貼每一軌的聲波，也有虛擬的Mixing Fader（控制音量的掣鈕），可以用滑鼠調整音量跟EQ。

註5.Pitch是音準的意思。

註6.將一段旋律或節奏做重複性的循環式播放，即為Loop。Loop的使用在電子音樂中佔了極重要的一環。

TO NEXT

＊五月天の素人自拍

＊CHAPTER FIVE

候鳥

（《候鳥》原聲帶文案）

文＝阿信

五月天の素人自拍

電影

抱著初剪的影片出現，是永遠溢出熱情的眼神和滔滔的創作理念的導演丁亞民先生。喔～《人間四月天》的導演呀！於是我們對他有了初步的認識；但是《候鳥》裡我們找不到許你一個未來的壯闊奇情，取而代之，我們看到了一個家庭三地奔波的生活細節，那些開心啊！煩惱啊！衝動啊！都在溫哥華的陽光下溫柔的攤平了。其他的不告訴你，你應該到戲院裡去看，為了黑暗中必定閃亮的一雙眼睛跟一架靈魂；為了我們精心奉上的五點一聲道；為了你身邊的人難得的為同樣一件事情感動。

音樂

第一次做電影音樂，我們倒也沒啥害怕，接下了冒著煙的初剪錄影帶，就捲起袖子土法煉鋼的幹了。導演和製片如果有看到這裡，應該是捏了一把冷汗。放下了慣於手中的樂器，取而代之的是不斷倒帶、快轉、一時停止的遙控器。在嘗試中，找到了不同於以往做音樂的樂趣，一樣的一個表情，襯上了琴音就憂傷了許多；然而鼓一敲卻又像是在笑。音樂這麼搞一搞，一個人的表情成了似笑非笑的孤獨；花火一刻燦爛而短暫；左鍵卡啦卡啦帶著我們穿牆抱擁。

真訝異，我們的權力竟然這麼大，像是還沒練成玄牝劍法就得到了青冥劍的小孩。

候鳥

電影為什麼叫《候鳥》，是一個我們從不曾討論的話題。導演沒說、編劇沒說，團員們也只有在影片中瞥見港邊的小鳥一隻。但是，候鳥啊，在我們看了影片無數次之後，如此鮮明的在我們心中拍打著翅膀，穿越沒有目的地的海洋。突然想起了家中曾經被我們跳躍著的、可憐的沙發床墊，冰箱後的塗鴉保留了二十年，遺留下來的課本們頭頂上積著時光的雪沉睡著，窗外暗了。而那個逐漸不再喧鬧的地方，爸媽仍然堅守孤城一般地洗衣服、燒開水、開燈關燈以及隨時等著迎接那個曾經跳沙發的小男孩。

今晚，男孩們應該又要讓爸媽空等了。因為他們正在垃圾廠一樣的克難錄音室中，徹夜勾勒著候鳥的樣子。

愛情萬歲--日本錄音

* CHAPTER SIX

Test、Test，麥克風試音

五月天の素人自拍

北城先生

✱ CHAPTER SIX
Test、Test，麥克風試音

「我畢竟還是比較喜歡錄音吧。」經過好一陣子的思索後，諺明抬起頭來回答。「當然也不是說討厭現場演出，只是相較之下錄音需要更高的穩定性跟一定的技巧性，對我來說是很不錯的挑戰。」

「我曾經客串擔任過大哥（李宗盛）的錄音室鼓手，那段經歷對我的成長有很大的幫助。在極短的時間內接觸一首完全陌生的Demo——而那通常只有配唱的主旋律，跟簡單的Keyboard伴奏——你得先試著在腦海中描繪出這首歌完成時的輪廓，把它用鼓譜編織成具體的形狀，再實際打鼓完成錄音。」

「一個半小時，只有這麼短暫的時間，所有步驟就得全部做好，這就是錄音室樂手屌的地方。有時候製作人還會跟你解釋這首歌的感覺，反而是越幫越忙：『嗯，先想像自己走在一條炎熱的道路上，陽光很刺眼，你的背上不禁開始冒汗。就在這時候，迎面吹來一陣涼爽的風；對，就是這一刻風吹在身上的感覺，你抓到了嗎？』拜託，這誰聽得懂呀。不聽還好，聽完反而更迷惘了。」

× × × × ×

「喜歡錄音還是現場演出？這個問題其實永遠沒有標準答案。」瑪莎笑笑著說，話像連珠砲一樣不停冒出來。「當你巡迴了半年，每天上台都重複彈奏一樣的歌曲，免不了就會想趕快進錄音室弄一張新的專輯出來；如果連續悶在錄音室好幾個月一直趕工，哪裡都去不成，這時候又會覺得現場Live好玩多了。這算是一個周期性的循環，我們大概每六個月都會發生一次。同一件事做久了本來就會想找點不一樣的來試試，人之常情嘛。」

「錄音原本應該是件很好玩的事，可是我們在做第一張專輯時，卻卡在錄音這個階段，受到了很大的挫折。也許腦中累積了很多新鮮的想法，卻不是說走進錄音室吉他插好，馬上就可以錄進去。可能是麥克風架設的角度，可能是鼓的音色不對，你必須先解決這些看似微不足道卻能破壞整張專輯的實際問題，才能真正開始錄音。你會花上整個下午重覆錄四個小節的貝斯，一遍又一遍只為了讓它完美得無懈可擊，可是這四小節卻細膩到沒

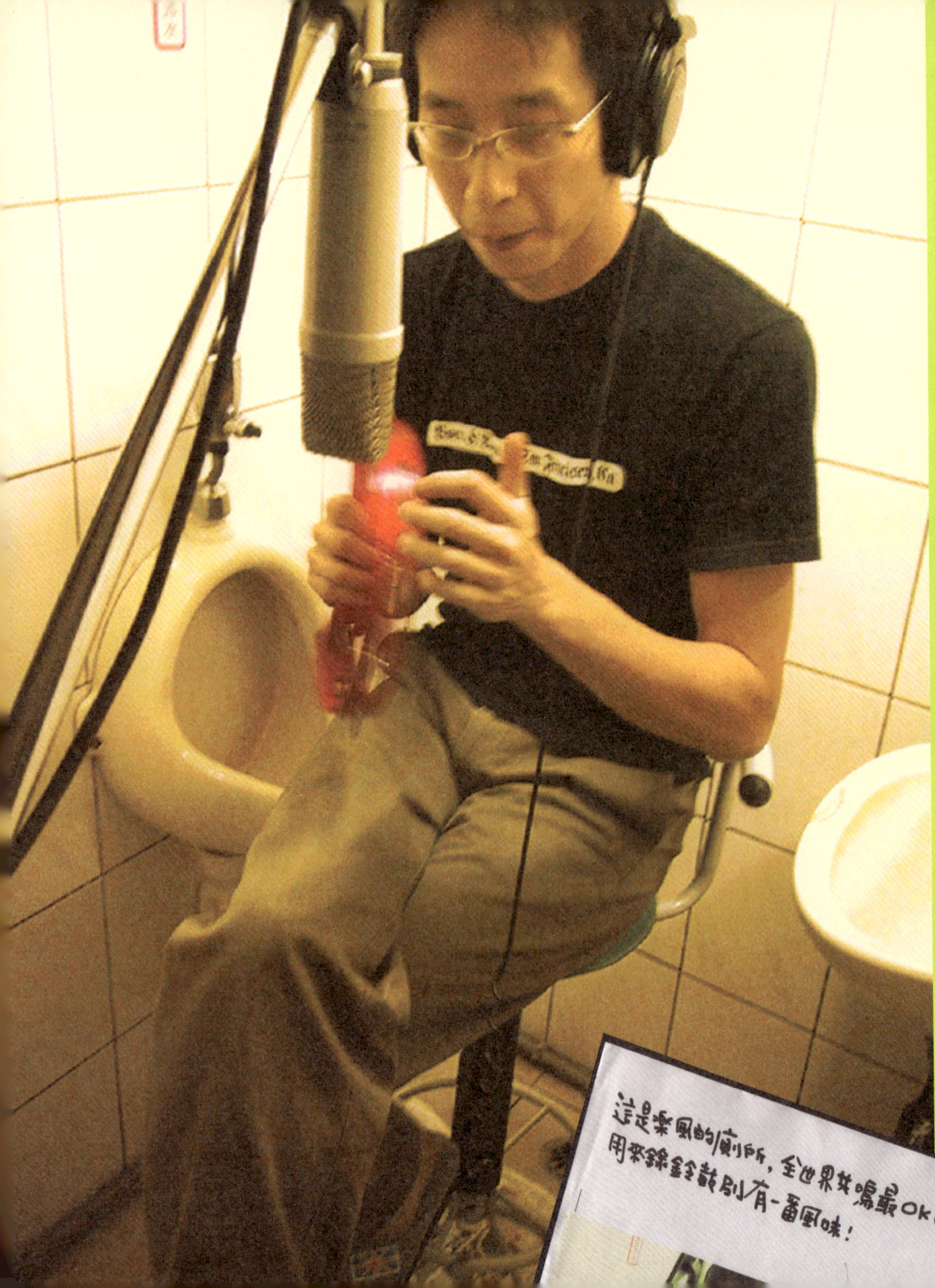

這是樂風的廁所，全世界共鳴最OK的地方
用來錄鈴鼓別有一番風味！

有人聆聽時能發現它的存在。有時候真的很想把樂器一摔，大吼：『我幹嘛浪費這麼多時間在這裡？』」

「其實我們要怎麼彈奏早就都編好了，卻要耗費比真正錄音長上數倍的時間在抓點、調整麥克風、Tune和音，煩惱這些很實際面的問題。錄音看起來很有趣，自己動手做才傷透了腦筋。像第一張專輯我們是在樂風錄音，得先等隔壁沒有人練團，不會打擾到我們錄音時才能開始。那時候麥克風不夠，要去借；我們錄音用的1680混音器只有一台，也得再去借第二台來才能分頭進行錄音。」

「當時真的很不能習慣，直到錄完第一張專輯後才磨出耐性來。」

× × × × ×

「第一張專輯時我剛加入五月天沒多久就得開始錄音，老實說真的很趕，每天光要練熟專輯中的十二首歌就忙不過來了，更別說要融入整個樂團的感覺。」諺明開始回想。「一個月後，全團啟程到加拿大錄製鼓的部份。當時我是以Click【註1】為最高指導原則，點先打對最要緊，回國後再把吉他、貝斯其他樂器疊上去。奇怪了，節拍明明都很準，Grooving【註2】卻不對。我想是因為那時候我還不太了解『五月天』的調性是什麼的關係。」

「第一張專輯宣傳期過後，我去幫大哥打鼓。在那裡沒有人可以幫助我，對於『鼓』這個領域我是最瞭解的人，於是漸漸獨力摸索出方法來。有時候錄好的鼓跟其他樂器搭配起來感覺很對，這表示我在自己的專業領域所做的判斷很正確。心中不禁會很得意，成就感油然而生。」

「《愛情萬歲》時我們在日本錄音，採取了同步錄音的方式。全團同時進錄音室一起演奏，同時把所有樂器收音，可以看到彼此的動作。一個右手刷弦，一個點頭打節拍，看在眼裡Grooving就是完全不一樣。」諺明說。

「同步錄音對樂團來說真的很重要。」怪獸贊同。

「錄同步跟一般分軌錄製最大的不同是有人陪著你一起彈奏，可以看到彼此的手部動作，出來的Grooving會很好。同步錄音有點Jam【註3】的味道，如果有人臨時即興出一段樂句，彼此靠著平時的默契也不會跟不上。」瑪莎附和諺明的說法。

「我們把第一張專輯的聲音修飾得很漂亮很乾淨，聆聽的感覺反而有點過於漂亮清楚。四分衛聽了半開玩笑地說：『你們這樣還算搖滾樂團嗎？哈哈哈。』後來做《愛情萬歲》時我們發現就算樂器有一點點掉拍，這種小瑕疵的存在反而讓整個聲音更顯得融合飽滿。有時候我們把掉拍的部份重新錄了一遍，點明明都很準，可是聽起來卻很呆板，變得索然無味。最後我們才學會。」怪獸解釋。

「日本同步錄音時每個人都有一個耳機分配器，就像小型的Mixer，上面有比較簡單的Fader跟EQ，可以調整自己錄音時想聽到樂器的比例。畢竟錄音時為了幫助自己進入情緒，每個人想聽到的樂器比重都有差異。」

「像石頭的習慣是比較需要乾淨的高音，低音對他來說不重要；諺明要聽自己打的鼓跟一點阿信的Vocal，瑪莎因為他彈貝斯時需要跟鼓的部份有較多的配合，所以他要聽多一點大鼓跟小鼓；我就簡單啦，只要把所有樂器都推到最猛，越吵越髒，我就越High。」怪獸笑了笑。

「其實用耳機分配器是很傷人的一件事，因為什麼樂器你把音量拉高、什麼樂器你把音量拉小，往上面看過去就一目瞭然了。剛開始錄音時我們每個人都把阿信的Vocal開很大聲，可是錄音時間一延長，這樣的聆聽方式就不太讓人耳朵受得了，所以我們紛紛自動把他的Vocal拉小聲。休息時間阿信不經意偷瞄到我們的耳機分配器，我只留了一點點他的Vocal，石頭則是完全把他Cut掉了。他也沒有當場發作，裝出一副沒事的模樣悄悄溜回Control Room，把所有人的Level全部都拉掉，只剩他自己的Vocal推到最大聲，還以為都沒人發現，自己豎起大姆指暗暗叫好。」眾人爆笑。

素人影像館

* vol.3- left to right

憨人的啦啦

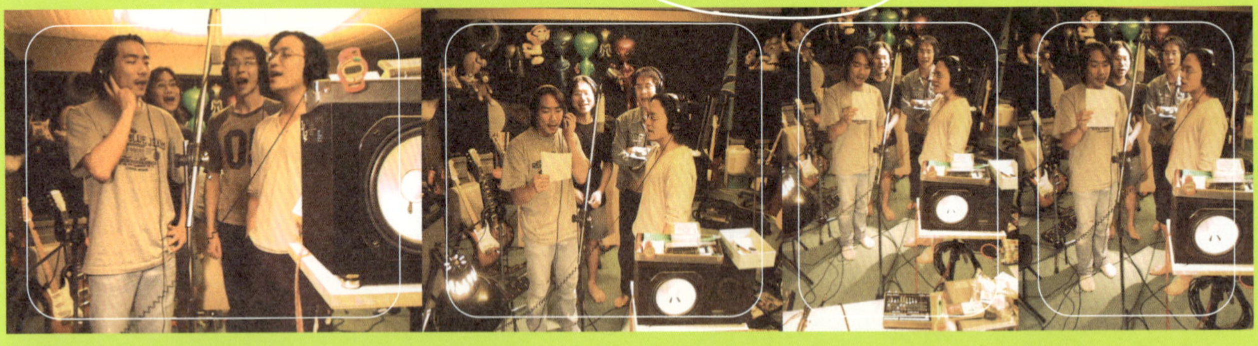

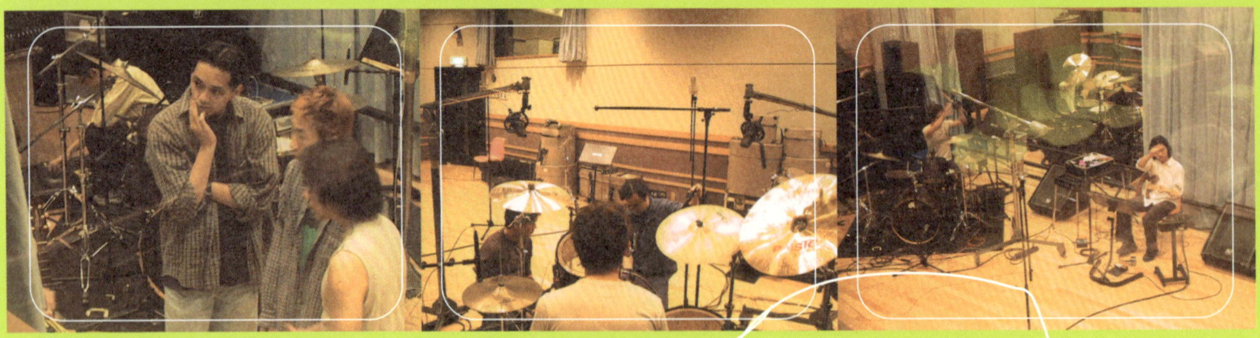

叫我第一名的鼓

▶▶▶ 愛情萬歲的製作過程

「從此以後大家都把自己的耳機分配器藏得很好，不然就是找塊布來蓋住。」怪獸強忍住笑意繼續說完。

× × × × ×

鼓＝國外錄音？

「真的有差，很大的差別。台灣的錄音室鼓手數來數去不過就那麼幾個，樂團又不多，所以錄音室很少有跟鼓手互動的機會，相對的也不是那麼熟悉鼓的錄音方式。比較起來日本錄音師接觸過的樂團就多得多了，自然駕輕就熟。像我們在日本錄《愛情萬歲》時，一組鼓用上的不同型號麥克風少說就有三十個。日本錄音師處理鼓的習慣也跟台灣錄音師有極大的不同；台灣錄音師會把整套鼓收進來的所有軌數都歸類到同一組去處理，日本錄音師則是單獨處理每一個不同角度不同型號收不同鼓類的軌。他們真的非常細膩。」阿信說。

「《愛情萬歲》在日本錄音時，Engineer北城浩志用的錄音間至少二、三十坪，再往上挑高三層樓。在這麼廣敞的Tracking Room錄製鼓，會產生很好的共鳴音場，空間感也很足夠，這是任何效果器都比不上的。」瑪莎回想起來仍對當地的設備跟技術讚歎不已。「台灣錄音室普遍缺乏足夠空間，大多採取事後加Reverb【註4】效果以添加音場共鳴。北城浩志則有他自己一套做法，像〈雨眠〉這首歌的鼓，排練時他覺得錄出來空間感不夠，就把Tracking Room的門打開，在外面走廊上多放兩隻麥克風收串出來的共鳴音。」

「早從第一張專輯開始，我們只要找到機會就盡量偷學國外錄音師的技術。在加拿大的時候，雖然那次只有錄鼓的部份，但我們其他人也跟著當地的Engineer轉來轉去，看他怎麼處理錄音、怎麼調Tone【註5】。當時真可謂無所不用其極，到最後我們甚至直接放CD給Engineer聽，然後圍著他：『這個吉他怎麼錄的？要怎麼樣才能做出這種Tone？』追問個不停。」怪獸說。

「回來台灣後，再把學到的技術實際應用在鼓以外其他樂器的錄音上，每天抱著李怨權的《好萊塢音樂與我二十年》【註6】苦K。想想那時候也真呆，還不知道吉他音箱上的那顆單晶體，麥克風架設在不同位置不同角度上就會得到不同的音色，反正麥克風放在音箱前面就開始彈開始錄了。後來慢慢摸索才學會。」

「樂風不是有很多間練團室嗎？其他間常常有人在練團，因為沒辦法完全隔音所以總會有部份聲音傳過來，我們也不能錄音，所以常常在看漫畫或是做其他事情打發時間。有一天在看漫畫時不小心發現我們練團室有一個角落，在那裡隔壁練團的Bass聲串過來特別好聽。於是趁隔壁沒人練團時，我們趕快把所有器材搬到隔壁，架好麥克風跟音箱，然後在我們自己練團室的那個角落再加另外一隻麥克風來收串音，開始錄Bass。」怪獸臉上浮現得意的表情。「後來這怪招被幫我們第一張專輯混音的Engineer田中信一大大稱讚，還不停問我們這個Bass Tone是怎麼錄出來的。」

「蓋一間標準的大錄音室要耗費上千萬，就算光在這樣的錄音室錄音，一小時就得花上三千塊。相較之下，我們前兩張專輯用的1680混音器只要五萬，在大錄音室待個十幾小時就足夠買一台了，而我們光錄音一天可能就要十幾小時。所以說玩音樂真是很花錢的事呀。」石頭無奈的笑了笑。「我覺得音樂實驗就是要有一塊地方，讓你隨時靈機一動，抓起吉他就可以馬上錄進去。有時候彈的明明是相同的音符相同的和弦相同的節奏，可是感覺完全不同。我想擁有這麼一塊屬於自己的地方，對樂團來說是很重要的事。」

「以前我們不怎麼知道去控制情緒的鋪陳，就想盡量把歌曲做得滿一點。我們近乎病態地添加了很多東西，Double【註7】、同一段旋律用不同樂器不同音色錄很多軌，加和音加弦樂，吉他貝斯鼓鍵盤塞得滿滿的。」怪獸說。

「雖然小地方雕琢得很細，結果錄出來什麼都聽不見。」阿信苦笑。「因為再怎麼貼貼補補、再怎麼修飾，一張CD的總音量就只有這麼多。每樣樂器分掉一點就全都聽不到了。真可惜。」

「如果全都聽得到就屌翻了。」怪獸搖搖頭。

「錄音有時候還會碰上人為因素以外的挫折。前一陣子晚上錄光良的歌錄到一半，瑪莎中途跑出來休息看個電視。剛好錄音室的電腦跟大廳電視用的是同一條延長線，電視一打開，電壓超載，電腦『啪』的一聲就掛掉了。而且之前錄音的部份全都還沒有存檔，我的天啊！」

「錄了十八個小時，看個電視就沒了。」石頭補上一句。

「我們氣得跑到樓上破口大罵：『混帳！氣死歐巴桑！』」說著說著，怪獸不禁恨得牙癢癢的，扯開嗓子大叫。

「媽的！靠！」石頭也一同加入臭罵的行列。

「這已經不是第一次了。以前就曾經錄音錄了整個晚上，結果遇到跳電而全部不見過。」怪獸好不容易才住口不罵。

所以，如果有人三更半夜聽到樓下隱隱傳來臭罵聲，可能是五月天的錄音室電腦又罷工了。請合掌膜拜為他們默哀一秒鐘吧。

× × × × ×

「最早我們都還在恨流行，剛開始做《ㄞ國歌曲》跟《擁抱》的時候，那陣子我們現場表演時觀眾反應最熱烈的歌是〈軋車〉。後來我連續看了《恨》跟《187》這兩部電影，受到了極大的震撼。」阿信眼神飄移，開始在記憶的抽屜中翻出陳年發霉縮水了的舊衣服。

「你知道嗎？電影散場字幕打上燈光亮起，我雙腳卻仍在發軟，站都站不起來。從那時候開始我就覺得流行音樂實在太淺薄了，一首歌短短五分鐘要怎麼去完整敘述那麼強烈衝擊的題材？絕對不可能。但轉念一想，也許用一張專輯的份量就辦得到。所以我延續了〈軋車〉的風格，連續寫了〈風若吹〉、〈Hosee〉、〈黑白講〉一系列關於年輕人的歌曲。」

○○××……
△☆※……
一起唱啊！
……

「我們也很喜歡做反差。」怪獸說。「情緒高張時鼓聲催動吉他飆技，情緒失落時主唱柔情旋律斷腸；這是很『順理成章』的做法。但我們更喜歡用表面上聽來悅耳的旋律，來突顯出無法舒張的束縛感。」

「像〈瘋狂世界〉，歌詞裡面說：『**如果說了後悔／是不是一切就能倒退／回憶多麼美／活著多麼狼狽／為什麼這個世界／總要叫人嚐傷悲／我不能瞭解／也不想瞭解。**』它其實是很悲傷的一首歌。可是我們用輕鬆的節奏感來掩飾那份深沉的哀愁。〈I Love You無望〉也是在做反差，不管前面主旋律多麼沉重，後面的鍵盤還是很冷靜的彈奏；反差的效果就出來了。」

「〈軋車〉有兩種版本。合輯《ㄞ國歌曲》裡面收錄的〈軋車〉版本錄音時很High，Overdrive開下去、大力彈奏就對了，聽起來像是騎著野狼125在國道上迎風奔馳的感覺。錄製專輯版本時我們抱持了不一樣的想法，故意把它弄得很『撇』。我們在錄音時刻意把低音cut掉，瑪莎還用Paul MarCartney愛用的那把小提琴型貝斯（這把琴的特色是Tone很復古，但低音較虛）加上Distortion【註9】來彈，錄出來的感覺是一個騎著小綿羊的飆車族，雖然再怎麼催油都跑不快，卻仍要跟殘酷的現實、跟這整個社會來做微弱卻頑強的抵抗。」

「可是聽得出我們用意的人畢竟不多。大部份人還是說：『〈軋車〉喔？我覺得還是《ㄞ國》版的比較好聽比較猛啦！』」

「《愛情萬歲》這張專輯絕不只是在歌頌愛情多麼偉大，或是什麼“All you need is love”，而是在揭露愛情的黑暗面。〈羅密歐與茱麗葉〉是在說童話故事未完的結局。王子被裁員又找不到新工作，公主半夜被哭聲吵醒，起床幫嬰孩換尿布；不完美卻十分真實的人生。〈愛情萬歲〉這首歌一點也不萬歲：『**我需要你的體溫／雖然此刻我一點也不覺得寒冷／我感到巨大的飢餓／雖然無聊滿滿撐脹我的靈魂。**』開頭的歌詞擺明了我只想得到你的肉體，說了這麼多漂亮的話也只不過是想把你騙上床。前後的歌詞各自互相矛盾，就是在反諷愛情的謊言。」

「以《人生海海》為例吧。有些歌是唱給我們自己聽的，像〈候鳥〉，我們也不預期會得到聽眾多大的迴響；像〈好不好〉則就是唱給別人聽的。我們漸漸學會怎麼去揣摩別人的心態、別人的情歌來創作歌曲，去詮釋自己以外的人生。我一直覺得我們還有更多東西可以挖掘，把我們的生活經驗藉由歌曲表達出來。」

「五月天最值得驕傲的地方，就是我們仍然堅持自己的想法，尤其是對於自己的創作，絕不輕易讓步。」

× × × × ×

「《愛情萬歲》是我們最滿意也最自信的作品，因為錄音時的空間感很好，所以Vocal跟鼓都沒有加Reverb。我們刻意呈現一種粗糙感，顆粒比較大，不像台灣一般流行樂唱片做得那麼漂亮。」瑪莎驕傲地說。

「不客氣說一句話，我們的作品就算你聽了不喜歡，你也得佩服。因為我們不是經過專業訓練的音樂人，很多錄音技巧都是經過自己慢慢摸索才得到答案。只要你仔細聆聽，不像很多人純粹為反對而反對，還沒聽過專輯就先拍桌子開罵，這其中絕對會有某個部份能觸動你。」

註1.Click是節拍器的通稱。在現場表演時，鼓手需要戴上節拍器，以維持著節奏的穩定。錄音時每個樂手都必須對節拍器的點來彈奏。

註2.Grooving是一個很抽象的形容詞，可以解釋為律動感，也可以拿來形容流暢的音樂演奏。

註3.Jam是即興演奏的意思。

註4.Reverb是效果器的一種，專門處理迴音，能增加空間感。

註5.Tone就是音色。

註6.《好萊塢音樂與我二十年》是一本錄音的入門書籍，由李恕權所著。

註7.8.Double是一種錄音技巧。將同一樂器彈奏的同一段旋律錄上兩次，這兩次的演奏間會有微妙的差異，聽起來就像是有兩個人同時演奏，藉此營造出遼闊的空間感。

註9.Distortion是效果器中破音的意思。

TO NEXT

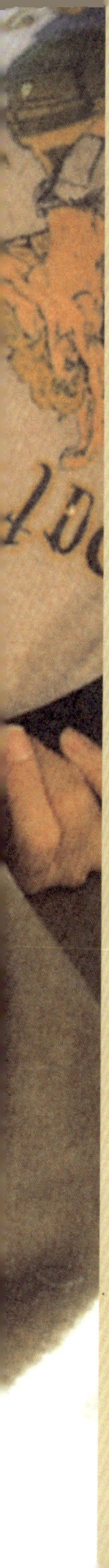

＊CHAPTER SEVEN

我們都快變成地鼠了！

（《愛情萬歲》錄音期間石頭的文章）

文＝石頭

五月天の素人自拍

台北
日本
KODAK 400VC

✱ CHAPTER SEVEN

我們都快變成地鼠了！

（《愛情萬歲》錄音期間石頭的文章）

已經接近製作期的末端了，但大家也進入了更緊張的狀態。從上一張專輯宣傳期結束後，我們就進入編曲和練團的工作，在一個面積很大但是卻很溫馨的地方；那是一個地下室，五月天的音樂也是從那裡誕生的。

在各式的表演或是製作音樂之前，PS——也就是遊樂器，是不可缺少的。彷彿大家都成了吞食天地中的三國英雄，在地下室玩樂、在地下室覓食、在地下室工作。哈，地鼠！就連錄音的地點大部分也是我們的練團室，並不是百萬的器材，卻更多出了許多時間實驗錄音的方式，那也是比在錄音室更有樂趣的。上星期錄鈴鼓的部分，我們選擇的地點在廁所內，記得上一張的《瘋狂世界》，本來應該在客廳錄的吉他卻因為警察伯伯的到來而作罷，現在想起來，真有一點可惜。而怪獸的吉他還同時用到了四枝麥克風呢！我們在各種地方錄音為了得到特別的聲音，在新專輯中，我們也在零下1度的戶外錄音，怪獸還不時需要以熱水暖手。

在這段後製的過程中，發生了一段小插曲；興致勃勃的阿信，竟然在大家睡眠不足的情況下，又有了創作的慾望。但是大家卻很興奮，可以玩一些新東西，出人意料的竟然在非常短的時間之中編曲完成，又加入了兩首新歌。只是又要去日本一趟，希望公司不要吃不消才好。製作的期間，大家不斷的學習、吸收，也有突然靈光一現的想法，把這些想法實現，這就是音樂有趣的地方。

春天 吶喊
Spring Scream
石頭

* CHAPTER EIGHT

雨後的虹

五月天の素人自拍

四月的台灣是春天的季節，也是「春天吶喊」【註1】的季節。全台灣規模最大也最廣為人知的音樂季「春天吶喊Spring Scream」，每年固定在貓兒開始爬上牆頭，喵喵叫春擾人好夢的時分來臨。

「我記得早在1996年，我們就有去春天吶喊表演過。當時的鼓手時間一直沒辦法配合，我們只好四個人跟脫拉庫全團一起先下墾丁再說。那時候瑪莎還在幫脫拉庫客串Bass手一職。」阿信回想。

「才剛踏進會場，就聽到主辦人Jimi & Wade在舞台上拿著麥克風頻頻喊著我們的名字：『Mayday，god damn Mayday！Where the hell are you？』我們連鼓手都沒有，又要怎麼表演？沒想到這麼快就輪到我們上台了，讓我們有點驚惶失措。一時之間想不出對策，所以我們決定當場落跑，跟脫拉庫跑去海邊玩水。」

「張國璽有一招秘技。他喜歡在掌中抓起一把砂，混合海水揉成跟鐵球一樣堅硬，再把它大力甩在別人背上。那真的很痛，我不騙你。」怪獸自承當時也是鐵球的受害者之一。

「我們還把張國璽整個人都埋進砂裡，再從他身上的砂挖一道溝直通海面。等到一起浪，海水就順著砂溝直直流進國璽的嘴巴裡。偏偏他又被埋在砂裡動彈不得，想逃也逃不掉，看他當時掙扎的表情真的很好玩。」

關於叫春的有趣回憶，怎麼說也說不完。

從三月中旬，石頭的嘴邊就不停提起春天吶喊的名字。當然他自己也心知肚明，以目前《人生海海》的進度來說，實在抽不出時間讓他們去墾丁散心，更別說是去表演了。隨著日期逐漸逼近四月，石頭聽到『叫春』這兩個字，扼腕嘆息的次數也就更加頻繁了。

「你知道嗎？U2有一張專輯是在廢棄的船塢裡完成的。他們刻意挑選了那個地點，確認那裡的音場合乎他們預期之後，他們就把樂器跟錄音器材搬進船塢裡，直接在船塢裡開始錄音。我最近也在想，其實我們可以搬幾把琴跟1680混音器下墾丁；白天看春天吶喊，晚上表演結束後就在附近的船塢錄音。REM也做過類似的事情，所以並不是不可能的。」石頭突發奇想。雖然這只不過是一句玩笑話，卻也聽得出來石頭對參加春天吶喊的期待。

× × × × ×

「走吧，我們去叫春吧。由團長帶頭策反。」趁著酒意上湧，怪獸拍拍胸膛，意氣風發地說。石頭聞言，眼睛馬上亮了起來。

時間是4月3日，怪獸家中的一次聚會。離叫春之期不過剩下短短兩天。其他團員先行一步離去，兩個吉他手關室密談，商量叛變事宜。哪一天搭飛機南下，哪一天趕回台北繼續編曲，兩人開始計畫。

「你知道的，我是團長，必須負責去盯每個人的進度。

Spring Scream

雖然自己明明知道進度怎麼盯也盯不來，可是我得擔當起這個責任。也許去墾丁玩只會花上我們兩天的時間，而我們常常在樂風花了不知道多少個兩天，只是坐在電視機前面聊天抬槓。但是花兩天在樂風抬槓，跟花兩天在叫春玩是不一樣的。就算真的能去叫春玩，真的能說服其他團員讓我們去，心中還是會掛著台北的樂風，會有罪惡感，壓力很大。」說到最後，怪獸開始對石頭訴苦。

真的要去叫春，真的能去叫春嗎？怪獸躊躇了起來。

「今天如果在樂風閉關兩天一直ㄍㄧㄥ，我敢保證一定會有成果出來，就算只有兩小節的吉他也好；可是把這兩天花在叫春上，這首歌、這兩小節的吉他就絕對做不出來。這要我怎麼去取捨？」

「這一陣子我們陷入了有始以來最大的低潮，大家不約而同地心浮氣躁了起來。一方面是寫歌的壓力，阿信的新歌一直寫不出來，眼看著七月就快到了，專輯的事該怎麼辦？一方面是在編曲上，尤其是新版〈候鳥〉，怎麼編怎麼不對，很難去擺脫原來編曲的影子，所做的決定也沒有一個對的。」

「『嗯，鼓這樣的打法挺不錯的，試試看吧。』錄進去一聽才發現不對，又得從頭來過。貝斯的部份也是，完全找不到方向。這陣子我連聽音樂都沒有感覺了，不管是誰的音樂，甚至是我們自己的歌，聽進我的耳朵裡只會覺得厭煩而已。我想是因為壓力太大的緣故。」

「現在雖然我們手邊已經有六首歌了，其中還有三首尚未完成，但最困擾我的不是這前六首歌，而是專輯裡還缺少的後六首歌。該如何去擠壓，如何去榨汁來完成這未成形的六首歌，才是最困擾我的事。」石頭安撫怪獸說。

「其實要怎麼編曲、要怎麼彈奏，這些想法都藏在我們的腦子裡面，只是開啟的時刻還沒到。去叫春就當做是渡假嘛。看到舞台上有那麼多樂團很賣力很有活力地演奏，我也會感染上那份活力，也會跟著他們High了起來。也許回來以後，我們就能夠找到腦子裡堆積著想法的出口。」

怪獸沉默了好一會兒，終於開口：「阿信那邊我會跟他說的。走吧，我們去叫春吧。」

× × × × ×

除了會擔誤專輯錄音進度之外，參加叫春還會遇上另外一個小問題，讓他們不得不分心，那就是：歌迷。春天吶喊既然是台灣搖滾界的一大盛會，叫春會場中的觀眾當然不可能不認識五月天的團員，索取合照、簽名跟握手的人當然也少不了。怪獸跟石頭不管走到哪裡幾乎都會引起一陣小騷動，多少分散了他們對台上樂團的注意力，讓他們很難靜下心來看表演。

最後，他們想出了一個異想天開的解決之道。他們搬了一大箱台啤在身邊，如果有觀眾想要跟他們合照，就先

素人影像館

＊ vol.4- left to right

Let's dance!

▶▶各就各位……

▶▶music……go……

▶▶1.2.3.4……

▶▶ 來點掌聲吧？

得要乾完一整罐台啤，不然一切免談。這個「台啤作戰」的確讓他們耳根清靜了好一會兒，卻也出現了盲點。到最後，主動上門來的觀眾已經不像是想要親近怪獸或石頭，而像是來騙免費的啤酒喝喝。

「怪獸你好你好，聽說如果想要跟你合照就得喝酒是吧？那不囉嗦，小弟先乾為敬，你隨意就好。」咕嚕一聲啤酒就已然下肚，拍拍屁股走人，合照二字再也沒提過。留下怪獸跟石頭在當地面面相覷。

× × × × ×

從叫春回來後，已是四月中旬的事了。看看團員臉上的表情，確是神清氣爽得多了。短短兩天的休假不算長，對五月天來說是卻是難以奢望的自由。團員們暫時停止了編曲的腳步，花了一個多禮拜時間在練習現有的歌曲：〈稍等一下〉、〈候鳥〉、〈彩虹〉、〈能不能不要說〉、〈BalaSong2〉、〈BalaSong3〉【註2】上。

「因為我們快要開始正式錄音了，所以在進錄音室之前要先把鼓跟貝斯的部份盡量練熟練穩一點。免得正式錄音時因為拍子不穩、編曲不熟而白白花上許多冤枉時間。」怪獸如此解釋。

「一方面也是把編曲的部份先放在一邊，慢慢沉澱，順便讓腦筋單純一點，別累積太多壓力。前幾首歌編完之後，我們不知為什麼竟開始對音樂產生恐懼。怎麼編曲都覺得不太對勁，像缺少了最關鍵的部份；卻也不敢下手去試著編編看，如果聽了感覺不對，再往別的方向摸索。因為編曲完成後這首歌就成型了，無論你再怎麼去構思新的想法，既有的概念、既有的影子還是會縈繞在腦海裡揮之不去。這時候再回過頭來去聽原來的編曲，也會覺得錯愕：『這首歌怎麼會彈成這樣呀？』因為自己腦子裡堵塞了過多的想法，開始自我矛盾了起來。」

「這半個月來我們每個人心裡都悶悶的，有道陰影鬱積著徘徊不去。即使先暫時把這些惱人的問題拋在腦後，跑去樂風客廳打打電動什麼的，心裡面還是會有負擔。

Craig

就算自己幫不上忙，過沒幾分鐘還是很自動地站起身來，跑到練團室裡看看別人在幹嘛，再繼續回來客廳打電動。」

「我們所能做的只有等待而已。」諺明說。「一方面要等自己的新錄音室完工，才能開始錄音的工作；一方面阿信的詞曲一直寫不出來，大家也都很焦躁。阿信常常在練團後，其他團員都已經在看電視、聊天休息時，還自己一個人待在練團室裡用Midi來編〈彩虹〉、〈好不好〉的弦樂，一弄就是好幾個小時；不然他就是在這裡收收雜誌、那裡整理CD的，很少放鬆下來。」

「我猜是因為阿信有心要幫忙，可是編曲的部份他又使不上力，所以他才會想盡可能地多付出一點心力在弦樂上。畢竟每個人都有自己的專業領域嘛。我自己則是從Why Not【註3】時期就一直有在寫歌，創作的歌曲也有收錄在Why Not的專輯中。最近我有事沒事就會在嘴邊哼一哼歌，想到什麼馬上用錄音機錄下來。我是希望能分擔阿信的創作壓力，至少寫出一兩首歌也好。可惜想出來的旋律都是一段一段的，沒辦法連結成一首完整的歌曲。」

「他們（其他團員）其實是很不容易緊張的一群人，就算發生了什麼事讓他們暫時緊張了起來，也很快就放鬆了。別人講究的是：玩的時候盡情玩樂，工作的時候認真工作。五月天的作法卻是：玩的時候很瘋，工作的時候也不忘放鬆。真不知道這該算是優點還是缺點呢。」阿信笑了笑。

「所以我也必須常常扮演提醒他們的角色：『今天的進度到哪裡了？』『該開始動工囉！』不過老實說，唸東唸西的唸久了，大家自然會有點厭煩。而且我覺得團員們應該有選擇工作時間的自由。就算進度落後了，就算新歌編不出來，我也不想太過約束團員們，讓他們充電一下再去自由發揮。」

「我在五月天裡最主要的工作就是詞曲創作，首先我得先顧好自己的角色。再加上我還會用鍵盤編Midi編弦樂，我能做到的部份就盡量做。至於錄音跟器材，我懂的沒有他們多，無法盡一份力，就放手讓團員們去做。」

四月中旬，五月天的頭上罩了一層濃濃的烏雲，揮之不去。既然有晴天，陰雨的時分遲早也會降臨，難免的事。你能做的就是撐把傘，等待雨後的彩虹。

× × × × ×

4月20日，〈左鍵〉的Music Video在東區附近某間二輪戲院裡開拍。

「比起來，〈左鍵〉Music Video的拍攝算是輕鬆的了。而且只需一個工作天即可完成，不用花費太多精力。既有戲院冷氣可以吹，也不用冒著大風大雨或烈日高照，實在很舒服。」怪獸趁工作人員換場景時溜到一旁納涼。「我們前幾張專輯拍Music Video都是比沒人性比慘烈的。不是像〈溫柔〉在眷村內拍攝，蚊蟲又多太陽又烈，我們拍到後來真的被熱暈了過去；不然就是像〈

[dad]n.老爸 / 陳建良，五月天對他的暱稱。

1998年11月
第一張專輯的製作會議，
我們和老爸、大哥李宗盛等人
提出製作計劃……

會議上的曲目
也一首都沒變

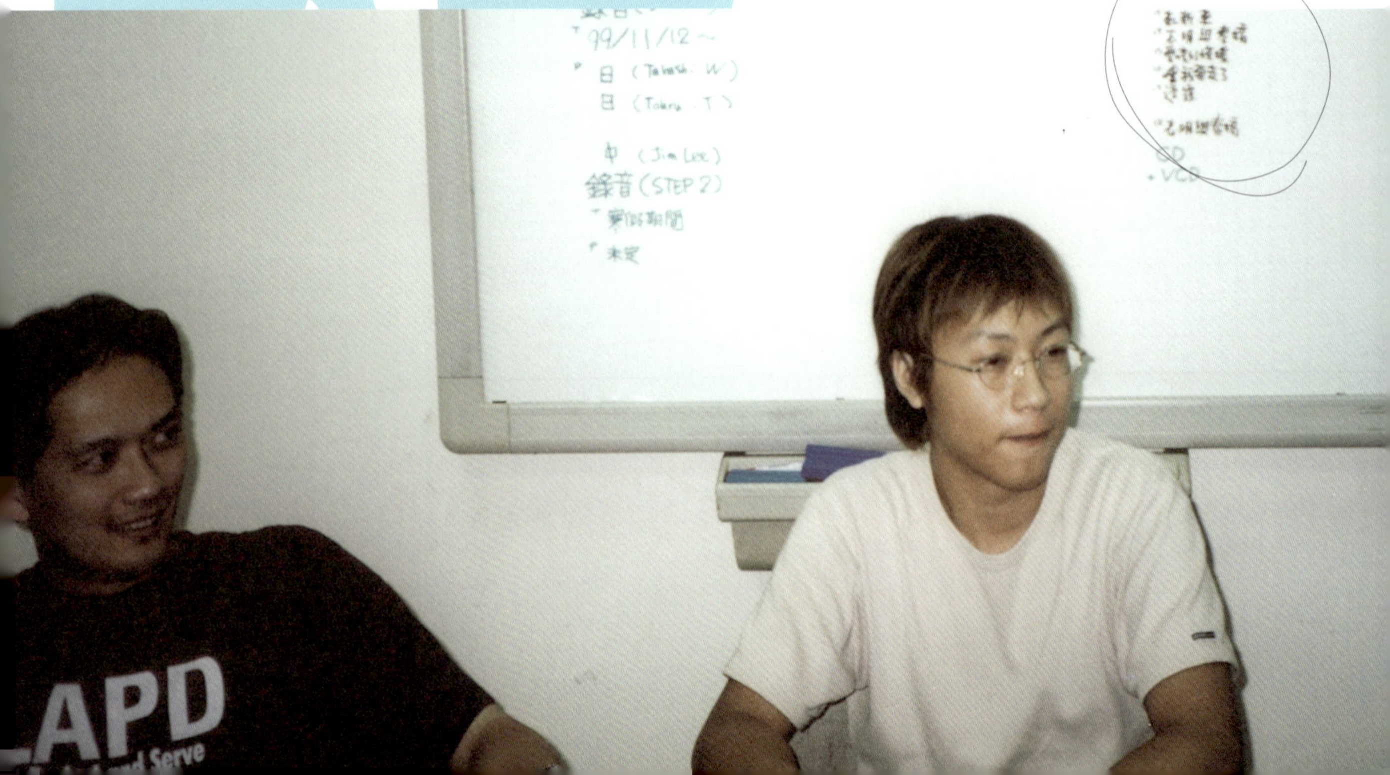

終結孤單〉，拍攝當天下起大雨來，還是繼續照拍不誤。」

比起惱人的天氣跟驅之不盡的蚊蟲，等待似乎才是最漫長的。

「其實第一張專輯時我真的很不能適應。專輯花了一年終於完成，心裡想說錄音結束丟給公司發片，應該可以輕鬆了吧？沒想到最累人的部份還在後頭。」瑪莎臉上浮現不耐煩的表情，說話的聲調也不覺激動了起來。

「好比說拍Music Video吧。你先得等燈光師測試光源，調整燈光位置、角度，工作人員敲敲打打弄了老半天後，你才能開始練習走位、動作、表情，最後終於開始拍攝。中間這段時間你什麼事也不能做，只能傻傻的在旁邊枯等。」

「好比說巡迴表演吧。你在當天一大早就到了會場，先得等燈光音響器材架設好，花整個下午綵排；到了夜幕低垂時，你只不過表演個三、四十分鐘就要打道回府了。你耗上一整天的時間待在會場哪裡都不能去，就只為了這三十分鐘的表演，說老實話心底真的很悶。」

「別人也許以為我們一年出一張專輯，在時間上應該很充裕吧？其實不然，這一年絕大部份的時間都花在宣傳上面，實際錄音的時間被壓縮得很短。有時候不禁會想：如果把我們等待調整燈光的時間、南北奔波趕場的時間、上通告開記者會的時間，全都用在錄音室裡該有多好。我們只有在第一張專輯時才是真的慢慢磨慢慢摸索，花了整整一年的時間來完成它。若是按照第一張專輯的模式，後來的幾張專輯恐怕得等兩、三年才出一張。」

「後來我也慢慢想開了。反正都要花這麼多時間在後台、在Music Video片場、在宣傳車上；而且為了讓我們的聲音傳到更多人的耳朵裡，真的有必要把時間花在這些事上，那為什麼不更配合一點把它做好呢？」

「喂喂喂，你們動作快一點，不要拖拖拉拉的好不好？都已經過十二點了！」經過長時間的等候，導演馬宜中雙手抱胸，也開始克制不住自己的脾氣了。工作人員沒有回話，低下頭默默地拆卸燈架。

× × × × ×

「新錄音室已接近完工了！今天晚上我們要去試鼓。」阿信興奮的說。

4月22日晚上，清華大學的表演一結束，團員們就從新竹直奔位於松山機場附近的錄音室。錄音室內木門上的玻璃尚未安裝，一腳跨過去，迎面撲鼻而來的是木頭特有的清香。粉刷已大致完工，轉動燈光旋鈕點上一盞暈黃，大廳雖然空曠卻帶種後現代的輝煌。眾人迫不及待地魚貫而入，這邊摸摸牆壁那邊房間晃晃，眼中透露出期待跟興奮。

像是新建好屬於自己的秘密基地，得意洋洋的孩子們。

Welding

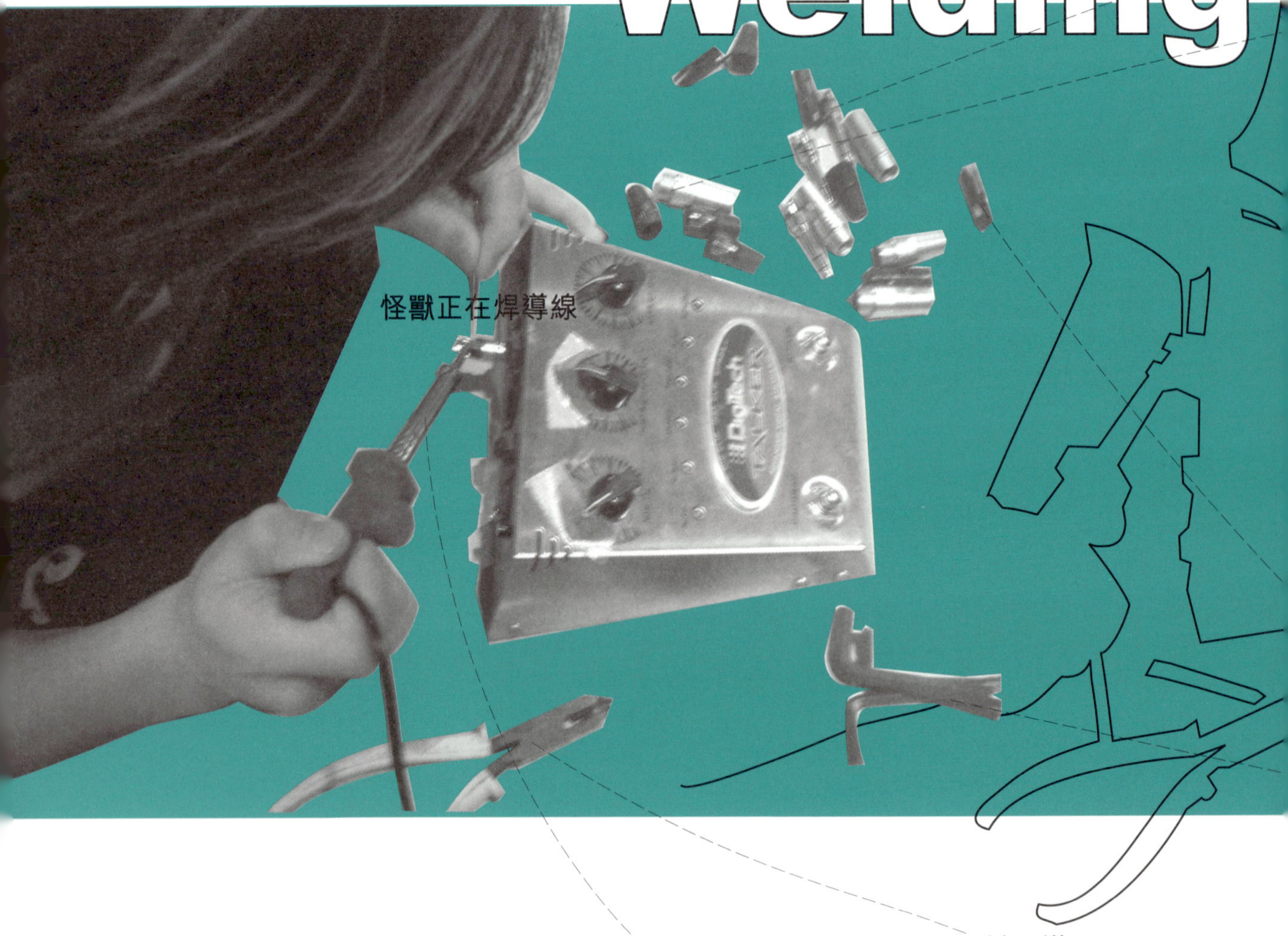

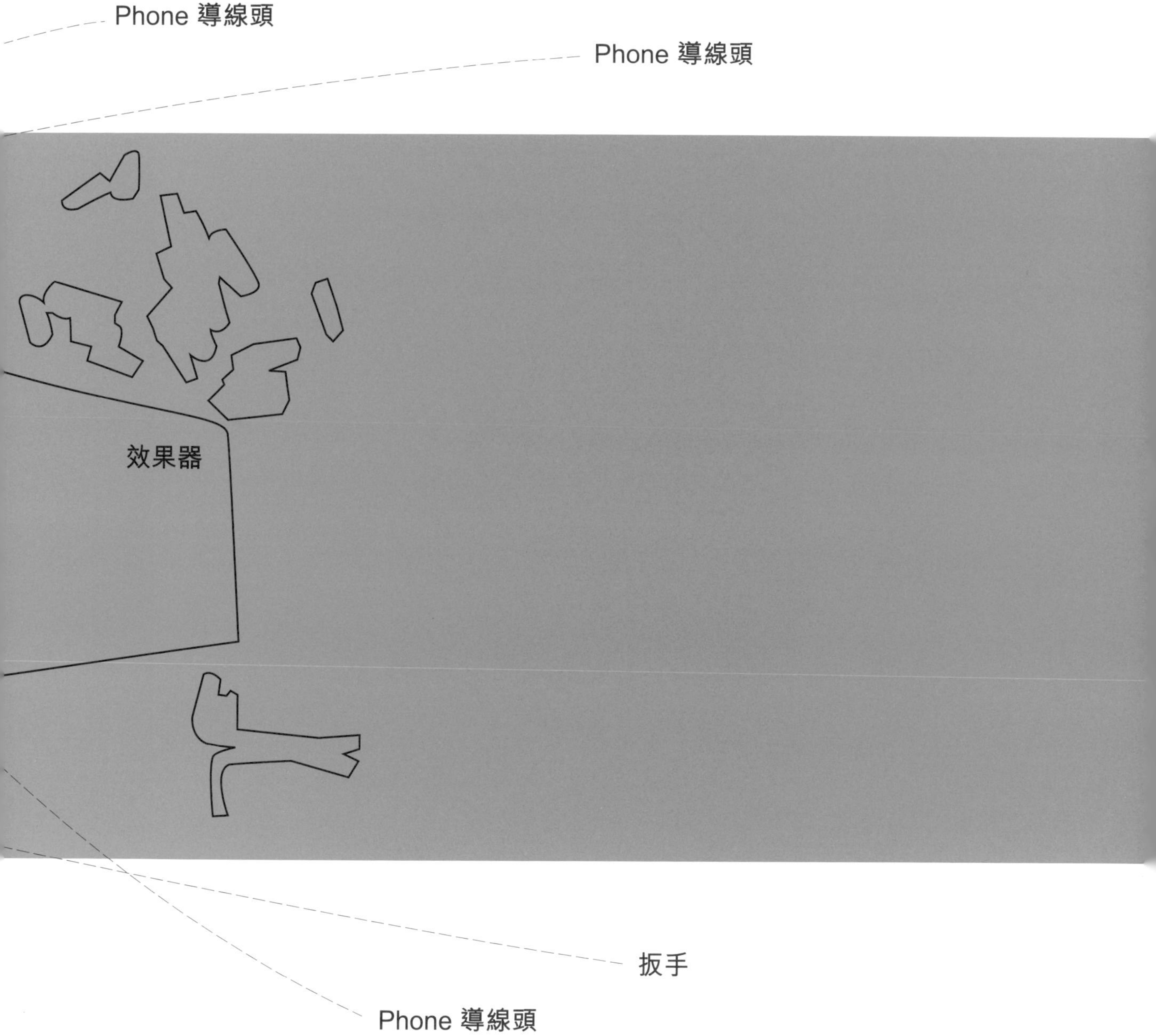
Phone 導線頭
Phone 導線頭
效果器
扳手
Phone 導線頭

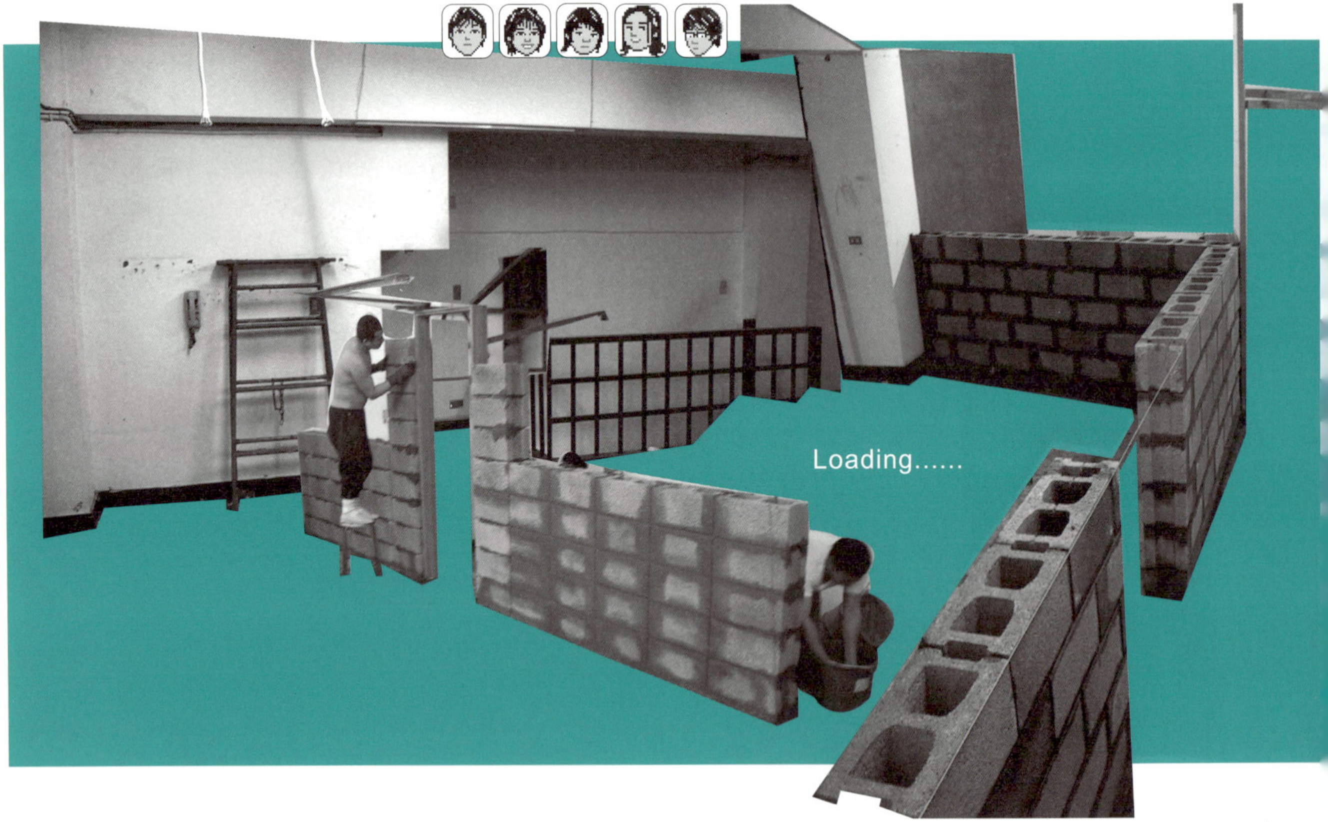
Loading......

錄音室為了隔音著想分成兩層樓。地下室有兩間錄音間，各自有一個Tracking Room跟Control Room【註4】，大的那間是錄鼓跟樂器的地方，平常也可以充作練團之用；小的Midi Room專門拿來配唱跟Midi Programming。一樓有小廚房、餐桌、一間會議室、接待外賓用的大廳跟團員自己休息用的小客廳，甚至還有榻榻米跟浴室。隔了一層樓之後，地下室的聲音會被吸收擴散，不會傳到二樓以上打擾到其他鄰居，即使深夜也能繼續錄音無妨。

「我們決定《人生海海》將不去日本錄音或混音了。一方面是我們擁有的時間嚴重不足，一方面是最近我們財務也有點吃緊，錢幾乎都花在新錄音室上頭了，沒有多餘的經費可以出國錄音。聆聽過許多國內外唱片，仔細比較後，我們決定找陶吉吉的錄音師Craig來幫我們處理混音。聽過《It's Ok》這張專輯之後，我們相當欣賞他的混音風格，而且透過陶吉吉這邊來聯絡他，也比聯絡其他外國混音師更方便許多。」怪獸這麼解釋。

「畢竟新錄音室在我們錄完《人生海海》後，也得開始正式對外經營，所以我們決定實驗看看光憑自己的力量來完成這張專輯的錄音，究竟可以做到什麼地步。再在Craig混音時從他身邊學習經驗，對日後我們經營錄音室時所能提供的錄音品質會有不少幫助。」

架了Hi-Hat、大小鼓，眾人留下諺明一個人在Tracking Room裡面賣力打著鼓，在一樓每個角落裡仔細側耳傾聽。鼓是樂團裡面音量最大聲的樂器，如果諺明在Tracking Room裡的鼓聲傳不到一樓，那錄音室的隔音就可說是成功了。若鼓聲穿透了上來，那就表示會打擾到樓上的鄰居，這幾個月來耗費的心血也就白費了，深夜錄音一事更甭談了。試鼓的用意就在此。

製作人老爸【註5】神情嚴肅地搖了搖頭。

「怎麼樣，老爸？我剛剛繞了一圈，幾乎聽不到鼓聲。」怪獸擔心地問。

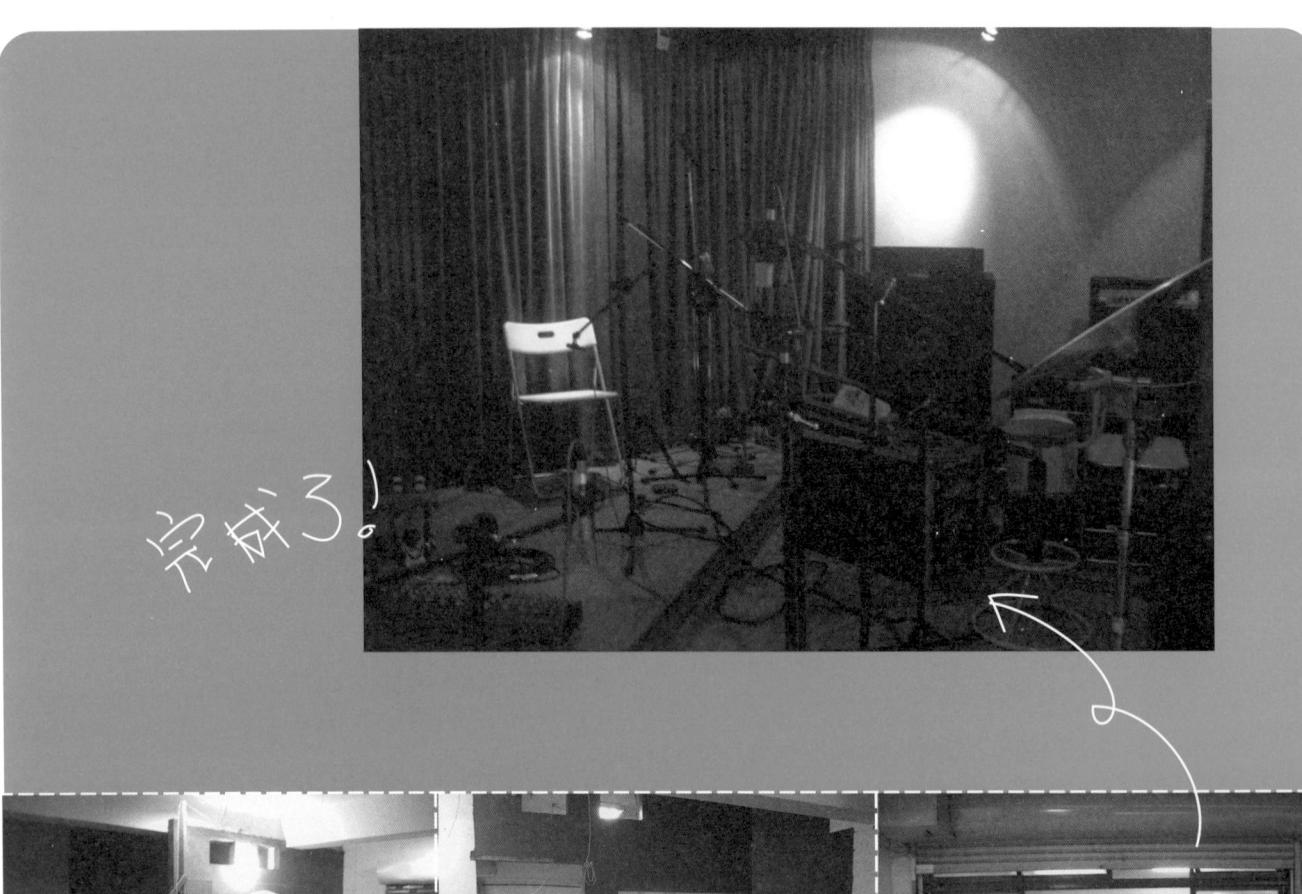

完成了。!

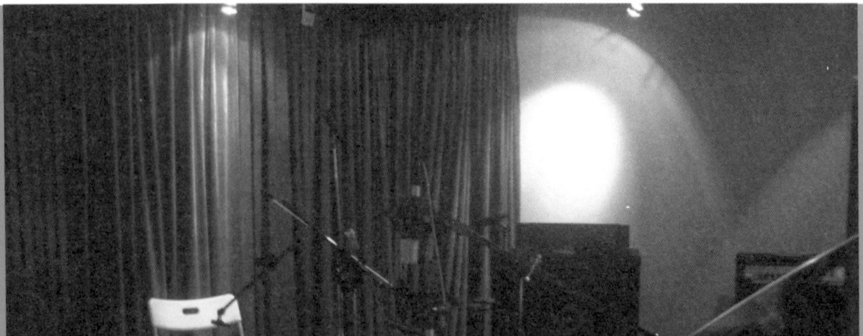

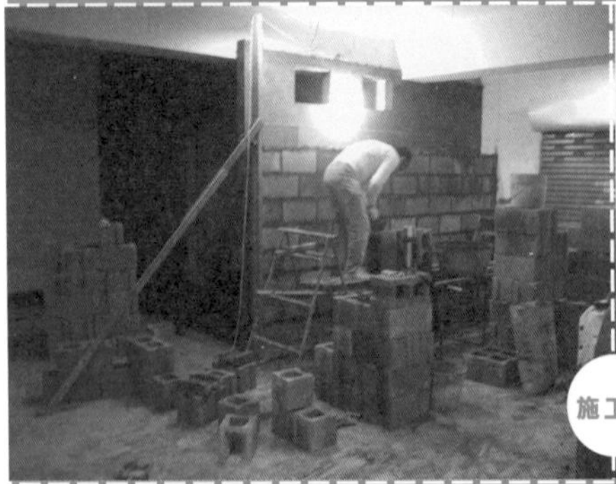

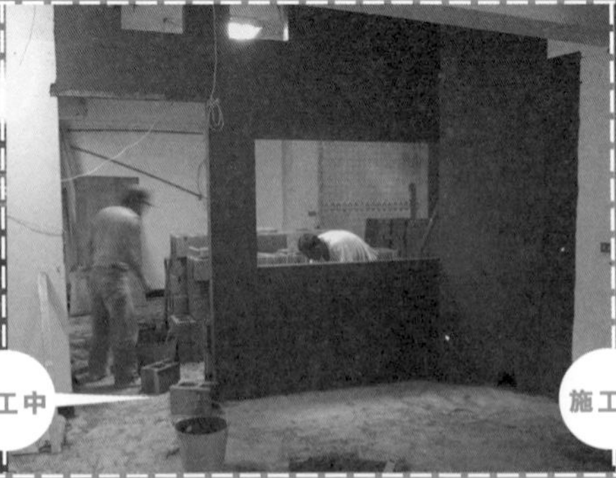

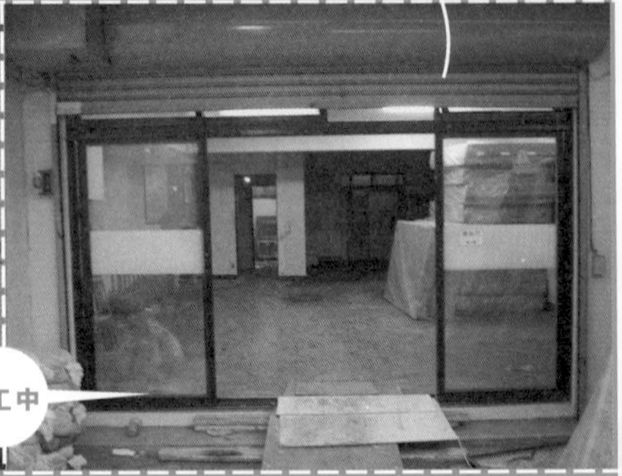

「其實應該還好，只有在Tracking Room正上方的榻榻米室才會有一點點震動的感覺。我害怕的是聲音會隨著柱子一起串到樓上去，因為整棟公寓的柱子應該都是連在一塊的。」老爸憂心忡忡地回答。這句話一出口，所有團員的耳朵馬上不約而同地貼上了柱子。

「以這樣的程度來說我覺得還OK吧。以後我們晚上錄音時盡量小心就是了。」阿信說。「那麼我們最近有空就開始動工吧。打掃、燒線、買點簡單的傢俱，不用布置得太齊全，只要幾張沙發跟桌椅這類生活必需品就夠了，我們現在也沒有多餘的時間來使用這些設備。其他的就等專輯完成後再說吧。」

噹噹噹，大雞腿錄音室正式宣布開張。

× × × × ×

酸酸甜甜，鳳梨切片的香氣。階梯上、餐桌前，四處都放置了一疊鳳梨切片，好沖淡剛完工的油漆味。二十幾把吉他堆在會議室裡頭，還有幾套鼓、Mixer跟效果器，五月天在樂風的所有家當都已全部搬來新錄音室了。該是時候告別過去的回憶，往新的方向前進。

諺明的武器是拖把，瑪莎的是吸塵器，兩人彎下腰來協力對付地板上那層薄薄卻頑強的木屑。「只拖過一遍是不夠的，還要多拖多吸幾遍才能真正清理乾淨。」瑪莎蹲下身用手輕觸地面檢查，發現仍沾得到灰塵。諺明伸了個懶腰，不覺有些筋骨酸痛，有氣無力地應了一聲。樓上阿信正站在椅子上一顆一顆地調整軌道燈的角度。「身為一個室內設計師，我對燈光的要求可是嚴格得很呢。」他顯得興致勃勃，竟玩出了興趣來。一旁的怪獸正用抹布擦拭每一扇門。

Tracking Room裡石頭已經焊了六個小時的導線，Cannon頭、Patch Bay【註6】，似乎永遠沒有焊完的一天，而他的腰早已直不起來。「因為導線貴就是貴在它的人工，既然我們懂得怎麼焊接，為什麼不親自動手去做呢？反正是自己的錄音室嘛！」他隨手拿起一條

Patch Bay不過十幾公分的短導線為例，就要價兩百塊。這大一間錄音室要用上多少條這樣的導線？

幾天下來，石頭的總焊接時數已經累積超過三十小時。腰也快斷了。

好不容易終於大功告成。阿信盤膝在大廳一屁股坐下，對直喊累的團員們說：「等這次巡迴完後，我希望大家能回家收拾一下細軟，搬來錄音室一起住上一個月。算一算我們差不多要在六月初開始混音、後製，把母帶送到工廠去壓片，所以也沒剩多少時間了。五月就當成是集訓吧！大家住在一起拼拼看，應該來得及。」

「雖然我們從來都不曾趕得及在五月發片，但五月不愧是我們的本命月。每年的五月我們都得操個半死，才能在七月前完成錄音。」

木頭的香味逐漸散去，錄音室也從工地逐漸變得有個堡壘的樣子。男人拼命工作的堡壘。是五月，五月踮著腳尖悄悄來到了。

註1.春天吶喊是台灣最大型的搖滾音樂祭，英文名稱Spring Scream直譯成中文即為俗稱之「叫春」。叫春由兩個在地老外Jimi跟Wade發起，每年固定在四月初於墾丁舉辦。正所謂「南有叫春、北有野台」。通常一連三、四天的表演中，會有數以百計的樂團接力表演，從白天一直到深夜為止。

註2.BalaSong2、3各是〈好不好〉、〈相信〉的Working Title。BalaSong 1則是〈彩虹〉。怪獸曾開玩笑的說：「Always Bala！五月天的抒情歌永遠少不了。」

註3.Why Not是諺明在加入五月天之前的樂團，五月天的製作人陳建良也曾是該團的成員之一。

註4.Control Room是放置混音操作台跟其他錄音設備的房間。Tracking Room則是用麥克風錄製樂器的房間。當樂手在Tracking Room裡錄音時，錄音師就在外頭的Control Room來操作機器。

註5.「老爸」是五月天團員對他們製作人陳建良的暱稱。

註6.Cannon頭跟一般樂器導線不同，是接麥克風用的導線插頭。Patch Bay是交換台。因為錄音室內的器材繁多，所以為了使用方便會把所有器材的輸出跟輸入交點都用電纜拉到交換台來。只要利用交換線在交換台上各個接點做轉接，就可以連結到整個錄音室的任何器材。

TO NEXT

* CHAPTER NINE

我很幸福！

文＝石頭

五月天の素人自拍

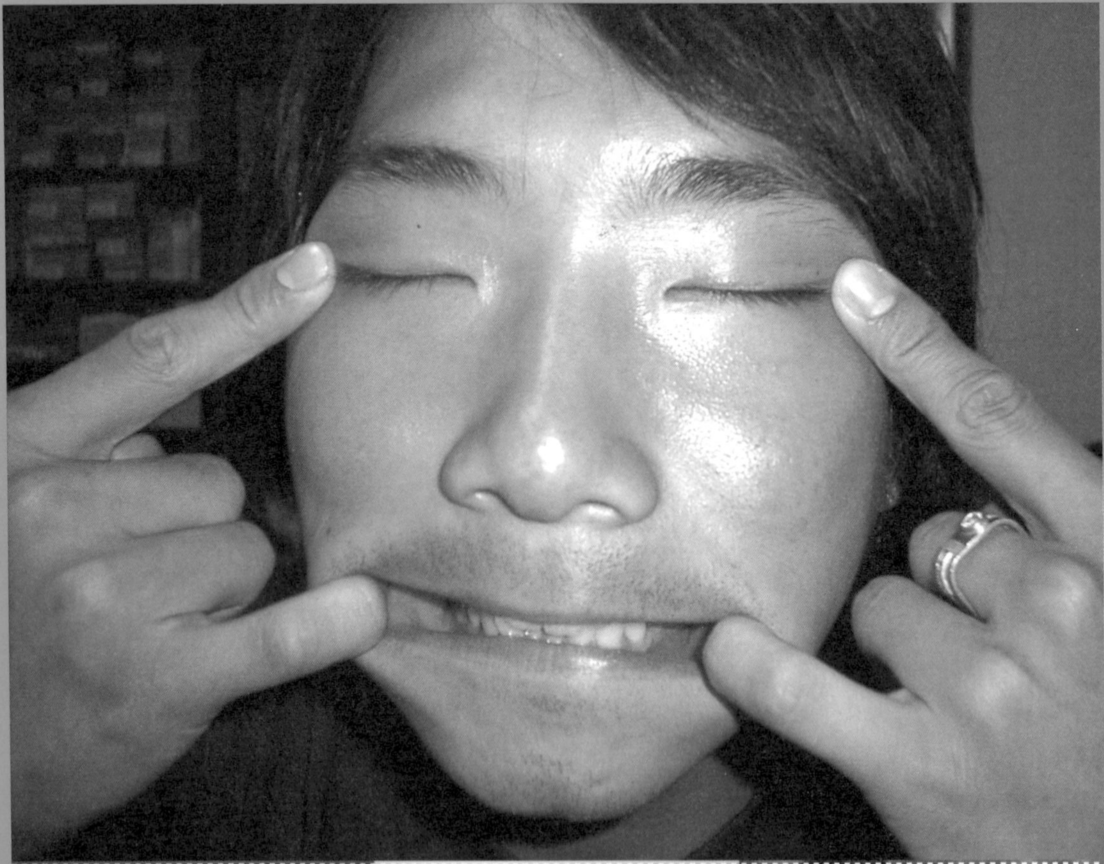

後來，在這原本色彩斑斕的國度，卻被奪走了所有的顏色，灰濛濛的一片。鄉間的道路失去了綠色、天空和海洋失去了藍色，當蝴蝶和花都失去了顏色，停在花朵上也就沒有意義。

他們的食物也沒了顏色。因為失去視覺的刺激，對於氣味的感覺也遲鈍了起來，這多可怕呀！原來在他們國家盛產的草莓，食之無味，本來還有一個叫傑洛米的農村在種植，後來也不了了之。全國的經濟開始萎縮，大家開始無心生活。

一位農莊的園丁向我解釋道：「起初園中的人用自己的鮮血來為草莓染色，慢慢的連鮮血都失去了顏色，就再也沒有人吃了。」

「是羅塔依。」他說：「那個過逝的作家，他發了瘋，去逝前成天關在屋裡，不吃不喝。他死後留下遺書，說他這一輩子都是為了白紙黑字，他要使所有顏色消逝。」

後來有人看得到他的靈魂，說他骨瘦如柴，身上燃著無色的火焰。為了得到使顏色消失的法力，他用他充滿智慧的頭顱和魔鬼交換，固執和憤怒就是他的能量。

一開始非常的不習慣，沒有色彩，後來對吃的慾望也漸漸失去了。但是還是可以活著吧！他們這樣想。

有一天，依偎在母親懷裡嬰兒的哭泣聲突然消失了，大家都不知道為什麼，有的人也沒發現。在一間小酒吧，那是他們歡笑的地方，有的人在那舉杯慶祝生日，有人用啤酒洗去一天的疲憊。

園丁突然問我：「你知道有首歌〈Across The Universe〉？我記得有這首歌，而且每當有人沮喪的時候，全部店裡的人就會開始合唱，但是我現在卻記不起來如何唱了。」

因為沒有了色彩的刺激，他們的感官開始變得不敏銳，開始退化，一開始是視覺，再來是味覺，現在竟然是聽覺。

他們失去了音樂。

TO NEXT

VIDEO
心靈改革
隊長
溫尚翊
素人自拍

* CHAPTER TEN

十人進攻，十人防守

五月天の素人自拍

VIDEO

✱ CHAPTER TEN

十人進攻，十人防守

「五月天是一個很奇妙的樂團。」即使不過是在小小的餐桌上，即使筷子上挾的不過是附近便當店的家常菜，大哥李宗盛依然談笑風生，吸引了所有人的目光焦點。「阿信的Vocal如果換成別人來唱絕對不適合五月天，相對的阿信就算離團去唱別人寫的歌，相信也一定很難聽。」

「今天台灣的聽眾比較起音樂的優劣，可能會說這個歌手的第一張專輯唱得怎樣怎樣，他的第二張專輯比起來又唱得如何如何；可是五月天不適用這樣的聆聽方式。你不是單聽阿信一個人的表現，而是去聽整個樂團的Style。」

「所以說真是妖孽呀，風格這麼Match的團不知道多少年才出現一個。」

× × × × ×

「五月天當然不是我們唯一玩過的樂團。瑪莎曾幫脫拉庫客串過一陣子的貝斯手，怪獸跟失控的阿甩組過一個團，諺明跟我們製作人老爸以前都是Why Not的團員，我也曾是煙草、無名的吉他手。」石頭說。「這些樂團玩的音樂絕對不比現在的五月天遜色。也許技巧沒話說，但作品卻沒有辦法像五月天那麼有共鳴，從中我們感受不到『五月天』獨有的那份連繫。」

「阿信的詞曲有種感動人的力量，讓我們願意拿起吉他、鼓棒來為他的音樂鋪設情景。如果想要的話，我們其實可以把五月天的歌曲編得再屌再難一些，但我們試著停留在恰好的濃度。五月天的味道。」

× × × × ×

這不過是樂風平常的一天。凌晨十二點團員們提早休息，決定到忠孝東路上一間Pub喝點小酒，舒張一下過於緊繃的神經。阿信滴酒不沾，先一步搭乘計程車離去。跟阿信正好相反，拼酒的場合永遠會看到怪獸跑第一個。他迫不及待跳上諺明的車，車門「砰」的一聲關上，

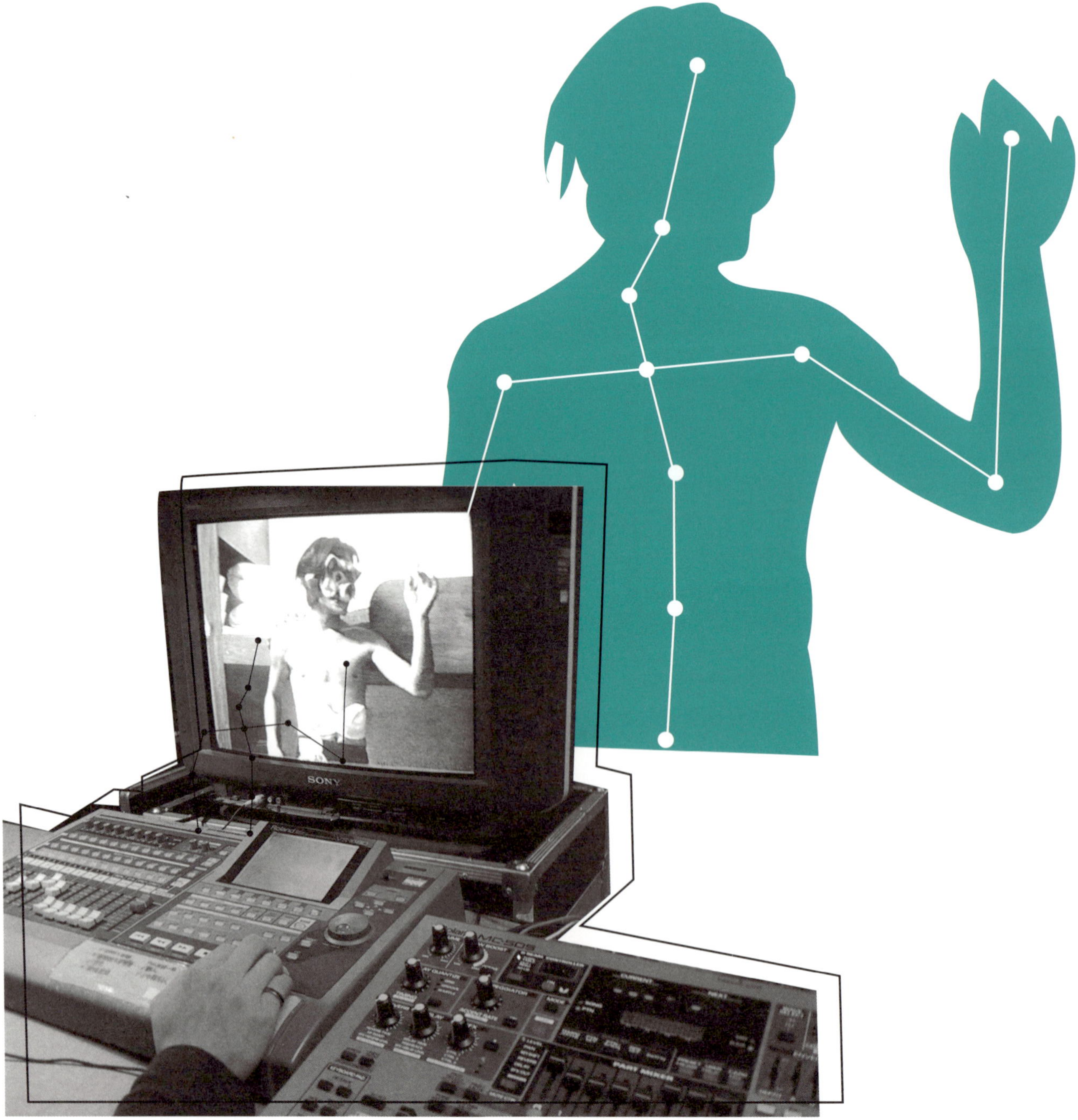
SONY

還沒三十秒就已經不見蹤影。只剩我們這群機車族留在原地，還有石頭。

「不但不用戴安全帽，酒醉騎車也不會被開單，這是騎自行車最棒的一點。」石頭一腳跨上他的橘紅色自行車，轉頭笑笑。跟其他團員或自己有車、或以計程車代步不同，石頭每天駕著自行車穿梭在台北惱人的塵囂中，來回於自己的家跟樂風之間。

「準備好了嗎？輸的人要先罰一瓶啤酒哦。」石頭一馬當先帶頭暴走，快速地竄出。其他人趕緊轉動鑰匙，轟隆隆催促著油門呼嘯而去。

自行車vs機車？勝負似乎很明顯了。但每當我們看似快要追上他的背影，東拐西繞的石頭又轉進另一條不知名的小巷，瞬間把我們甩開。他會故意帶我們大兜圈子，甚至機車卡在車陣中動彈不得時，抄捷徑騎上人行道，再度取得領先的地位。像是玩起了捉迷藏，你追我跑。

終點就在前方不遠處，石頭鬆開了握住龍頭的雙手，準備迎接賽車場裡觀眾的歡呼。看著石頭的背影，不禁讓人想起了《天地一沙鷗》裡那隻熱愛飛翔的海鷗。迎著海風展開一對雪白的翅翼，快速掠過海面。

盤旋著，盤旋著天空。海鷗是關不住的呀。

× × × × ×

清晨五點半的第一班捷運。搭上像極了遊樂園碰碰車的木柵線，車外的景物加速駛離我們的視線。

「我女友老家在台東。他們有一塊自己的地，在那裡可以種種絲瓜、空心菜，自給自足。我一直很憧憬那樣的生活。」台北的四月總是細雨不斷，雨點滑過車窗。石頭望著窗外的陰鬱，整顆心已經飄向了一往無際的田野。

「國外樂團每隔一陣子會聚在一起密集地做唱片，錄音、表演。專輯完成後，團員們各自分開做自己的事，各自充電。直到下一張專輯開始動工，他們才又在錄音室碰頭，帶著這段期間誕生的新鮮想法，刺激彼此的想像力，才能做出一張好的唱片。」

「五月天卻沒辦法這樣。或者說這才是五月天最渴望的自由，也是最理想的相處模式。我們擁有的時間太少，待完成的工作永遠太多，根本沒有自己的私人空間。做專輯、宣傳、校園巡迴、大型演唱會，馬上又是一年過去，該進錄音室了。好幾年都是我們這五個人處在一起，重複做相同的事情。」

「最近我漸漸無法釐清現實跟夢境的界線，驚醒後分不清我到底是在作夢，還是真實的世界。我想自己已經被壓力逼得臨近崩潰的邊緣了。如果今天我只有一個人，我可以把這些事情全拋在一邊，跑去沒有人找得到的角落躲起來。或者只要有一台電腦，我還是可以在沒有人認識我的地方一個人做音樂，完成後再壓成檔案寄回公司就行了。但今天還有怪獸，還有諺明、阿信、瑪莎在，我不能把他們丟下，一個人跑開。」

「對怪獸來說還好，因為他認識不少同是玩樂團的朋友，像四分衛。相較之下，阿信跟瑪莎認識的音樂夥伴只有我們這幾個團員，沒有什麼跟別人接觸的機會，日子就過得一成不變。所以我覺得在目前我們繃得最緊的時候，團員們去當兵是最恰到好處的安排。當兵就是把人丟到一個完全陌生的環境，強迫他去學習怎麼跟其他人相處。這兩年的時間我會去英國唸書，諺明留在台灣經營工作室。對我們來說是一個解放，也是鍛鍊。」

× × × × ×

同樣下過雨的潮濕水泥地，忠孝東路某個不知名的公園。怪獸一邊逗弄著跑來涼亭裡避雨的野貓，一邊趁著微醺酒意上湧談天說地。

「我們當兵回來後，也許會成立自己的製作公司。到時我們首先要簽的樂團就是強辯跟失控。不過老實說，看過大哥（李宗盛）這麼全面這麼強勢的製作人後，才發現製作人這份差事真的不好幹。」

「分開來做音樂我們也許比不上別人，但只要五月天這五個團員聚集在一起，就沒有解決不了的問題。我們不但可以一手包辦作詞作曲編曲錄音，也能在舞台上幫別人做Backing。在我們第一張專輯之前，就幫任賢齊做了好一陣子現場表演的伴奏樂團。」

「五月天的未來？我們不可能沒有想過這個問題。」一旁的石頭接腔。「但是我們不一定要在幕前，不一定要是站在舞台上的那個人。只要能繼續做音樂、繼續彈吉他，我們就滿足了。五月天能走的路子很廣，除了樂手之外，也能做錄音師或製作人，舞台不是我們唯一生存的地方。」

× × × × ×

「前一陣子我們讓諺明看了U2演唱會錄影帶。看完後他陷入了沉思，站起來跑進練團室煞有其事地調整鼓架的位置，像是受到了相當的啟發。希望這不只是三分鐘熱度而已。」怪獸回想起來，嘴角浮現笑容。

「諺明跟其他團員不同，他是做場團【註1】出身的，所以對音樂的感覺也比較不同。因為加入Why Not之前他每天都在Pub裡表演，所以很多歌可能他不知道原唱者是誰，也說不出歌名，但是只要聽到耳熟的旋律，他幾乎都能哼上個幾段。像那時候我們一起在樂風看U2演唱會，十首歌裡有八首他都聽過。『原來這是U2的歌呀。』他才赫然發現。」

「後來我們只要逮到機會，就會拉著諺明聽一些不同風格的音樂。」

「他生平最得意的一件事，就是現在台北Pub裡面做場團表演〈Smoke On The Water〉這首歌，鼓手全是照著他編的版本來打。據說是他那時做場對這首歌的鼓做了點不同的變化，剛好有別團的鼓手在場，聽了之後覺得挺有意思，就跟他要了鼓譜來參考。後來在Pub裡這麼流傳下去，就一直沿用到今天。這件事他常常掛在嘴邊，我們都快聽煩了。」阿信說。

× × × × ×

「吉他、貝斯、鼓、主唱，這是一個樂團的基本。可是對自己專精的樂器，其他人誰也不會懂得比自己更多。錄音或表演之前，雖然我們會彼此溝通，給予意見，但實際上還是會尊重其他人自己的專業判斷。」

諺明難得的正經了起來，講話到一半會突然停頓，在腦海中尋找正確的字眼，這才又繼續了原來的話題。

「我的個性比較和緩，在想法尚未真正成形前，我不會急著把它說出口，急著去表達自己的觀點。在心裡先判斷過得失之後，確定這個想法沒有任何疏漏，我才會把它說出口來。為什麼我選擇這樣的打法？我會先以自己專業領域這個部份解釋給對方聽，取得共識後再開始表演或錄音。其他團員不會想干涉我的判斷，我也不會去干涉其他人的編曲，或是他們在自己樂器上很Feeling類的表現。頂多是誰拍子不穩、點彈錯了，這種很基本面的疏忽，我才會主動提醒他。」

「阿信他們四個人是高中同學，相處這麼多年下來，已經習慣直來直往的講話方式。當然私底下開開玩笑我都能接受，就算被捉弄的對象通常都是我，倒也無傷大雅。有時候因為場合的關係，他們的表達方式如果太過直接了，我的脾氣會不禁稍微失控。其實說起來沒有發生過什麼大衝突，頂多只是剛好我心情不好時，別人正巧拿自己當開玩笑的對象，自然說話的口氣會變得較衝一點。彼此你一句我一句的，有時場面就鬧僵了。過個幾天，大家把心結說開後，又和好如初了。」

「老實說當過兵真的差很多，別人開始會說我脾氣好也是當兵回來之後的事。在當兵的時候學習怎麼待人處事是很重要的。我覺得他們去當兵是件好事，與其整天在想當兵兩年回來後會變成什麼樣？五月天還紅不紅？不如趁機把握這兩年的時間好好學習，在多方面、任何方

稍等一下！進廣告

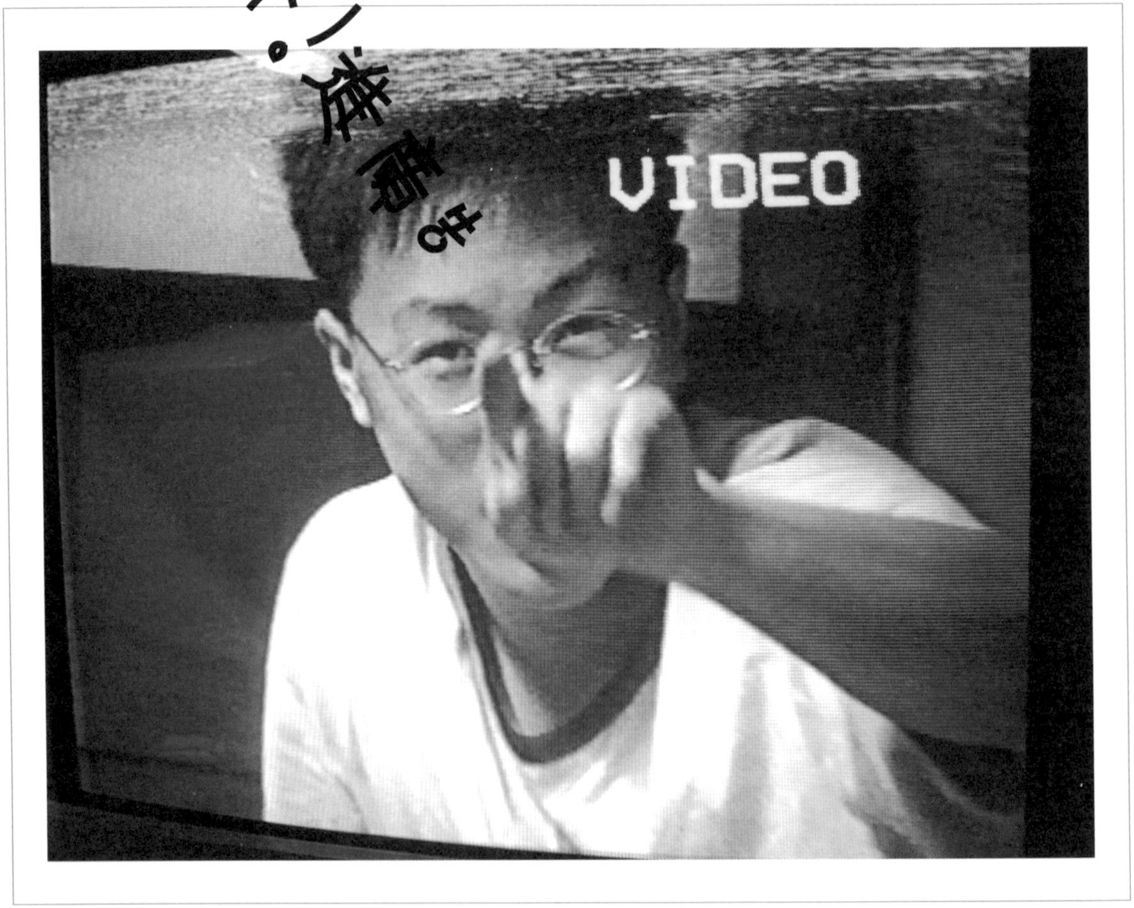

面做一定的成長。你不能掌握的事、不能掌握的未來就別去操心了吧。只要清楚知道兩年回來後你要做什麼，只要人們還記得五月天，這就夠了。」

× × × × ×

RPG，角色扮演。如果扮演的角色不是搖滾樂團，如果相遇的場景不是師大附中，如果阿信不再拿著麥克風唱歌，如果怪獸手裡拿著的不是吉他而是斧頭？如果，如果，如果……

那麼誰會是勇者？誰會是魔導士？誰會是僧侶？誰會是戰士？誰會是盜賊？

× × × × ×

「如果在賽車場上，那輛奔馳如風的賽車是五月天，那我就是坐在裡面的賽車手，享受駕馭速度的快感。」石頭說。

「怪獸會是這個車隊的教練，由他來掌控這輛賽車的比賽風格跟走向。阿信是賽車的設計師，這輛車的構造全都出自他的手中。瑪莎跟諺明是車隊的技師，五月天這輛賽車一旦出現任何問題，他們會把漏洞填補起來，支撐這輛車繼續運轉。」

「我一向沒什麼負擔，我只是很單純地享受樂團的快樂，享受表演享受音樂。只希望五月天這輛車能跑得快，一直跑得下去，那就夠了。」

× × × × ×

「石頭是狐狸。」諺明說。「這不是說他很奸詐，而因為他是我們其他四個人的平衡點。在該發表意見的時候他會跳出來，而且往往比任何人都更頭頭是道。」

「如果今天在動物園裡的話，嗯…瑪莎會是河馬，因為他耐性還算不錯。火爆的時候不是沒有，只是相對起來比較少。阿信是猴子，不知道為什麼，找不到理由，純粹直覺而已。有時候單憑直覺想到的答案反而更貼切。怪獸是牛，因為他脾氣很直，偶爾也會主動去攻擊別人，卻不像獅子或老虎那麼強勢。至於固執的話，我想我們五個人全都很固執吧，這點倒是挺一致的。」

「我是大象，平常做事很溫吞，人不犯我我不犯人。我覺得彼此尊重是很重要的事。有些話聽在我耳朵裡會不舒服，所以當然我也不希望讓別人聽到這些話。如果有人想爬到我頭上來，我也會抬起粗厚的象腳狠狠踩一記回去。」

× × × × ×

「如果要讓我來比喻的話，應該就是超人戰隊那一類的吧。」阿信說。眼中閃爍俏皮的神采。

「其實這問題我早就想過，當時我是舉科學小飛俠為例。怪獸當然就是隊長鐵雄啦，個性活潑好玩，而且也有種讓人團結的力量。石頭是大明，比較有自己的主張，跟其他人不太一樣。諺明是珍珍，怎麼說…畢竟是個女生，當然會婆婆媽媽一點，常常要擔任苦口婆心的角色。瑪莎比較調皮，所以是阿丁。」

「這樣說起來，好像只剩阿龍這個角色了？因為他沒什麼特色，唯一跟其他人不同的地方只是比較胖而已，所以我絕對不承認自己是阿龍。」

× × × × ×

「像我們這樣的五個人，每個人的個性都不同，各自的風格很明顯，其實可以在很多五人組合中看到。」瑪莎說。

「比如說，灌籃高手好了。兩個吉他手是前鋒。前鋒的任務就是在前面猛衝，大喊：『把球傳給我！』拼命得

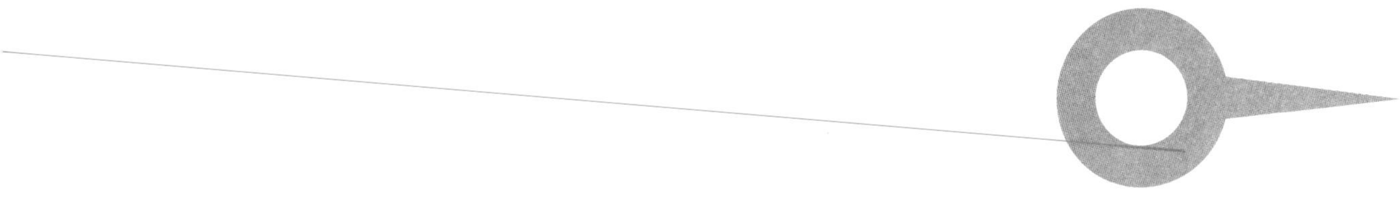

素人影像館

分拼命硬幹，只管力求表現就對了。櫻木跟流川也有那種亦敵亦友的味道，有時候默契很好，有時候又互相競爭。」

「主唱就像中鋒，個頭最高所以也是最顯眼的一個。他必須在關鍵的時候投進最重要的分數，又必須像赤木一樣擔任穩定軍心的角色，安撫櫻木跟流川。鼓手的任務跟控球後衛很像，他得分可能不多，可能不是最搶眼的隊員，卻控制了場上所有人的節奏。」

「貝斯手最尷尬，在樂團中不但得兼顧節奏的穩定，偶爾也得站到舞台最前方Solo個兩三句。就像得分後衛一樣，在隊中的角色可進可退。他必須顧及後場的防守，適當時機則要挺身而出投投三分球。」

× × × × ×

「什麼？瑪莎說他是三井壽？他會不會太抬舉自己了一點，太往自己臉上貼金啦？這麼甜的角色哪輪得到他呀，我也想當三井壽，才不要當什麼櫻木花道咧。」怪獸臉上露出豔羡的神情。

可是櫻木才是主角呀。聽了這句話，怪獸才稍稍平撫了下來。

「不知道，其實我一直希望五月天不只是五個厲害的樂手，吉他、貝斯、鼓、主唱；而是五個全方面的音樂人，錄音、彈奏都能一手包辦。第一張專輯時我們的實力還沒有那麼整齊，到我們在日本為《愛情萬歲》同步錄音時，才漸漸有這樣的感覺。」

「就像是義大利式的足球，十人進攻、十人防守。這是我最大的希望。」

註.做場團是指專門在Pub裡翻唱歌曲的樂團，不以創作為主。

TO NEXT

莫名其妙!

＊五月天の素人自拍

＊CHAPTER ELEVEN

如果

文＝怪獸

五月天の素人自拍

OK

OVER TIME
mONSTER

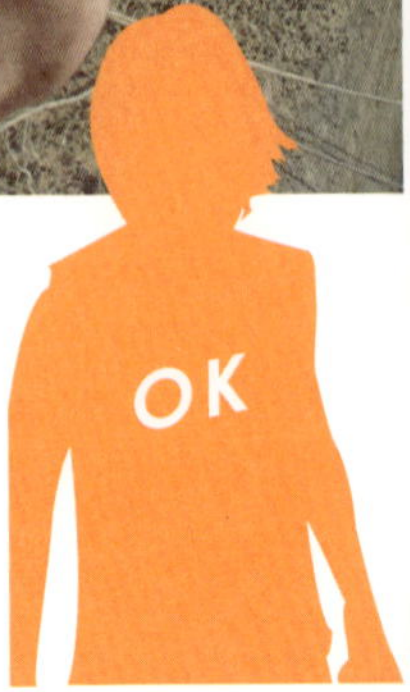
OK

＊CHAPTER ELEVEN

如果

如果五月天不叫五月天，而要叫「？」月天的話，我想我會取名八月天。如果你問我為什麼，我會告訴你8躺著就變成無限了。如果「五、月、天」三個字都不能用上的話，基於一種冷冷的、嚮往的感覺，我會給他一個名字：「北海道」。

如果全世界的人都不認識五月天，而我在路上遇到了一個日本人，我會讓他聽〈反而〉；如果是英國人，我還是讓他聽〈反而〉；如果是一個中國人，我則侍候〈終結孤單〉的親切明朗；而如果是一個台灣人，我給他五月天的深厚擁抱〈溫柔〉。

如果我不組團玩音樂的話，我會選擇農夫、漁夫、樵夫三種職業中最接近森林的樵夫。如果我這一輩子只能吃一種料理，那當然非牛排（五分熟）莫屬了。

如果我將在一個荒島上生活而我只能帶10張唱片，我的背包裡將有：

1.《深海》/Mr.Children
2.《Discovery》/Mr.Children
3.《樹枝孤鳥》/伍佰
4.《之乎者也》/羅大佑
5.《Yen Town Band》/ Yen Town Band
6.《What's the story？(morning glory)》/oasis
7.《Achtung Baby》/U2
8.《披頭史記1》/Beatles
9.《披頭史記2》/Beatles
10.最後是《我愛王菲》

如果你要問我最喜歡的電影，我會告訴你可以看看岩井俊二的《燕尾蝶》。如果你要問為什麼，記得仔細看飛鴻無故被釋放，愉悅的奔跑，大喊著：「莫名其妙！」那一幕；當然還有巨大的平台式鋼琴被騰空吊起，飛在空中的場面。最後不能漏掉的，就是「狼」為逝去的同伴對空鳴槍的結尾。

如果全世界的每一個人將會仔細聆聽一遍我選的一首歌，我將請全世界的男女老幼一起經歷John Lennon的〈Imagine〉。如果肯再多聽我的一句話，我會認真的大喊一聲：“Check it out！”

如果有一天小叮噹從抽屜裡跑出來，拿出任意門要給我用，我要像大雄一樣去看宜靜洗澡；如果他讓我一起爬進抽屜，坐上時光機，我要回到舅舅的出事現場，去阻止那一場車禍，去挽回舅舅的生命。如果小叮噹問我還要什麼，我會向他要那個收集儲存浪費掉的時間的汽球。時光啊！回來吧！

如果是你要回答這些如果，你會怎麼說？

TO NEXT

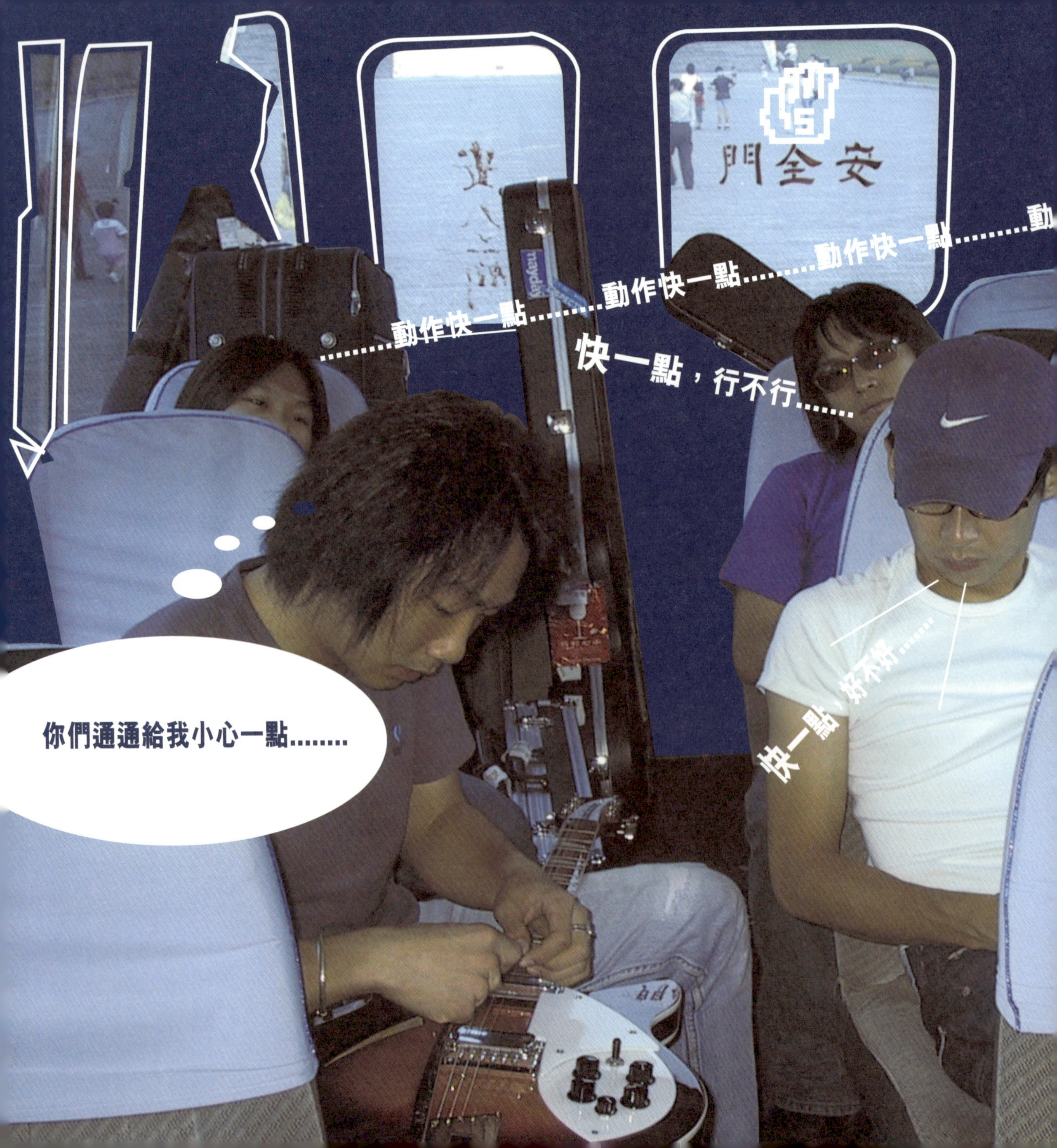
安全門
mayday
動作快一點……動作快一點……動作快一點……動
快一點，行不行……
你們通通給我小心一點……
快一點，好不好……

* CHAPTER TWELVE

你要去哪裡？

五月天の素人自拍

✱ CHAPTER TWELVE

你要去哪裡？

玻璃杯裡的冰塊開始融化，稀釋掉酒精的純粹。咕嚕一聲，杯子再度見底。

男人們穿著三角褲，或瑟縮在床褥間，或在米黃色地毯上攤成大字形。台中晶華的雙人房裡擠滿了人，團員、技師、舞台總監、製作人、企宣，大家不知怎麼的一窩蜂跑來石頭跟怪獸的房間湊熱鬧。一天的勞頓之後，揹過吉他的肩膀依舊酸疼，眼睛卻閃閃發亮。所有人都在聚精會神地聆聽龍爺【註1】說話，鴉雀無聲。只有凌晨四點忘了關掉的惱人電視，千篇一律的夜間新聞每隔十五分鐘自動反複重播。螢幕裡的飆車族仍不停催油，發出刺耳的噪音。

「當我們在歸類藝術的範疇時，總會把它分為八類；文字是其中的一項，還有音樂、建築、雕刻、攝影，還有……嗯……別笑！害我都想不起來，反正加起來總共有八類就對了。」龍爺不好意思的笑了笑，輕輕帶過話題。

「其中第八類藝術『電影』是直到七○年代才獲得認同，而被歸入藝術的項目之一。我認為21世紀應該列入第九類藝術——演唱會。」

「每一場演唱會都必須動用數以百計的工作人員，花上好幾天的時間架設舞台音響、燈光器材，在烈日底汗如雨下地綵排，全部的辛勞都只為了那短短兩個小時的On Show。兩小時過去，觀眾散場，所有花費的心力『啪』一聲就這麼消失無蹤，不見了。那瞬間的美再也找不回來了。」

「就算巡迴表演帶的都是同套器材，用的是相同的喇叭、相同的樂器、相同的燈光，可是每個不同的場地都會創造出不同的聲音。只有走進了會場才能去揣摩自己想要得到的音色。所以說辦演唱會真的是一門藝術呀。」

× × × × ×

清華大學，陽明大學，義守大學，嘉南大學，中國醫藥學院。2001年四月底，五月天展開了當兵暫別前最後

General
Temperature:
Processor
REMO
怪獸

一次校園巡迴演唱會。從北到南，再一路北上，台中是最後一站。

飛機上、小巴士裡，睡魔戰勝了顛簸跟亂流。團員們屁股還沒坐穩椅墊，平穩的鼾聲就已四處響起。也許是因為他們心裡很清楚，旅途奔波比等待更加累人？三小時後，煞車會準時發出尖銳的叫聲，宣告目的地已然抵達。車門一拉開，手上提著沉重的吉他Case立刻直奔會場，無論好夢正甜或是飢腸轆轆。

架好效果器跟Pre-Amp，換弦調音，調整自己樂器的EQ，跟PA溝通每個Monitor的Balance【註2】；這個步驟就要花上四十分鐘。

「阿信的Vocal再拉大聲一點。」
「PA大哥【註3】，我Monitor出來的Bass有點虛，麻煩你橋一下。」

Level大一點、小一點；高頻多一點、低頻少一點；吉他滿一點、小鼓乾一點。音箱故障了？DI送多一點。線路跳電了？趕緊換一條。舞台上、PA台前十數人如熱鍋上的螞蟻跑來跑去，在1db的空間裡做細微的校正。一小時過去了，這才照著歌序一首一首Rundown，開始總綵排。

團員們在Monitor前一邊彈琴一邊側耳聆聽，隨時中斷歌曲的排練，跟PA溝通。工作人員仍在他們頭頂上三公尺的鷹架上攀爬來去，像走鋼索似的戰戰兢兢，重新確認每一顆燈光的角度。前一天晚上這些工作人員就得先行來到會場架設器材，燈光要花上六小時，音響則需要三小時。這還不包括現場配合團員綵排情形而隨時調整狀況的時間。每場巡迴後的慶功宴，團員們開始舉杯敬酒時，燈光音響人員正忙著跟一條條糾結纏繞的導線搏鬥，肩頭上扛著沉重的器材，準備拔營前往下一場表演、下一個會場。還不到放鬆的時候。

第二個小時過去了，綵排終於結束。團員們放下樂器，離開沒有空調的會場，背上的汗珠不停滑落。涼爽的休

[PA]n.音控

[Masa]貝斯

[Monster]吉他

息室裡有一整疊的便當正等著塞滿他們叫個不停的肚子。最難熬的時間終於來到，漫無終點的等待。大多時候他們會趁機睡個好覺，除了諺明會冒著被歌迷纏著要簽名的危險偷偷溜去福利社買些零嘴回來，吃個沒停之外。如果休息室裡面放了幾把要給團員簽名的木吉他，瑪莎會拿起來彈彈〈If〉、〈Just For You〉，一些高中吉他社時練過的民歌。他可能還會故意彈三指法或是鄉村吉他來逗怪獸生氣，而且這招屢試不爽。

然而他們真正上台表演的時間，連綵排的一半都不到。

× × × × ×

「大型演唱會真的很累人，一場演唱會就要綵排三天。」瑪莎回想起來仍心有餘悸。「先從舞台上的Monitor開始做起，每個Monitor都要依照團員不同的需求分開調整樂器的Balance，控制內場的平衡，接著弄外場出去的聲音。再來是燈光跟音效的綵排。到這部份為止已經花掉兩天的時間。」

「最後一天是總綵排，照歌序Rundown一遍。隨著歌曲的排練，燈光也要隨著歌曲的情緒起伏做變動。哪一段旋律適合怎麼樣的燈光，什麼時候該明該滅，我們得站在舞台上檢查燈光打出來的效果，再一顆一顆燈去調整角度。舞台上該怎麼走位都是設計好的。哪首歌的段落我們要跑去舞台的哪一邊，也必需事先練習，燈光才不會跟丟。整個燈光組就有幾百顆燈，弄起來真的會要人命。」

「光技師就有近十位。吉他手各有兩個技師，其他還有貝斯技師跟鼓技師。技師在正式On Show時必須隨時在舞台邊Standby，好在台上發生任何狀況時馬上解決問題。斷弦時他們要負責換弦，有時候不同的歌要用不同的琴來配合那首歌的音色，他們也必須記好每首歌用的琴，事先把樂器準備好。而且像石頭跟怪獸用的是Wireless【註4】，常常要在舞台上跑來跑去跟觀眾互動，不可能待在原地不動切換效果器；這時候吉他技師就得記好每首歌切換音色的順序，負責在舞台邊幫忙他們踩效果器。技師參與的範圍太廣泛了，所以他們也必

05
03
04
02
01

05
02
01
03
04

必須參與綵排，好確認演唱會的每個環節都銜接得正確無誤。」

「《十萬青年站出來》演唱會的時候，我們在中間安插了一段小VCR。因為時值夏天，幾首歌表演下來全身衣服都濕透了，我們就趁VCR的時候去後台換舞台裝—— 連這個步驟我們都得事先排練。必須確定在VCR播放完之前，我們是否來得及在後台換好衣服再衝回台上。」

「演唱會的Mixer至少都有五十幾軌，簡直跟大錄音室Control Room沒什麼兩樣。我們剛開始還覺得：『會不會太誇張啦？』實際排練過後才發覺沒有五十軌真的不夠用。鼓組就要用上八、九軌，吉他跟貝斯好幾軌，鍵盤我們在演唱會用了四台就四軌，Vocal一人一隻麥克風就五軌，再加上弦樂的Tracking有好幾軌。另外延伸舞台上又有一套鼓組跟貝斯音箱，總共算起來是很可觀的數目。」

「其實無論怎麼排練，實際上場On Show的狀況還是很難掌握到十全十美。畢竟我們綵排時整個會場空盪盪的，聲音會反射回來。正式表演時觀眾塞滿了會場，身體會吸音，反射音就不是那麼多。因為綵排跟表演的狀況不同，我們只能盡量在綵排時減少瑕疵，正式表演再靠臨場反應來解決問題。」

「去年『十萬青年站出來』演唱會直到表演當天凌晨四、五點，我跟技師們都還在解決效果器的問題。」怪獸回想起當時的手忙腳亂。「好不容易搞定電壓不夠的毛病，早上一綵排幾個小時的太陽曬下來，效果器又掛掉了。我們趕緊把效果器移到後台去避暑，還用毛巾包著冰塊給效果器冰敷降溫。」

「正式On Show後，效果器還是出問題，我當時以為是一顆RAT【註5】罷工了，馬上蹲下來把它拆掉。觀眾看到我手上拿著效果器，馬上歡聲雷動，以為我要丟給他們。我當時也真被接踵而來的意外狀況給惹毛了，聽到觀眾的歡呼聲忍不住一時衝動，就把那顆RAT丟下舞台。」

「事後一檢查，才發現問題不是出在RAT上，只是一條短導線有問題。現在想想，還是很心疼那顆RAT。早知道不該那麼衝動的。」

「一場演唱會下來，樂手、技師、PA、燈光音響、唱片公司企宣，不知道動用了多少人，花了多少人力物力跟心血才能完成。也因為這樣，演唱會結束後慶功宴的陣容通常都非常龐大。」瑪莎說。

「老實說，我們一直不是很喜歡在大型演唱會上表演的感覺。」阿信微微皺了皺鼻頭。「舞台太大了，看不到觀眾，也減少跟觀眾互動的機會；而且團員彼此之間又隔得遠，只能自己在台上High，常常唱不到一半就累了。更何況，唱大型演唱會時，上台前還會緊張個半死。對心臟實在不好。」

× × × × ×

「其實我們一些舞台動作也沒有經過特別設計。因為一張專輯的宣傳期很長，巡迴的時候如果有人帶頭發明了什麼新動作，我們覺得好玩也會跟著一起做。幾十場表演下來，慢慢就變成一種習慣。」怪獸說。

「像〈叫我第一名〉的轉圈圈，就是阿信發明的，我們後來才學著他的動作一起玩。記得有一次表演我忘了帶Wireless，〈叫我第一名〉的音樂一開始，還是硬著頭皮轉了下去。結果跳完導線在我腳上纏了四五圈，綁得死死的讓我完全動彈不得，差點都跌倒了；卻又不能放下手邊的吉他，還是得繼續表演。當時臉上的表情實在很尷尬。」怪獸一邊比手畫腳地重現當時的情景，一邊解釋。

「因為我的貝斯沒有Wireless，又那麼大一隻很難施展，所以〈叫我第一名〉時我通常都會偷懶不轉。只有在「十萬青年站出來」時因為舞台效果我才有跟著其他人一起轉，不過在轉圈圈前我會先把導線拉長拉順一點，以免被絆倒。」瑪莎暗自竊笑。「貝斯手不像吉他手或主唱那麼需要跟觀眾互動，所以我在舞台上常常會出神，看看台下的觀眾在幹嘛，或是看著遠方腦子裡胡思亂想。反正這麼多場表演下來，什麼歌該怎麼彈早就熟極而流了，也都不會彈錯。」

「我在舞台上出過的槌還不少。尤其是飛機燈，照起來很像連續的閃光燈，會啪啪啪一直閃。飛機燈打在手上時會產生殘像，看不清楚手的動作，一不小心就落拍了。有時候在舞台上要一邊跑一邊Solo，這也很難。如果只顧著Solo會跑得歪七扭八，只顧著跑又會彈錯，還常常喘不過氣來。」怪獸說。

在舞台上出槌？想必好玩的經驗應該不少。

「有一次我們去大陸某個頒獎典禮上表演。明明前一天都綵排過了，結果典禮當天才突然跟我們說要放卡拉帶，害我們上台前緊張得不知所措。因為這是我們第一次唱卡拉，以前從來沒有過。」阿信說。

「前一天Rehearsal的時候還很煞有其事，有一堆鼓放在舞台上讓我挑。」諺明臉上浮現笑意，用北京腔模仿大陸工作人員的口吻說：「『您看用哪個比較合您意？這個落地鼓怎麼樣？』」

「綵排時所有細節都確認好了，正式典禮那天一進會場，才發現完全不是那麼回事。詢問了工作人員後，他居然告訴我說：『前一天的那組工作人員臨時調到別的地方去了，換咱們來做。來，您看這鼓該要放台上哪個位置，你比較鍾意？』那時候離典禮開始已經剩沒多久了，再做什麼都於事無補。我們不禁想幹嘛浪費前一天的時間綵排，乾脆一開始告訴我們要放卡拉帶不就好了？」

「最好笑的是我們從來沒有對過卡拉帶，這『第一次』的經驗來得太突然，讓我們每個人都手忙腳亂。明明前奏的鼓聲都已經從喇叭裡放出來了，諺明還慌慌張張地在拉落地鼓，鼓棒根本連拿都還沒拿起來，完全牛頭不對馬嘴。諺明後來邊打鼓邊配合卡拉帶唱和音，還裝出一副很陶醉忘我的表情，可是他那隻麥克風架在Cymbal那邊，離他至少有半公尺的距離，明眼人一看就識破了。」怪獸說著說著就笑出聲來。

「而且雖然我們其他四個人都要對嘴假裝唱和音，可是麥克風的開關又全都開著，不能真的唱出聲音來，會被麥克風收進去。當卡拉帶裡那飽滿的和音放出來的時候，我聽了很不好意思，頭都低下來了。」

「大陸的觀眾也很有趣，主歌副歌的段落唱完後都沒什麼反應。到間奏時我們配合卡拉帶跑到舞台前方一起甩頭時，他們看了才顯得興致勃勃，豎起大姆指稱讚：『喔，這個好！』」

× × × × ×

「每次巡迴都會有一個主題，我們再根據這個主題去發展演唱會的各種想法，看該怎麼去設計舞台外型跟構想節目。」怪獸解釋。「像《愛情萬歲》時的三場大型演唱會，我們取名為《十萬青年站出來》，所以在安排曲目的時候就刻意帶點『五月天與十萬青年』的味道。意思是讓五月天來代替參加這三場演唱會的所有觀眾，唱出他們的心聲。」

「經過一番討論後，我們粗略地把《十萬青年站出來》表演的曲目分成五個段落：叛逆區、愛情區、友誼區、理想區，最後是安可區。我們再依照每個段落想表達出來的不同概念各自拍成一段VCR，在換場時播放。」

「叛逆區的歌有〈叫我第一名〉、〈Hosee〉、〈軋車〉等幾首節奏比較快、比較強烈的歌。其中我們還特別翻唱了一首林瑋哲的〈少年安〉，原來收錄在《少年ㄟ安啦！》這張原聲帶裡面。我很喜歡當時我們幫這首歌新編曲的味道，但不知道為什麼實際上台表演〈少年安〉的時候，全場一陣冷風吹過，觀眾居然沒有半點反應。後來在彰化跟高雄的兩場演唱會，沒辦法我們只好把這首歌從表演曲目中抽掉。現在想想還真的覺得挺可惜的。」

「講到愛情區的部份，我不禁覺得更可惜了，因為後來發行的《十萬青年站出來》現場VCD跟DVD都沒有收錄當時我們特地拍攝的這幾段VCR。在愛情區開場前的VCR是訪問了一些路人，要他們在鏡頭前說說自己對愛情的看法。『愛情嘛……就像是臭豆腐一樣。』有一個男生這麼回答。聽到這句話，他身旁的女伴都已經快變臉了。他馬上又緊接著說：『因為越吃越好吃呀！』此言一出，女友又重新笑逐顏開了。看到這一段的時候，我的心已經揪在一塊了。」

「光看他們臉上的表情，這麼輕易就為了對方的一句話而失落或快樂，不禁也能讓人感受到兩人之間看不到摸不著，卻真真實實存在的感情。」

「在愛情區的最後一首歌〈愛情的模樣〉時，我們做了一段獨立的小VCR，一邊表演一邊配合歌曲播放。我跟石頭還特地走到舞台的最前方彈奏，故意轉過身來背對觀眾，一直盯著大螢幕不放，希望能把觀眾的注意力拉到VCR上，因為這些VCR拍得真的很不錯。」

這些VCR還有很多逗趣而感人的鏡頭。像有個男生故意甩開女友的手，女生賭氣轉過頭不理睬對方。男生馬上一把抱住她，讓她立刻破涕為笑。當時看了真的很感人。男女朋友相處不就是這樣嗎？有時掉眼淚有時開心。」

× × × × ×

「我不喜歡做重複的事情，不喜歡重複以前的自己。」石頭說。

「舉例來說，我現在就不是很喜歡再去彈奏〈透露〉這首歌，邊彈邊隨著輕快的節奏在舞台上蹦蹦跳跳。我老是在想，如果十年後我們還在唱〈透露〉，還有人願意聽我們唱這首歌的話，難道我們就這樣跳上十年？當然我從來都無法去討厭表演這回事，就算同一首歌做了上百次上千次，每一個不同的場所、每一次的彈奏都是最新鮮的感受。」

「只是我們需要去思考，如何突破這首歌固定的表演手

怪獸的
怪獸的
怪獸的
怪獸的
瑪莎的
瑪莎的
01
02
03
04
05
06
如果演唱會是戰場
這些就是武器！

法跟表演型態。」

「在每個不同地方表演，都會讓我累積一些嶄新的想法。我會把這些東西儲藏在腦子裡面，我只需要把它重新挖掘出來，再像捏泥人偶一樣雕塑成形。巡迴這個過程是在累積、醞釀想法，等到錄音時再把它完全發揮出來。」

× × × × ×

4月22日，清華大學。

技師們從電玩「鐵拳三」中得到靈感，發明了一種滑稽的舞蹈動作。每次只要團員被歌迷拉去拍合照，技師們都會躲在攝影師的身後偷偷跳舞，逗得團員強忍笑意，忍到肚皮快抽筋了。後來為了報復，技師們被團員凹上台，以該舞蹈動作為基本，捨棄自尊跳了跟大腿舞、牛肉場相差無幾的改版「鐵獅玉玲瓏」。每次下台後技師們都不禁滿臉通紅，羞愧得無地自容。後來這變相「鐵獅玉玲瓏」竟成了五月天這次巡迴的慣例。也可以說是悲劇吧。

4月25日，陽明大學。

這天瑪莎生日。前一天怪獸就提著數位攝影機在台北市東奔西跑，來回於滾石各辦公室、樂風跟大雞腿錄音室之間，找齊了所有親朋好友，每人錄下一段話送給瑪莎當生日禮物。怪獸得一邊瞞著在錄音室敲敲打打的瑪莎，趁任何他轉過頭的三分鐘把製作人老爸的部份拍完，還要自己把風；一邊卻要跟這麼些不擅於面對鏡頭宣稱自己害羞不上相口吃結巴的親友們搏鬥，光是瑪莎的某任女友就花上兩個小時，最後只剪出二十秒不到的鏡頭。

到了晚上，團員們特地支開瑪莎，趁他去買宵夜時趴在錄音室的地板上，拍下自己送給瑪莎的對話。

「瑪莎，雖然你懶惰，從來不打掃，又愛遲到、愛睡懶覺；除了以上幾點之外，你還真是一個不可多得的好團員。最令人遺憾的是，你現在跟我們相處久了，都已經不再把我們當做學長看了。今天是你的生日，我只想從你口中聽到你叫我們一聲『學長』，好嗎？」阿信率先發難。

「從我第一次見到你，就覺得你這個人很討厭。假正經、裝義氣，少跟我來這一套！尤其你又愛開團員玩笑，這一點我真的是⋯」諺明爬到鏡頭前面。

「他只愛虧你而已啦！少牽拖，緊講！」怪獸重重踹了諺明屁股一腳。

「可是真正認識你之後，發覺你人真的還滿不錯。讓我對你印象完全改觀。」諺明揉著屁股，繼續說下去。

「石頭都還沒說到話呢。」怪獸又打斷諺明。

「沒關係，反正我愛的只有瑪莎的外表而已。包括他那滿是坑疤的臉頰，還有一頭從來不承認有離子燙的飄逸長髮。」石頭側臉貼在地面，懶洋洋的說。

匆匆忙忙地結束了錄影，團員們在空曠的客廳地板上準備好蛋糕跟蠟燭，一群人躲在隔壁會議室的黑暗中，等待瑪莎回到錄音室。引擎聲從遠方傳來，「啪」一聲車門關上。瑪莎走進錄音室，四處張望卻找不到半個人影，只看見地板上的燭光，微微錯愕。這一切全都被藏匿在會議室裡的團員們透過玻璃給拍攝下來了。突然電燈打開，眾人整齊劃一地從黑暗中站起身來（整齊是因為事先經過多次排練），異口同聲唱起了生日快樂歌。

瑪莎愣在原地，這才恍然大悟，不好意思的接受了這突如其來的生日禮物。眾人分屍了那塊美味的蛋糕，卻絕口不提錄影的事。「這樣鬧過他一次之後，他明天應該就不會有戒心了。」老謀深算的怪獸暗自竊笑。

吃完蛋糕後大夥互相道別。怪獸偷偷繞路離開，溜到附近一個企劃家裡，用電腦剪接軟體來整理這捲錄影帶。一弄就是六個小時，天際不覺已泛白。在電腦裡剪接完後重新過帶回DV，怪獸一邊揉著眼睛，一邊看著七六人對上溜馬的NBA季後賽，張嘴打了個呵欠。離下午的綵排已剩下沒多少睡眠時間了。

陽明大學的表演裡，特別來賓黃嘉千的出現又讓瑪莎切

MASA Happy Birthday!
禮物在此
生日快樂！
乾杯！

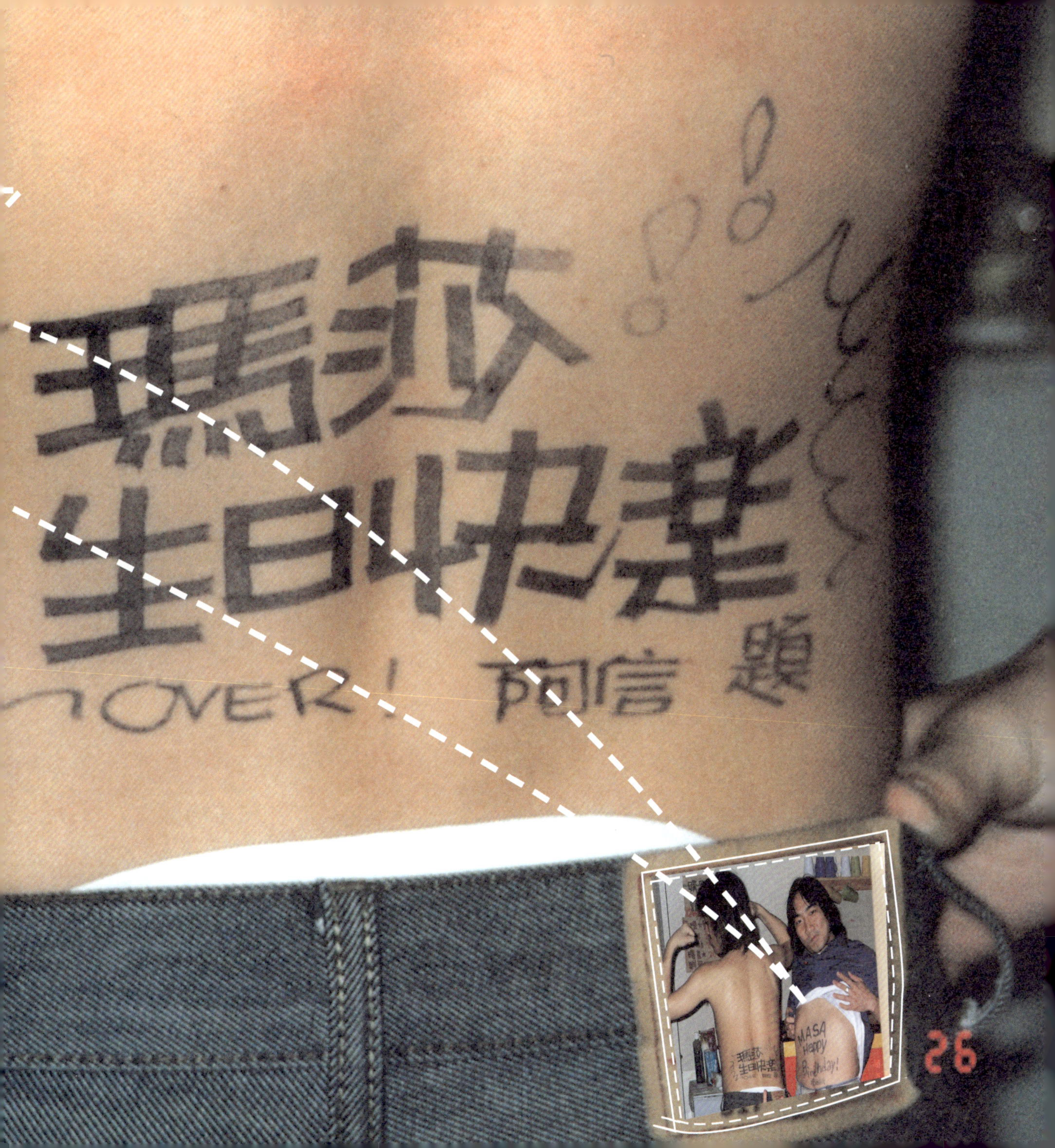
瑪莎
生日快樂
OVER! 阿信 題
MASA
Happy
26

了一次蛋糕，也更讓他失去了防備。〈擁抱〉的前奏一開始，其他四名團員靜悄悄地從後台溜走，只剩被矇在鼓裡的瑪莎一個人在舞台最前方彈著乾淨的鋼琴聲，沒有察覺絲毫的不對勁。毫無預兆的，瑪莎身旁的大螢幕突然放起了那捲生日祝賀錄影帶，讓他吃了一驚。他沒有停下手邊的Keyboard，只是一臉困惑的表情看著螢幕上的滾石總經理陳勇志，滿面春風地祝他生日快樂。

直到前任女友熟悉的臉孔出現在螢幕上，他才終於放手不彈，站起身來。遠方的探照燈劃破禮堂中的黑暗與寂靜，光圈籠罩住瑪莎的臉。打轉著打轉著，映出他眼眶裡的晶瑩淚光。

4月28日到30日，高雄義守大學、台南嘉南大學、台中中國醫藥學院。

禮堂的音場永遠太轟，團員排練了一次又一次，還是得不到想要的效果。等待的時間永遠太漫長，南部的天氣永遠太燥熱，休息室的冷氣永遠太冰涼。安可曲〈憨人〉的音樂一響起，最前排的觀眾永遠有人低下頭來偷偷用衛生紙擦拭眼淚。

晚餐永遠午夜十二點準時開動，也永遠是那麼香甜。

5月1日凌晨，帶著滿身的酸疼跟滿肚子的黑胡椒牛柳，眾人一路昏睡不醒地開車回台北的錄音室。明天一覺起來，就要開始閉關錄音了。吃的是相同的菜餚，睡的是同樣堅硬的塌塌米，每天每天唯一要思考的事除了專輯還是專輯。想到這點，團員們不禁一一提早道別，回家整理行李。

終於只剩下怪獸一個人了。他全身乏力地坐倒在地上，眼神有些失落：「一想到以後再也沒有校園巡迴了，總覺得有點空虛。再怎麼說，還是小型表演比較輕鬆自由比較好玩。我們有很多表演的招數都是好幾場小巡迴，一場一場慢慢玩出來的。大型演唱會就拘謹多了，一舉一動都得經過設計。」

怪獸慢慢站起身來，離去。這就是我們五月天的團長，肯花上整整一天的時間，只為了拍攝一捲十分鐘的錄影帶，送給團員當生日禮物；聲音永遠最大聲，卻也為所有人都著想好了。

怪獸通常都是最後離開的那個人，因為他真的很害怕寂寞。

註1.龍爺是五月天大大小小幾乎所有現場活動的製作人／舞台總監。從舞台設計到節目Rundown，從音箱掛掉到電路跳電，這些層出不窮的問題他都得傷透腦筋來解決。

註2.Monitor是監聽喇叭。在舞台上每個樂手都需要Monitor，才可以聽到其他樂器的聲音，以免被身後音箱的音量壓過，導致走拍。Balance指的是樂器間音量跟音色的平衡。

註3.PA指的是音控。

註4.Wireless是無線的導線。使用Wireless可以透過基地台傳遞訊號，方便樂手在舞台上活動，不會被導線絆倒或是只能待在自己音箱前面。

註5.RAT是專做破音的效果器牌子。

TO NEXT

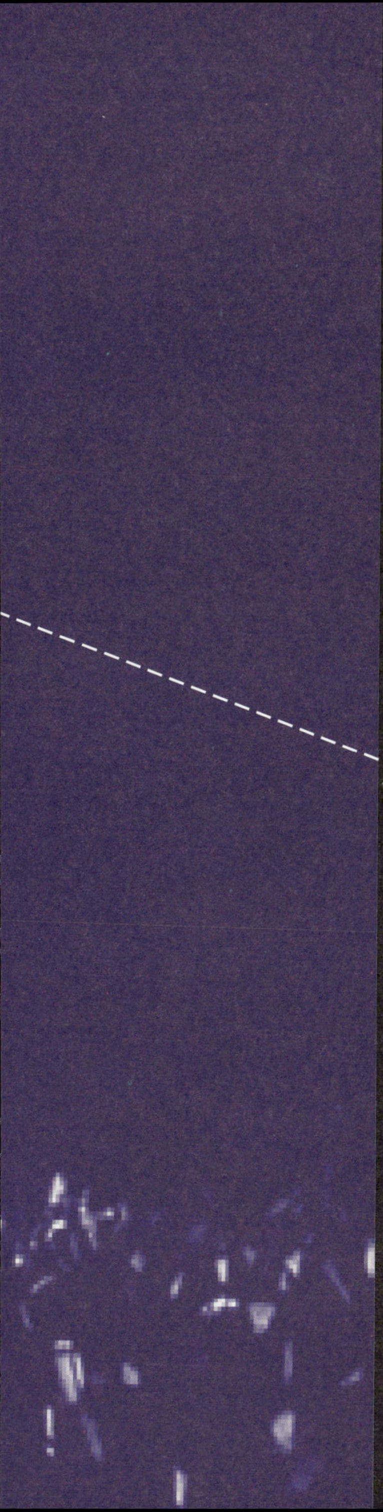

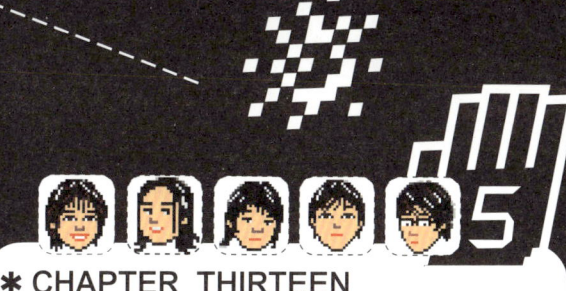

* CHAPTER THIRTEEN

十萬青年站出來（巡迴全記錄內頁文案）

文＝五月天

五月天の素人自拍

✱ CHAPTER THIRTEEN
十萬青年站出來

→→怪獸

我一直喜歡在舞台上尋找被音樂感動而流淚的臉，像一個溺水的遊客尋找浮在水面上的木頭那般的。

我曾經被音樂確實地感動過。我永遠無法忘記在日本《愛情萬歲》這張專輯最後的混音工作完成之後，我們一邊聽著專輯，一邊嘴唇顫抖，喉嚨哽咽說不出話來的那個蠢樣。當然，這只不過是五個自艾自憐的小伙子的感動，是我們在掏光了自己的愛情之後，向自己心中、回憶中的那個關於愛情的部份的一種類似哀悼的東西。像是一種告別吧，像站在船上將自己的骨灰灑向大海那樣子的告別，是如此微小而孤獨的存在啊。

在舞台上看到流淚的臉的感動，也是如此的微小而孤獨啊。總是被一些別人無法理解的東西感動著……我喜歡尋找流淚的臉，因為他們跟我們一樣，彼此的感動都不是什麼值得向人說的東西。而可能因為我自己不太容易流淚吧！發現了流淚的臉，總是覺得自己那不為人知的感動也被救贖了。

在八月十二日、八月十九日、八月二十六日的那些個晚上，我的感動被數不清的臉給救贖了。而我終於發現，我們的感動再也不是微小而孤獨的，我們的感動原來是跟大家的感動一起存在的啊。

溺水的遊客終於找到那根浮木了。

→→阿信

約定

穿過了無窮無盡的車程來來去去，漫長無盡的公路上陌生的風景。冰冷的錄音間，喧鬧的攝影棚，滑雪的訪問，無味的問題；數不清的雞腿便當排骨便當，數不清的簽唱會演唱會各種晚會，數不清的吶喊的臉孔和熱情的雙手，數不清。

累嗎？你說呢？但無論如何，我們累得非常開心。因為我們越來越靠近，因為我們知道在某個地方，你和我們有著一個約定，一個夾在《愛情萬歲》裡，閃著銀光的約定。

試煉

雨怎麼還不停！？

高雄的演唱會，在開演前不停的下著雨，很多器材都被濕氣侵蝕，不能正常使用；幾個過場的橋段安排，也都無法完整的排練。在這種情況之下，原本經過了台北彰化兩場演出所磨練出來的平常心，也都隨著雨水打在土裡，不知道流到哪去。

風雨中，我們繼續演練著演唱的流程。有人繼續趕搭著舞台，有人繼續搬著沉重的器材，有人繼續在排隊……雨還不停嗎？沒關係，沒有人會退縮。我們全都有一個風雨無阻的約定！

忍耐

演唱會一完，小溫就衝到舞台下去吐了！

小溫是石頭的吉他技師，學期中在英國讀書，暑假時就回來陪著我們跑全省的簽唱會，以及這三場的演唱會。全體的工作人員中，以小溫的年紀最小。天真純潔的個性常常是我們的開心果，但小小年紀的他工作起來一點也不含糊，非常拼命。在數萬人面前，那只許成功不許失敗的巨大的壓力，小溫承擔下來了！十七歲的他令大伙刮目相看，默默的忍耐兩個半小時，才在結束的一刻鬆懈下來，吐了！

光榮參與這場演唱會的，絕對不只舞台上看得到的人；大部份的人，在這兩個半小時裡你是看不到的。以一擋百的行政部門的鐵娘子們，每一個人都為現場秩序喊破了喉嚨；舞台總監小龍的太太進入待產期，他卻鎮日在泥濘中與各種突發狀況搏鬥；往日附中吉他社的學弟們，友情出任吉他技師團，一起熬夜開會、修器材；燈光、音響、舞台、特效組的男子漢們，維士比保力達康貝特蠻牛一瓶又一瓶。舞台音控健哥和我們全省巡迴培養出極佳默契，李琪老師率領著弦樂七人組和我們南征北討，總統專用的鍵盤手小周和第三吉他手赤木臨危助陣，企宣組除了搞定演唱會還要搞定五個麻煩鬼……和這樣無私付出的人們一起工作過，一起完成了一個搖滾的夢，一起淋過了一場雨，我們終生覺得光榮！

你

歌也唱了，話也說了。至於世界會不會變，那是世界的事了。
是不是真的有十萬青年站了出來，不要緊。
重要的是，你真的關心，我們在唱些什麼。
重要的是，我知道，你來了。

→→瑪莎

二十世紀末　最後一個夏天
對所有參與的工作人員和我來說
這是一場刺激而甜蜜的
浩劫

我愛你們

也因此我養成了一個壞習慣（真糟糕！）
每一年的夏天　都要給自己一個夢想
並且用力浪費著青春去完成
自傲的是　我們拼了命地玩得不亦樂乎
自私的是
再多的感激都不夠給所有幕前、幕後，台上、台下的你們。你們
還有你們

我不相信世界末日
因為我相信明天過後　一定還有另一個明天
但若真有世界末日　我也不會沮喪

→→諺明

現場演唱是我們對音樂產生興趣的最大原動力。在演唱時的我們會覺得其他的瑣事及時間似乎已告暫停，只有參與演唱工作的人在繼續不斷的忙碌著、HIGH著、聆聽著，這個空間好像只剩下這一群人。

一場演唱會事前需要有很多人的分工合作，不論是節目編排、VCR的製作，甚至到場地的租借安排，都是要所有人的配合。我們常說一場演唱會的圓滿成功，不是僅靠站在舞台的人就可以成功；當台上的人賣力演出之際，在舞台的左、右，或是整場維持秩序的工作人員，都在盡力做非常重要的工作。主角是每一個身在演唱會場的人，並不是單單只有站在舞台上的人。

三場演唱會成功的結束了。在每一場結束之後，我看著每一個人臉上滿足的表情，好像已通過了一個挑戰。心裡真的只有感謝他們，感謝他們在他們工作上的盡力演出，演唱會才能順利成功。我們只有給大家音樂，而大家卻給了我們好多好多。我非常期盼明年的演唱會，明年是我們大家繼今年之後的下一次聚會，我相信今年參與過演唱會的人將是明年最佳的完美陣容。

。

→→石頭

讓我先向你們乾一杯。

今天是西元兩千年八月十日凌晨一點，這是我第一次踏在中山足球場的草皮上。我忽然很佩服那些足球員，可以在這麼大的場地上跑個半天。我從這個球門走到另一個球門就花光了我剩下的一點力氣，但是卻還有一百多個人在把一些銀色的鋼管和黑色大箱子搬來搬去；他們已經二十四小時沒睡了。十一日凌晨一點，我還是看到那些人，不同的是那些鋼管和箱子已經架起來了。如果現在在台北上空你就可以看到新光三越和這個完美的建築物。

十八日凌晨三點，在旅館裡睡不著，和怪獸還有龍爺去探班。朱朱和JAVIER還帶著黑眼圈在調燈光，泰昌的師父還在敲敲打打，JEFF和他的組員還在查雜音的來源。舞監龍爺說：「這才是男人啊。」

最後一場了。今天是八月二十六號，高雄從下午開始的小雨從來沒停過，又讓我想起台北的那一場。有人從八月五日就開始搭帳篷，演出前幾天的大雨一直持續到開演前才停，但是在場外排隊的人潮卻沒有停止。很擔心大雨會打散了我們，光是拜拜祈求好天氣和演出順利就大大小小拜了三十次以上，很感動你沒走。

做完了三個夢，夢裡有我有你，有晴天有暴雨，有汗水有淚水，有人跌倒有人爬起來。歌唱完了，夢做完了，讓我先向你們乾一杯……謝謝。

TO NEXT

* CHAPTER FOURTEEN

Distortion & Clean Tone

五月天の素人自拍

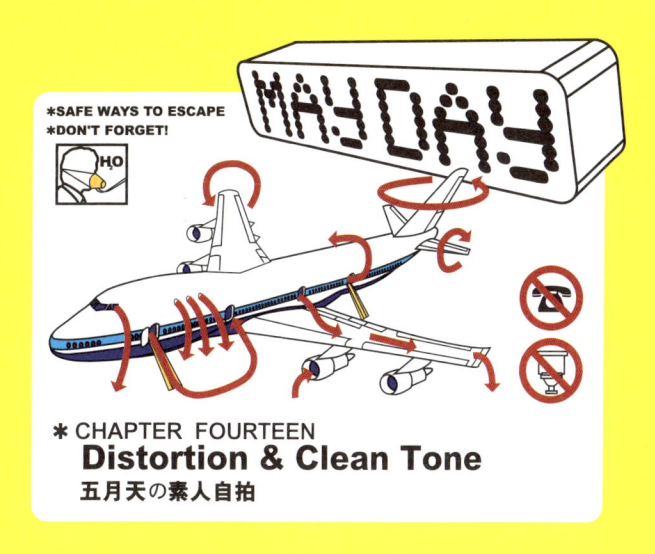

素人廣告館

* vol.14- left to right

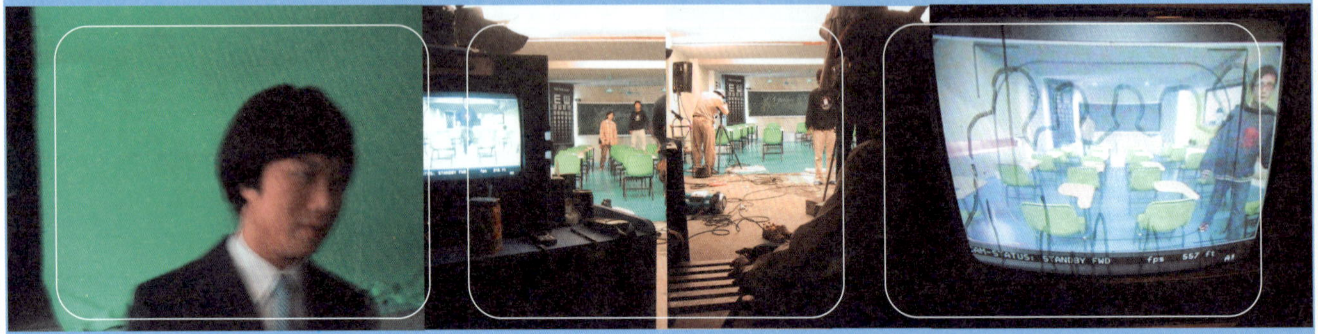

Hi!五月天的廣告時間.......

這是拍攝腳本。

* CHAPTER FOURTEEN
# Distortion & Clean Tone

「為啥米郎攏講五月天是芭樂團？」怪獸媽媽抱怨著，臉上浮現擔心的神情。

酒已過三巡。怪獸的家布置得雖稱不上精緻典雅，但卻有股濃濃的台灣味。茶几邊台啤空罐的數目正不停累積，而餐廳那頭清脆的麻將碰撞聲傳入耳朵裡不禁讓人手指發癢。諺明挺不住睏意，倒在沙發上已有些昏昏欲睡。瑪莎跟怪獸在客廳的一端，被怪獸舅舅風趣的言談逗得捧腹大笑。

這一端，怪獸媽媽偷偷拉過石頭：「你宰樣麼，咱台灣人講『芭樂』攏是不好的話，像芭樂票就是跳票、空頭支票的意思。是安怎大家都講你們歹話，講你是啥米『芭樂團』？」

「你放心啦，芭樂是好的意思，是講大家攏尬意五月天。你賣想這多啦。」石頭操著一口不流利的台語，極力想安撫怪獸媽媽。

× × × × ×

一如往常，走出怪獸家時天色已微亮。制服穿戴整齊的高中生加快腳步從我們身邊走過，準備趕上六點半的公車好準時參加早自息。而我們肚裡已滿滿裝了好幾罐的啤酒，眼皮發腫。

「怪獸的媽媽最清楚一般大眾的心聲。像這個社區裡面，幾乎所有人講過的話都會傳進她的耳朵。所以她也最能了解別人對五月天的評價，無論是上班族、學生、家庭主婦，無論這評價是好是壞。更因為如此她也特別會替我們擔心，替我們抱不平。這是人之常情，誰會願意自己的小孩在外面沒來由的被批評？被臭罵？」石頭轉過頭來，對我解釋。

「我倒覺得台灣的評論者都太主觀了。他們並沒有客觀地去研究一張專輯的脈絡，把它的優缺點同時呈現給讀者看，讓讀者做為引薦或做為參考；台灣的樂評只是很主觀地直接去評定一張專輯的好壞。像在打分數一樣。」

「今天我就是做我自己的音樂，不管你是金曲獎評審，是破報編輯，是唱片公司老闆，是樂評或是聽眾，我都不在意你們的觀點跟想法。一張專輯直到發行前，我都還在想，也許這個吉他我可以換另一種編法？也許可以做得更多？雖然我並不會後悔原來的編曲，但是我始終覺得，腦中要抱持著實驗的想法去做音樂，不斷嘗試。至於樂評的反應？那都是其次的了。」

× × × × ×

「舞台是很殘酷的。」阿信抬起頭來，仰望著天花板。「樂團必須先從舞台上生存下來，才擁有做唱片的資格。尤其是當你跟其他樂團同台演出，可以很明顯地分辨出哪個樂團的舞台魅力比較好，連遠方駐足的觀眾都能吸引到台前來。以前幾次跟脫拉庫同台的表演中，發現在這方面我們的確是比不上他們。」

「舞台上的經驗後來對我寫歌的方向影響非常大。我會先想像自己站在舞台上，拿著麥克風唱著歌。那台下會是什麼樣的反應？他們是否能了解我們想要傳達的訊息？有點像運動選手的模擬想像訓練就是了。」

「第一張專輯其實並不是那麼適合舞台，它屬於錄音室，屬於在家裡用隨身聽跟耳機以小音量放來聽的那種唱片。經過第一張專輯的考驗後，我把舞台上的經驗融合進我寫歌的步調，誕生的《愛情萬歲》就更適合舞台，更簡單俐落。」

「不過，我始終沒有把全副心力放在舞台上。總覺得自己不屬於那個燈光絢爛的舞台，只是自己剛好是這個樂團裡拿著麥克風的那個人，所以也就一直硬著頭皮唱了下去。」阿信露出落寞的神情。「也許因為自己是個過份謹慎的人吧！有些人就是那麼的渾然天成，就是那麼的信手拈來。就Nirvana來說，做那樣的音樂也許並不是什麼太困難的事，他們只需直接掏出存在於自己體內的憤怒跟不滿，就是那個大家眼前看到的Nirvana。」

「當然每個人都想做那個渾然天成的人。卻也有像Extreme這種樂團，所有團員都要在每個細節去使力去雕琢。」

「我始終對『五月天的阿信』這個人感到很陌生。有時候在電視上看到我們的出現，娛樂新聞也好，廣告、音樂錄影帶也好，甚至是我們自己的演唱會現場，我都不禁會有『那個拿著麥克風的人真的是我嗎？』的感覺。我會蹲在電視機前面仔細端詳那個人的一舉一動，卻完全看不出來那個電視上的自己腦子裡在想些什麼。其他人都還是一樣，瑪莎就是瑪莎，石頭就是石頭。」

「也許就是這樣吧。」阿信頓了一下。「人活在這世界上最陌生的就是自己。」

「對我來說，最愉快的還是站在錄音室Control Room的喇叭前，聽著剛錄製完成的新歌；而這首歌『很屌』。這時候我會非常有活著的感覺，那種快感跟任何刺激或歡樂都截然不同。」

× × × × ×

五月天。出版品銷售總數逾百萬。樂團中少數曾發行現場Live專輯者，卻仍能維持一定的銷售量；樂團中少數曾獨立製作電影配樂者，而不只是翻首舊歌出來唱唱主題曲了事；樂團中少數曾舉辦萬人大型演唱會者，更別提萬人售票演唱會；樂團中少數獲國際知名樂器品牌青睞，為其代言者。

因為五月天，人們開始說：樂團時代來臨了！

但背後竊竊私語的聲音卻從來沒安靜下來過。五月天出賣了自己的尊嚴！有些人說。五月天把螢光棒帶回搖滾

C6 M36 Y90

C60 Y5

C60 M96

C3 M2 Y90

C6 M95

圈了！有些人說。五月天帶壞了迷妹風氣！有些人說。「五月天」這三個字變成了樂團界眾矢之的，彷彿只要口中髒話裡夾帶了這三個字，就能顯示出自己高人一等見識卓越。

也因為五月天，人們開始說：根本沒有樂團時代這回事。

× × × × ×

「出第一張專輯時，我們抱持的想法是，起碼要能靠音樂養活自己。凹得到下一張專輯的製作費，買幾把還算不錯的樂器，能自給自足地生活，能無後顧之憂地玩音樂。要玩到五月天這個樂團的名字，說出去不會讓我們覺得丟臉。」瑪莎說。「至少要變成這個時代，或是一種次文化的象徵，讓人家一提起1995年到2000年的樂團時，腦中就會浮現我們五個人。」

「《愛情萬歲》後，我們就沒有再去想過這些問題了。也許是因為我們有了點基礎，不需要再為麵包傷腦筋的關係吧。」

「我們也從未預想過這樣子的成功。第一張專輯時，聽到公司跟我們說要在台北市立體育場開萬人演唱會，當場嚇了一跳。不會吧？沒搞錯吧？連伍佰都只在台北國際會議中心辦演唱會。雖然是免費入場，但我們只是一個剛出片的新樂團，這樣做會不會太Over啦？」

「到了《愛情萬歲》，公司更變本加厲，一開開三場，聽到我們耳中又是一驚。今年則是要辦三場售票演唱會，又要主持電視跟廣播節目，又要拍紀錄片，又要去日本跟Glay合辦演唱會，又有樂器廠牌找我們代言，真的是驚嚇連連。我們從來沒有設想五月天可以達到什麼地步，可以完成什麼。說到這點，滾石真的幫助了我們很多。我們能做的就是音樂而已，其他的目標是公司幫我們一步一步攀上去的。」

「其實有時候真的滿心虛的，尤其是受到媒體或聽眾的過度吹捧。我常常在想，有必要把我們形容得這麼好嗎？我們雖然心知肚明這樣子的音樂型態很難取得三十歲以上族群的認同，卻也沒想到五月天的音樂會得到國高中生這麼廣大的共鳴。」

「滾石從沒想到我們會變成『偶像』，也沒有以這樣的宣傳手法來推五月天。」

「有些人很小鼻子小眼睛，拿著這點當理由死咬著我們不放，來大做文章來批鬥我們。今天我很堅持的是在出片前跟出片後，我的生活方式，或者我彈奏樂器的編曲方式都不曾改變過。起碼我對音樂的想法跟當時我們沒成名前在Vibe表演時都一模一樣；做的是一樣的歌，彈的是一樣的Tone。沒有說我本來是Distortion，現在換成Clean Tone。」

「你沒有自己的態度，沒有自己的想法，才會需要藉由訕笑我們來提昇自己的地位，用嘩眾取寵的方式來爭取他人的認同。老實說，我覺得這樣子的人挺可悲的。沒有聽過1976在台上罵五月天吧？脫拉庫呢？四分衛呢？骨肉皮呢？因為他們不需要靠著對別人輕蔑而凸顯自己。」

「這些人嘴裡老是嚷嚷著：『五月天出賣了自己的尊嚴！』『五月天放棄了自己的靈魂，投向主流唱片公司的懷抱！』但他們有平心靜氣地來聽我們的音樂嗎？我想沒有，就算聽了也是存著挑毛病的心態，根本不客觀。這些人只不過是為了反對而反對，那我為什麼要跳出來跟你辯駁？

「我們很清楚五月天的目標，從來也不覺得自己是地下樂團，卻也從來沒有瞧不起地下樂團。挺多是因為彼此不熟，大家的方向不同，井水不犯河水。我們只是提供一條樂團可以走的路：找主流公司簽約發片，有充分的資源當後盾，音樂完成後再讓公司來包裝來宣傳我們；至於妥協的程度，要靠你自己去決定。對五月天來說，唯一的妥協就是必須參加記者會、上通告，必須化妝。

至於音樂則完全由我們掌控，沒有任何需要妥協的地方。」

「不過說實話，化妝真的是一件很痛苦的事呀。」瑪莎吐了吐舌頭。

× × × × ×

「我能瞭解他們為什麼這麼痛恨五月天。」阿信盯著雪白的牆壁，眼睛眨也不眨的說。「因為五月天是他們所深惡痛絕的流行音樂體系的代表性樂團。他們需要一個具體的對象來釘十字架，被抓出來大批特批，而剛好五月天就成了那個倒楣的冤大頭。」

「實際參與了主流唱片市場後，我開始能體會這些反主流者的想法。流行音樂體系其實不只是單在做音樂，而是在賣一個藝人／團體的形象。純音樂的成份在一張唱片的推銷中只是一個環節，行銷策略、形象塑造，這些才是重點。」

「說老實話，我也不是完全認同主流的做法。但轉個角度想，如果今天你在電視上看到Radiohead主唱Thom Yorke唱歌時自溺沉醉的模樣，是不是也更加地了解他們的音樂為什麼那麼頹靡？我們對這個樂團有了更多的投射，性格的投射、人生經歷的投射；將自己的生活背景、歷練，自己的希望都投注在樂團身上，也就產生了更多的感動跟認同。」

「所以形象的打造，無非也是為了提升聽眾對樂團的認同感。基於這個原因，很多宣傳手法我們都不排斥去嘗試看看。至於別人的批評？我只想飛得高、飛得遠，超越這所有一切雜音。」

× × × × ×

「到現在，我們也只有四分衛、脫拉庫這幾個常在一起玩的樂團界朋友比較熟。我真的很喜歡跟小郭、虎神他們在一起的感覺，可以暢所欲言，也可以一起交換錄音的心得。今天我如果實驗出一種錄音的方法，我會告訴你，讓你去試看看。你知道什麼型號的吉他很有特色，也可以跟我互相討論。這樣子交流音樂的感覺真的很好。」怪獸說。

「老實說我不希望五月天像現在這樣被孤立，在音樂的路上走得這麼孤獨。但我們的唱片有這麼多人聽，也得到很多的迴響。如果連樂團界都贊同認可我們，我們做什麼都說好，會變得太過吹捧，讓我們得意忘形了起來。我們將無法正確判斷自己音樂的優劣，或者無法再更進一步。所以保留一點反面意見也挺不錯的，可以刺激我們思考。」

「樂團樂手的生命其實很短。不像阿信是詞曲創作者，就算樂團玩不下去了，他也能寫點歌，或者當製作人。我又不想進唱片公司做事，像齊秦以前的虹樂團、賈敏恕的青年合唱團，裡面的團員現在不是豐華的總經理，就是某某唱片公司的一階主管。要我做唱片公司的職員，跟他們混在一起聊哪張唱片的企劃設計得怎樣怎樣，哪家唱片公司改組後又如何如何，說實話我不是吃這行飯的料。」

「人家總說有一天你會放下手中的吉他。我最害怕的就是那一天的到來。」

SUPERB!

Extra

Bang

Boom

Splendid

Gosh

Yeah

2001元氣JEANS大絕讚

TO NEXT

黃牛（怪獸表弟）
怪獸
朱冠綸（企劃）
石頭
諺明
水上籃球大賽

＊五月天の素人自拍

5

＊CHAPTER FIFTEEN

五分之一的蛋糕切片

文＝諺明

五月天の素人自拍

▲always 諺明
睡覺→打鼓→睡覺

* CHAPTER FIFTEEN
五分之一的蛋糕切片

所有的音樂，其創作的堅持與精神是非常重要的。任何一種所聽到的音樂聲響，都是從無到有，甚至到音色（Tone）的選擇，都屬於創作的一部份。

其實一般人都一直以為創作只有詞與曲，其實是一種錯誤的想法。以五月天創作流程，第一便是一個大概的主弦律或歌詞；唱過一次之後，每一個人心裡對這一首歌都有了一個詮譯方法，這首歌帶給自己什麼的感覺。是激動的，或是沉默的？每個人所感受到的，其實會有些不同。

這時，便會利用自己手中的樂器去作一個表達陳述，先走完幾次之後，我們會進行溝通，表達出自己的想法，尋求出一個共識，再進行更確定的編曲，直到成品的出現。主唱是用嘴唱出他對一首歌所要表達的方式，吉它手、貝司手、鼓手，便是利用自己手中的樂器去做表達。其實每一個部份都是環環相扣，缺一不可，祇要你所聽到的每一個音樂、每一個聲響，都是屬於創作。

五月天有一個共同的認知，今天如果你只注意到歌詞在唱什麼，那你祇聽到五分之一的五月天。下次聽歌時，可聽聽其它的樂器表達什麼，說不定會帶來一個完全不同的感受領域。

STRAWBERRY FIE

Imagine all the people living life in peace... John

Forever

- Afghanistan
- Angola
- Antigua and Barbuda
- Argentina
- Australia
- Austria
- Bahamas
- Bangladesh
- Barbados
- Belgium
- Belize
- Benin
- Bolivia
- Botswana
- Brazil
- Bulgaria
- Burkina Faso
- Burma
- Burundi
- Canada
- Cape Verde
- Central African Republic
- Chad
- Chile
- Colombia
- Costa Rica
- Cuba
- Cyprus
- Czechoslovakia
- D[illegible]
- Dominica
- Dominican Republic
- Ecuador
- Egypt
- El Salvador
- Equatorial Guinea
- Ethiopia
- Federal Republic of [illegible]
- Fiji
- Finland
- France
- Gabon
- German[illegible]
- [illegible]
- Guinea-Bissau
- Haiti
- Honduras
- Hungary
- Iceland
- India
- Indonesia
- Ireland
- Israel
- Italy
- Ivory Coast
- Japan
- Jordan
- Kampuchea
- [illegible]
- Mexico
- Monaco
- Mongolia
- Morocco
- Nepal
- Netherlands
- New Zealand
- Nicaragua
- Nigeria
- Norway
- Pakistan
- Panama
- Papua New Guinea
- Paraguay
- Peru
- Philippines
- Poland
- Portugal
- Republic of Cameroon
- Republic of Korea
- Rwanda
- St. Kitts-Nevis
- St. Lucia
- St. Vincent and the Gre

[illegible] endorsed by
[illegible] Ono Lenno
[illegible]

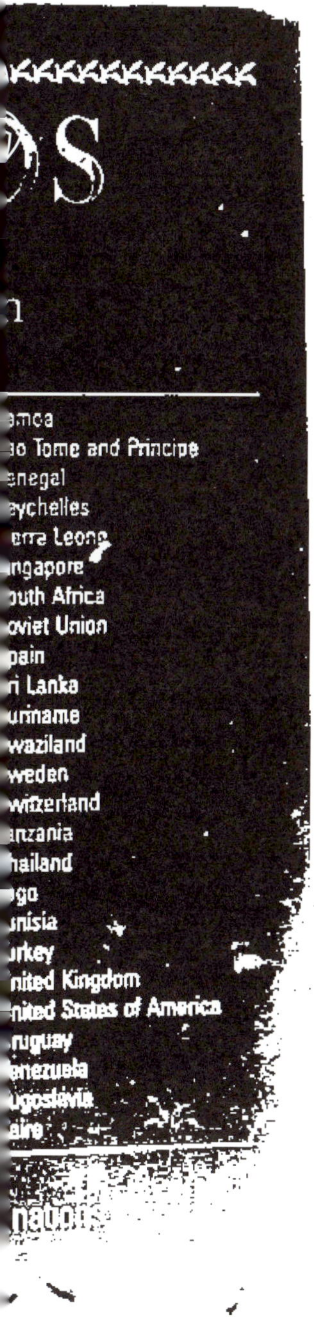

* CHAPTER SIXTEEN

Magical Mystery Tour

五月天の素人自拍

✱ CHAPTER SIXTEEN
Magical Mystery Tour

五月初，《人生海海》錄音開始正式運作。錄音室的設備還稱不上齊全，東缺一角西缺一塊，耳機分配器、怪獸借的吉他音箱都還沒送來，Protools專用Console【註1】也等了好幾天才收到，團員們卻已迫不及待地開始動工，〈候鳥〉的鼓跟貝斯已然錄製進去。

5月8日，一場小型餐聚後，五月天邀請了來台參加記者會的Glay主唱Teru跟吉他手Takuro至新錄音室參觀。

「五月天由我和石頭代表出馬跟Glay對喝，啤酒、香檳、紅酒全出籠了。倒也沒有什麼語言溝通上的問題，我會一點日語還可以彼此對話，遇上詞窮的時候大家就開始比手劃腳，聊得相當愉快。」怪獸說。

「後來我們拿著酒瓶進Control Room，一邊喝酒寒暄一邊試聽我們之前錄好的幾首Demo。其中他們特別喜歡〈候鳥〉這首歌，酒酣耳熱之際，Glay提出要幫我們唱和音的要求。吉他手Takuro跟我借了一把琴跟幾顆效果器，就地取材的幹下去了，在〈候鳥〉後半錄進了一段即興Solo。」

「我們也請翻譯把〈候鳥〉的歌詞抄在一張紙上，再用日本五十音註明每個國字要怎麼發音，還用箭頭標示清楚語氣該怎麼變化。Teru照著那張『中翻日』的歌詞練習了好幾次，也錄了幾軌和音。雖然說是友情跨刀，但他們的態度很認真，反覆錄到凌晨兩點才收工。」

「Glay的唱片公司社長做人也很豪爽。因為他喜歡喝紅酒，所以來錄音室之前還自備紅酒，我們在Control Room聽Demo時，他就坐在外頭一個人自斟自飲。一般來說，請Glay這種國際知名樂團跨刀合作不都應該要禮貌性地提供簽約金嗎？當Glay說要幫我們錄和音時，我們跑去徵求社長的同意。簽約金的事他一個字也不提，臉色微赭地舉起雙手比OK，二話不說就答應下來。」

「相信我，真的。這世界上絕對沒有比一群喝醉的搖滾樂手更難惹的人了。」阿信瞇著眼睛笑了，信誓旦旦地如此宣稱。

× × × × ×

5月10日，〈能不能不要說〉開始錄音。這是一首帶著70年代復古調調的輕快歌曲，為了要重現那個時代的氛圍，音色的選擇佔了最主要的關鍵。「大鼓踩起來有一種嗡嗡的Sustain【註2】，雖然很細微，但你們沒有聽到嗎？」諺明試打了一下鼓之後，阿信皺著眉頭說。

也許是因為還不習慣新錄音室的音場，五個人在Tracking Room裡花了一整個下午的時間確認鼓的音色。拆大鼓皮，在大鼓裡墊棉被；調整每隻麥克風的角度，向上揚起三十度、向下降低十八度，各種方法都試過了。

「自己錄音就是比較累，要花上許多時間來摸索怎麼架設麥克風、怎麼選擇音色。之前在加拿大錄音時，除了負責錄音的Engineer之外，還會有一個專門處理鼓的Engineer。該怎麼在音色上做變化，他會幫你搞定。現在我們必須自己面對這些問題。」瑪莎說。

「錄音時有一個很重要的原則。這首歌的樂器你想要得到什麼樣的音色？你就得在實際錄音時去調整，盡量讓Source【註3】進來的聲音處理得很接近你理想中的Tone，而不是去依賴混音時用效果器再去修改再去縫縫補補。所以我們才會花這麼多的時間在調整鼓的位置跟麥克風的角度。」諺明說。

「舉例來說好了，以前我也曾經迷信名牌，堅持沒有牌子的鼓我絕對不用。後來我發現名牌鼓的特性是共鳴很好，換句話說名牌鼓打出來的Tone都很接近。想想看一套鼓你能調出四、五種不同的Tone就很了不起了，所以迷信名牌到最後的結果是每個鼓手的Tone都很類似，沒有自己的特色。」

「像〈溫柔〉時我用的小鼓才台幣兩千塊，送給人家都不要，可是打出來的感覺很對。有一些不太成熟的鼓手

SEAMLESS

只求打出來的東西很屌，可是他們不會花心思去調Tone，不會去管這顆鼓的Tone適不適合這首歌，或是該怎麼去做變化。大哥曾說過樂手有分為『匠』跟『將』兩種。那種鼓手就是『匠』，因為他對自己的專業領域不夠了解，怎麼能算得上是好鼓手呢？」

× × × × ×

5月12日，〈相信〉開始錄音。早在四月底的校園巡迴中，五月天就已經把〈相信〉排在曲目中先行曝光，試探一下觀眾對這首歌的反應。經過現場的考驗之後，團員決定把專輯中的〈相信〉加上層層疊疊的和音迴圈，延長成六分鐘的版本。因為原來的Demo版本只有三、四分鐘，詼明錄鼓時最後一段段必須重複相同的節奏打滿六分鐘，讓出空間給和音來鋪路。

錄到一半，不知情的石頭推門進來Control Room，瞄了瞄電腦螢幕，不禁嚇了一跳：「哇！你們真的要把〈相信〉做成21世紀的〈Hey Jude〉嗎？」

Tracking Room裡詼明已經打到了出神忘我的境界，頭低下來沉醉在鼓聲中，連在劃分開Tracking Room跟Control Room中間的隔音玻璃前一直比手劃腳的怪獸都沒看見。石頭按下了Talk Back鍵【註4】，透過耳機一直想對詼明說話，聲音也被震天價響的鼓聲給蓋了過去。Control Room裡所有人都急得像熱鍋上的螞蟻，拼命地揮舞手掌想讓詼明發現，偏偏詼明老是不抬頭。

好不容易詼明終於放下鼓棒，走出Tracking Room。怪獸氣呼呼的說：「我一直在跟你揮手，至少在兩分鐘前就要你換一種打法試試看；石頭也用Talk Back跟你說話，你都沒注意到嗎？」

「我怎麼可能看得到，因為從Tracking Room裡面看出來隔音玻璃會反光呢。鼓聲又很大，耳機雖然戴著卻聽不到半點聲音。」詼明老神在在的說。

「我跟你說哦，你最後那段光用兩種Pattern打聽起來太單調了。」阿信解釋。「知道我的意思嘛？就是要有神清氣爽的感覺。」

「呃…那我再打一次看看好了。」諺明臉上露出似懂非懂的神情。

× × × × ×

5月13日，〈能不能不要說〉開始錄製吉他的部份。怪獸跟石頭搬了兩台POD到Control Room裡，直接送一軌訊號進Console，再利用Batch Bay送一軌訊號進Tracking Room裡的吉他音箱，用麥克風收音進Console。瑪莎錄音時也同樣這麼做。這幾乎是《人生海海》裡所有吉他跟貝斯收音的固定模式，錄製一把樂器時都會收兩軌訊號。雖然彈奏的音符一模一樣，但是因為收音方式不同，兩軌的音色間會有微妙的差異，聆聽時會產生更遼闊的空間感。

〈能不能不要說〉這首咖啡廣場的廣告主題曲同樣早在四月底的校園巡迴中就已提前曝光，同時也是《人生海海》裡最早完成的歌曲之一。照理說經過舞台上多次表演後，錄起來應該是得心應手；怪獸跟石頭卻一直彈得不是很順暢，反複重來了許多次，士氣有些低落。

「實在是太久沒錄音了。」石頭說。「錄音跟表演不同的地方是在於，表演的時候你面前有個對象可以直接溝通、互動，你可以很直接的看到台下的觀眾因為你指間彈出的一個音符而興奮，眼神發亮。而錄音時卻沒有這樣的對象。你必須把所有情感都灌注進吉他裡，讓某個時點某個遙遠地方某個不知名的聽眾拿起這張CD放進音響裡，就能夠產生感動。」

「今天其實可以彈得更好。我直到第四、五次重來時才漸漸進入狀況。」

× × × × ×

5月14日，團員陸續起床後，不約而同地聚集在大廳，聊起天來。

「明天我要開始配唱Vocal了。」阿信說。「你們昨天錄的〈能不能不要說〉，我聽了一下後覺得樂器塞得太滿了，失去原來那種歡樂的氣氛。」

「我也這樣覺得。有時間的話我們會再修修〈能不能不要說〉的細節。」怪獸深有同感。「喔對了，瑪莎。最近的進度應該是先把吉他的部份搞定再說。我們在錄音間裡錄吉他的同時，你跟諺明不要偷懶打混，最好盡量利用時間，在外面編一下和音跟Percussion【註5】。」

團員們開起了一場小會議。哪首歌做得太滿，水面已經溢出杯緣了？哪首歌還缺少最後一道調味，該再灑點胡椒？你一句我一句的，每個人提供自己的意見，討論十分熱烈。已經五月中旬了，完成的歌還不到專輯的一半。

哎呀好燙，火燒屁股了。

「講到時間，最近我每天都會從夢中驚醒，夢見我們的混音師已經來台灣了，我們卻還是停留在跟現在一樣的進度。每天晚上我都會被這樣的夢境嚇醒，不禁滿身冷汗。」阿信說。雖然只是半開玩笑的口吻，聽了之後卻沒有半個人開口說話了。氣氛變得很凝重，所有人的頭不禁都低了下來。

怪獸拍了拍石頭的大腿：「走，我們下去錄吉他吧。」

× × × × ×

結果今天怪獸總共斷了五根弦，連第二粗的第五弦都斷了。

今天的進度是〈稍等一下〉、〈彩虹〉、〈相信〉的木吉他錄音。雖然電吉他疊上去後木吉他的聲音往往被吃掉，只聽得見Picking【註6】的聲音，但是木吉他的存在能補滿高音，讓歌曲的頻率更加平均。跟電吉他收兩軌的作法相同，怪獸用了兩隻不同型號的麥克風來收音，再加上收Tracking Room共鳴音的Room Mic。每隻麥克風收進的音色都不盡相同，等到混音時可以再去調整每一軌音色所佔的比例，交相融合出最完美的色彩。

錄音一直進行得不是很順利，〈彩虹〉弄到深夜還搞不定。怪獸站在Monitor前試聽了之前的Take，搖了搖頭，又捏扁一個咖啡空罐，走進Tracking Room裡拿起吉他，遍布血絲的雙眼中浮現殺氣。

「情歌，這是一首情歌OK？請不要帶著恨意來錄情歌。」瑪莎按下Talk Back鍵，試圖安撫怪獸。

「喀」一聲，怪獸大聲咒罵。又斷弦了，離破記錄也不遠了。

「弦都斷光了嗎？只剩012的弦喔，好硬好難彈呢。」怪獸一邊轉開旋鈕扯掉斷弦一邊問。先前準備好滿滿一箱的Martin琴弦，經過半個月的錄音下來已空空如也。

「偏偏彈的又是最難按的F調把位，唉。」

怪獸試著用Capo【註7】，又換了和弦按法編編看：「再來一次！」

× × × × ×

5月15日到5月18間，已完成吉他、貝斯、鼓錄音部份的幾首歌如〈相信〉、〈能不能不要說〉開始錄製Percussion的部份。

「Percussion在我們的作品裡面佔了非常重要的角色，尤其是鈴鼓。」諺明解釋。「像〈愛情萬歲〉、〈羅密歐與茱麗葉〉這幾首歌，加入鈴鼓的聲音後力度就截然不同。我會在所有樂器都錄好後，根據這首歌的整體感覺，從不同鈴鼓的Tone中選擇出最合適的一個來錄。鈴鼓的加入等於說是在一個已經大略成形的塑像上，拿起雕刻刀來磨出最後的紋路。」

「我們在現場表演時都會帶著1680混音器，裡面錄有每首歌的樂器。表演時我們會把1680混音器接上PA台，送弦樂、民謠吉他跟鈴鼓這幾軌的訊號出去。所以現場表演時除了我們台上五個人的聲音之外，還可以聽到弦樂跟鈴鼓，有點像是卡拉帶的感覺。畢竟不可能隨身帶著一個大弦樂團各地巡迴吧？現場聽得到鈴鼓的拍子，對表演的Grooving有很大的幫助。」

「第一張專輯的宣傳期時我們有一陣子沒有帶1680混音器上台表演。少了鈴鼓後團員表演起來感覺差別很大，Grooving就不對了。自己打鼓的感覺也有點縛手縛腳，像哪個地方不太對勁似的。」

× × × × ×

聆聽一首歌從無到有的過程，像是經歷了一段奇妙的旅程。

坐在鼓的右後方可以看到Tracking Room裡所有的團員。瑪莎臭著一張臉在沉思，從頭到尾幾乎不曾發言；石頭彈到忘情之處，會不自覺地跟著節拍聳聳肩膀。阿信坐在一旁的高腳椅上，等編曲暫告一段落時會以作曲者的身份提供意見；諺明編曲時不太聽其他人的樂器，只是專注在自己的鼓上；而當他出槌時，怪獸會從後面毫不留情地狠狠踹諺明屁股一腳。

時間是5月20日，團員齊聚在Tracking Room裡為新歌〈A Key〉編曲。此時沒有人能想到後來這首歌竟成了專輯標題曲〈人生海海〉。已經進入了五月後半，進度嚴重落後。混音師Craig預定6月5日來台，而團員們手邊只有區區六、七首歌。團員們決定只要阿信寫好一首新歌，就馬上把它編好，編完馬上就開錄。除此之外也別無他法。

看團員編曲的感覺很奇妙，像是看著胚胎在母體的子宮裡逐漸生長成形，而錄影機正在快速轉帶播放一樣。伴著阿信錄好的Demo：主旋律、民謠吉他，每個團員各自添加上一點佐料；一個和弦進行、一段節奏，一個過門或一個結尾。匆匆數個小時過去，怪獸放下手中的吉他，率先走出Tracking Room，每個人的耳中都飼養了一隻小蜜蜂，嗡嗡地繞著圈子。耳鳴得很嚴重。

你聽見了嗎？發出響亮的哭聲，嬰兒已經呱呱墜地。

每日一曲:日文版候鳥卡拉OK 伴唱帶

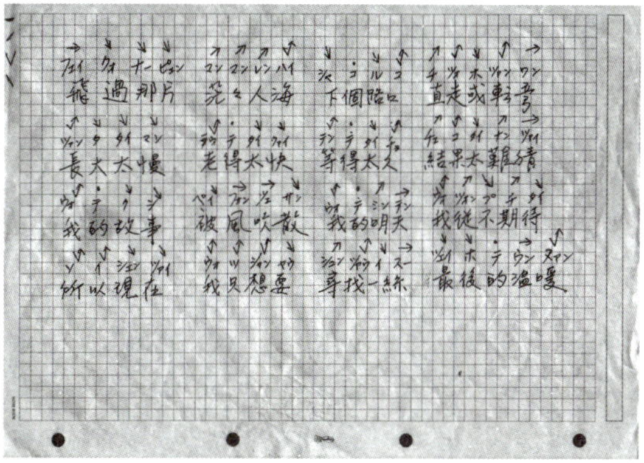

註1.Console是錄音室專用的Mixer。

註2.Sustain是指延音。

註3.Source是音源的意思。

註4.當Tracking Room裡有樂手在錄音時，都會戴起耳機，可以聽到自己的演奏。如果Control Room裡的人想跟樂手對話，按下Console上的Talk Back鍵，Console有小麥克風可以收音，就可透過耳機傳話。

註5.Percussion是打擊樂器的一種。舉凡鈴鼓、Conga（手鼓）、Shaker（空心裝沙，用搖動的方式來演奏）都包含在其中。

註6.Picking是指用吉他彈片Pick彈奏民謠吉他時，Pick跟琴弦敲擊發出的清脆聲音。

註7.Capo是移調夾，民謠吉他常用Capo以做調性的變換，方便彈奏。

TO NEXT

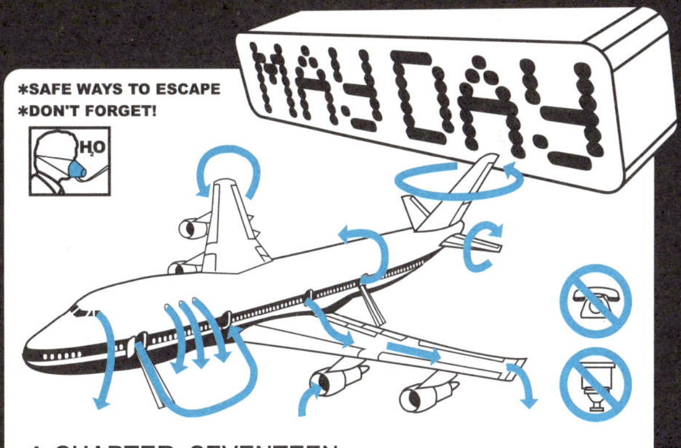

* CHAPTER SEVENTEEN

仰望藍天的木頭

五月天の素人自拍

* CHAPTER SEVENTEEN
仰望藍天的木頭

又是早晨了。透過屋簷散落的陽光顯得猙獰般張牙舞爪。

熬夜過後的怪獸眼睛瞇成一條細縫，疲憊而且昏昏欲睡。錄音室最近的招呼語不是「你好！」或者「吃飯了沒？」，而是告訴對方自己已經連續幾個小時沒有闔過眼了。二十四小時、三十六小時不睡已經變成了他們正常的作習時間，就算稍微打個盹吧！不到六個小時，又會被其他團員挖起來錄音。

榻榻米、沙發上，總會有什麼人在睡覺，無論你怎麼拼命搖都吵不醒，因為他們上一次睡覺已經是兩天前的事了。Midi Room會是個很好的紮營地點，不但有一張柔軟的沙發床，又有涼爽的空調。石頭會拿幾張毯子到Tracking Room裡，那裡是他的地盤，地上毛毯鋪一鋪倒頭就睡。常常在電視機前可以看到怪獸赤裸著上半身，只用沙發的靠枕充當枕頭，在地板上昏迷不醒。

睡眠變成最奢侈的享受。團員常常好幾天不洗澡，因為在洗澡之前他們就已在哪個角落隨地一躺，馬上不醒人事。

「老實說，來到錄音室之後的感覺比先前四月時在樂風好很多。」怪獸打了個呵欠，懶洋洋的說。「因為這裡不管是器材還是空間設計都比樂風專業很多。我們在樂風的那間練團室雖然也可以錄音，像第一張專輯跟《候鳥》原聲帶的樂器都是在那裡錄製的，但那裡只有一個空曠的房間，空間太大的話聲音會散掉；不像錄音室有依不同需求而分為Tracking Room、Control Room、Midi Room。而且牆壁上因為隔音的關係貼了吸音棉，會把反射音都吸掉。」

「在錄音室這裡，想要什麼Tone比較能夠調得出來；因為空間設計好，調EQ或修音色時耳朵可以聽得出顯著的差異。而且大家關在同一個地方集訓，每天面對，比較不容易分心，也比較容易進入狀況。」

「唯一的問題是錄音錄久了，聽覺會麻痺，會失去判斷能力。每一樣樂器錄進去都覺得不錯，卻可能把這首歌疊得太滿了，超過它應該承載的容量。長時間在錄音室這麼耗下來，很難跳脫出來去客觀評判這首歌的好壞，反而會沉迷進去。」

× × × × ×

5月23日，〈候鳥〉開始錄製和音的部份。五月天是個很重視和音的樂團。流行音樂的作法先姑且不論，在眾多樂團之中，五月天的歌曲裡和音佔的份量相較之下算是相當吃重。低八度、高八度、低三度、高三度、高五度、低五度，機器人唱法（反複唱同一個音）、無厘頭唱法（無一定規則可尋的和音唱法），幾乎每首歌都會錄上四到五軌的和音。

× × × × ×

諺明因為前幾天錄〈人生海海〉的鼓時弄傷了手肘，這幾天暫時放下鼓棒，讓自己休息一下。在Midi Room裡，諺明跟瑪莎兩人為了和音傷透了腦筋。哪一段副歌要和音，怎麼和音？要唱高音部還是低音部，每一句歌詞都要唱和音，還是只要唱部份和音以凸顯強弱間的差別？每商量好一個段落的和音編法，兩人就開始錄音。兩人互相交替，一個人在裡頭唱和音的時候，另外一個就在外頭充當錄音師。反之亦然。

「每一句都唱和音的話，副歌聽起來就太滿，失去層次感啦。」瑪莎皺了皺眉頭，在手邊的小鍵盤上敲敲彈彈，重新確認和音的音階，要諺明再進去錄一次。諺明清了清喉嚨，覺得麥克風太小聲，要瑪莎調大。

「聽起來像是在電台主持一樣耶。」諺明突然頑心大起，壓低了嗓子開始模仿電台DJ的語氣。「你好，這裡是Mayday Boogie Night，我是今晚的主持人諺明。」瑪莎聽了翻翻白眼，沒等諺明說完，馬上按下錄音鍵，逼得諺明不得不開口配著旋律唱和音，打斷了他短暫的DJ秀。

飛過那片茫茫人海，下個路口直走或轉彎
長大太慢老得太快，等得太久結果太難猜
我的故事被風吹散，我的明天我從不期待
所以現在我只想要，尋找一絲最後的溫暖

諺明逼尖了嗓子，用假音唱著高八度的和音。錄完走出來試聽成品，諺明臉上露出曖昧的表情，手按上瑪莎的肩膀說：「歡迎來到人妖訓練班。」

隔壁Control Room裡怪獸跟石頭正拿著吉他在Jam新歌〈校車〉【註1】。〈校車〉原本是電影《候鳥》的配樂之一，因為這首歌裡電音的成份雖然不少，可是吉他、貝斯、鼓等樂團式樂器也佔了吃重的角色，所以並沒有收錄在原聲帶。團員決定把這首歌加上主旋律，並延伸其概念增加一些新段落，放在《人生海海》裡。

Midi Room裡瑪莎仍在用小鍵盤編寫和聲，跟諺明重新確認編法：「中音部還是不要每個字都和音吧！這樣的話比較有情緒起伏，比較有鬆緊。」諺明點點頭，卻不禁揉著小腹直嚷著肚子餓。

「空腹唱和音比較好啦。記得嗎？前幾天錄〈相信〉和音時，你吃得飽飽的卻怎麼也唱不好，害我們弄上一整晚。」瑪莎勸諺明。諺明住嘴不提，臉上卻露出非洲飢民的表情。

樓上阿信剛從超市採購回來，捲起衣袖在小廚房裡忙東忙西，開始煎牛排、煮水餃，為眾人打點晚餐。不知怎麼的，隔了一層樓跟厚重的隔音門，香氣竟飄進了Midi Room裡。可能是因為諺明餓瘋了，鼻子也跟著靈敏起來。

「是肉圓，絕對是肉圓。」諺明信誓旦旦的說。

「我賭是牛排。」瑪莎也動搖了。

他們已完全無心戀戰，早就把和音的事拋在腦後了。隨著香味的傳遞擴散，想像力也跟著漫延，在每個人腦中描繪出各種食物的畫面，眼神呆滯了起來。

時間是凌晨三點，他們正準備要開始吃晚餐。

× × × × ×

「瑪莎的和音編法屬於美聲派，他一定會先從三度音、五度音這種完全和音開始下手。《愛情萬歲》時我跟阿信會嘗試一些不是那麼甜美，非三、五度音的和聲編法。反正先錄進去看看，有時候會得到意想不到的效果。」怪獸說。

「至於Vocal的部份我們都是放在最後再錄，因為我們比較重視編曲，而不是主旋律。阿信自己也這麼認為。」

「阿信的Vocal很奇怪，有一段特定的頻率會跟吉他的頻率互相抵消。《十萬青年站出來》演唱會之前，因為諺明想要練習自己的和音，所以我們特地做了一張卡拉OK版的《愛情萬歲》，只把阿信的Vocal抽掉，剩下樂器的部份讓諺明練習。結果我們一聽，沒有阿信的Vocal時，樂器聽起來特別好聽，比原來有他Vocal的專輯版本還悅耳許多。」

「可是這也是阿信Vocal的特色之一。少了這段頻率後他的Vocal就顯得失色許多，可是有這段頻率又會跟吉他對衝，真的很難取捨。」

大哥來錄音室探班時曾對阿信說：「阿信唯一的缺點就是嗓音太過童真。現在這幾年還好，因為才二十歲出頭，等到當兵回來後的第四張專輯就真的是五月天的一道難關了。因為那時年紀增長了，自己的聲音卻跟成熟後的臉孔或年齡不成對比，搭不在一塊，到時就勢必要轉型。」

「你就少寫點歌，進錄音室大膽唱下去就對了，反正你唱歌也沒多好聽。別再來搶我們詞曲創作的飯碗啦！」

× × × × ×

「第一張專輯時我們因為經驗不夠的關係，錄一首歌的配唱會錄到20幾軌，再慢慢去挑去剪，拼成一軌Vocal。《愛情萬歲》時降到12軌，這次錄《人生海海》的配唱因為時間不夠則只錄6軌。」阿信說。

「我們的製作人老爸其實不會太過干涉我們的想法，尤其是對樂器的錄音。他多是從旁協助，遇上什麼問題無法解決就由他出面。而且像器材系統的連結設計，都是由他跟石頭來操刀。老爸在五月天裡佔的主要角色就是負責配唱的部份。因為流行音樂對主旋律要求很高，老爸製作流行音樂的經驗比我們豐富多了，所以就讓老爸來在這方面操心。」

「其實我覺得做一張唱片最累人的就是配唱，做到後來會很歇斯底里。要先一軌一軌逐字逐句聆聽，挑出不錯的片段，再貼成一軌。有時這個段落單獨聽起來很不錯，跟其他剪出來的段落搭配起來一聽，卻又顯得突兀。所謂『書法重行氣』就是這個意思。」

「如果以錄製八軌Vocal來說，我會唱四軌標準版，用四平八穩的唱腔錄製；兩軌比較收斂，兩軌比較奔放。再從中挑選。」

× × × × ×

「小馬【註2】跟混音師Craig重新確認過了，他把來台的日期向後挪到6月11日（本來預定是6月5日）。不用再擔心時間不夠了。」阿信本來躺在沙發上，抱著手提電腦在苦苦思索歌詞該怎麼寫，聽到諺明這句話，馬上鬆了一口氣。

「聽到你這個消息，我整個人都軟了下來，完全失去幹勁。那我歌詞等六月多再來寫吧！」阿信作勢關上電腦，從沙發開心地跳起來。

「別鬧了。耳機分配器也送來了，小馬正在下面裝設。」諺明無視於阿信開的玩笑，一本正經的說。

「沒搞錯吧？都只剩最後一首歌了，耳機分配器才送來。」阿信說。

樓下怪獸跟石頭為了新到的耳機分配器，正低著頭在默默地燒線。阿信迫不及待地衝下樓來，站在Monitor前試聽已經錄好的幾首歌。瑪莎坐在後面上網，眼睛緊盯著電腦螢幕不放，不時跟著音樂隨口哼幾段和音。

放到〈彩虹〉，音樂一響起，吉他的Level居然被拉到幾乎聽不見的地步，兩個吉他手一聽臉色都變了。阿信笑著停下音樂，重新調整樂器的Balance。

怪獸露出受傷的表情，板著臉逼問：「是誰在編鍵盤時把吉他都拉掉啦？我們錄吉他的時候也沒有把貝斯給拉掉呀。」雖然是疑問句，可是他嚴厲的目光已轉向了罪魁禍首：瑪莎。

瑪莎乾笑兩聲，神色自如地回答：「該不該拉掉你自己說嘛？你們吉他彈得這麼滿，不拉掉我要怎麼去編鍵盤呀。」

混音師延後來台是個振奮人心的消息，團員們不禁放鬆了下來，開始嘻鬧。時間是5月29日，〈候鳥〉、〈彩虹〉、〈能不能不要說〉、〈人生海海〉、〈OK啦〉、〈好不好〉、〈校車〉、〈為什麼2〉【註3】、〈純真〉、〈相信〉、〈Solo Rock〉【註4】，這十一首歌不是已經錄得差不多了，就是編曲架構已大致確定。

到了晚上，他們先把編曲進行得不順利的新歌〈火燚大挑戰〉丟在一旁，開始錄製〈為什麼2〉的鼓。〈為什麼2〉就跟〈為什麼〉一樣，是首輕快的歌曲，只用民謠吉他做伴奏。為了配合這首歌的氛圍，諺明改用鼓刷來打鼓，聽起來跟民謠吉他的Picking聲有異曲同工之妙。

試錄了幾次，檢查鼓Pattern跟吉他的搭配後，怪獸對諺明解釋：「好，先照這樣子的方式去錄看看。要想像自己是塊木頭，在河上隨著水流漂浮，仰望蔚藍的天空。了解嗎？」

石頭一聽馬上瞪大了眼睛，無法置信的說：「為什麼他可以是木頭？為什麼我錄的時候就得要想像行天宮前來來往往的擁擠人群？我也想當木頭呀！」

「而且是做吉他所用的木頭，Maple，這就更屌了。」怪獸說完，丟下吃味的石頭不理，轉過身繼續對諺明描述這首歌的情境。「對了，諺明。你也可以想像自己在用仰式游泳，應該會有幫助⋯⋯啊，不行！你會淹死。」

「靠！游泳那麼多姿勢中，你偏偏選了一個我不會游的姿勢。」諺明笑著走進了Tracking Room。

剛開始正式錄音時，諺明花了很多時間思考該怎麼編曲，一時躊躇了起來。怪獸勸他：「你不要想那麼多，先打了錄進去再說。」聽從怪獸的建議後，諺明竟有如神助地進入On Fire狀態，沒多久就錄完收工了。

「好！沒話說！這結尾打得也很棒。果然諺明是個不能用大腦思考的人，越不去思考打得就越好。」怪獸不禁稱讚。真不知道這到底是褒是貶？

諺明跟怪獸兩人不懷好意的相視而笑，眼神交會處迸出火花來。

× × × × ×

好不容易錄完整首〈為什麼2〉，已經是日出時分。石頭跟諺明早就體力不支，各自朝見久違的周公去了。其他三人轉戰Midi Room，開始進行拖延已久的弦樂編曲。弦樂在五月天的創作一向佔了畫龍點睛的角色，從〈溫柔〉尾段逐漸淡去的惆悵弓聲就可略知一二。

這就是愛吧？我想........

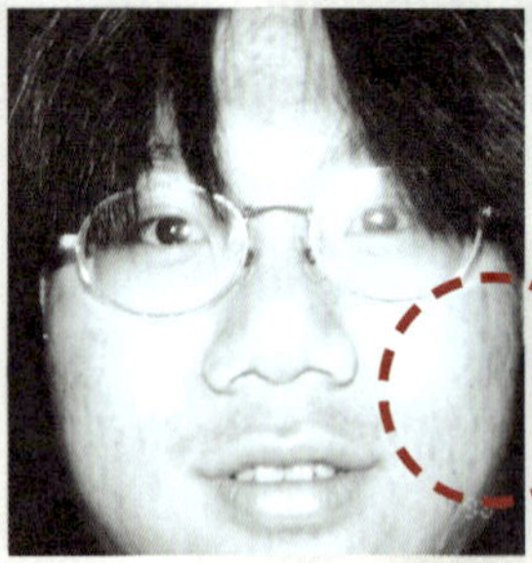

* vol.17

素人寫真館

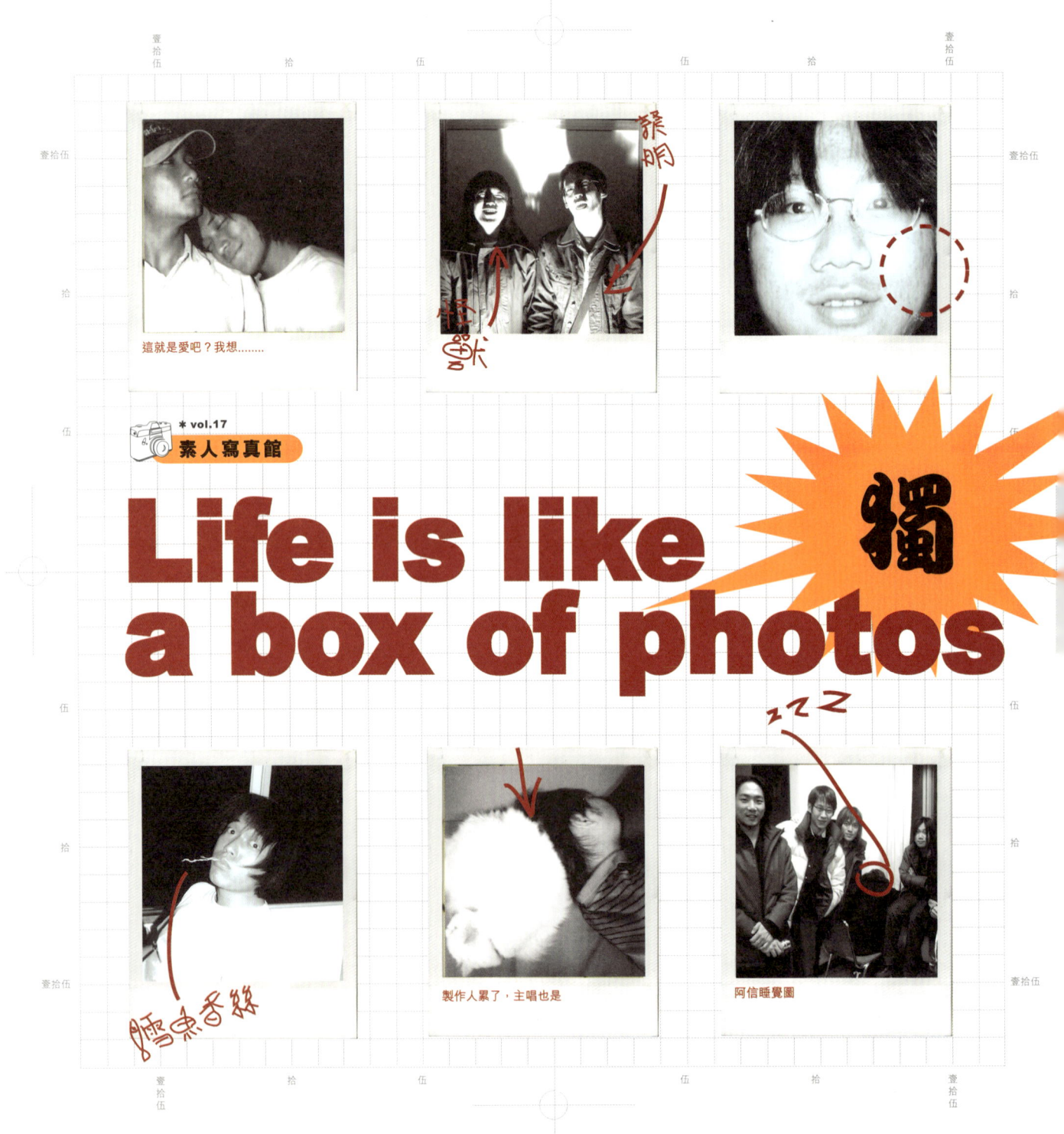

Life is like a box of photos

獨

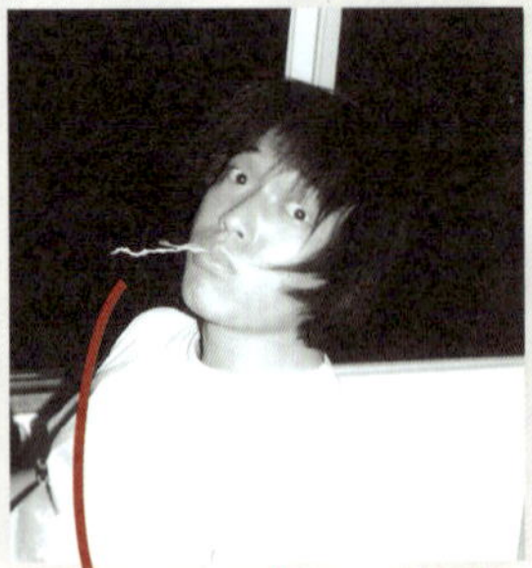

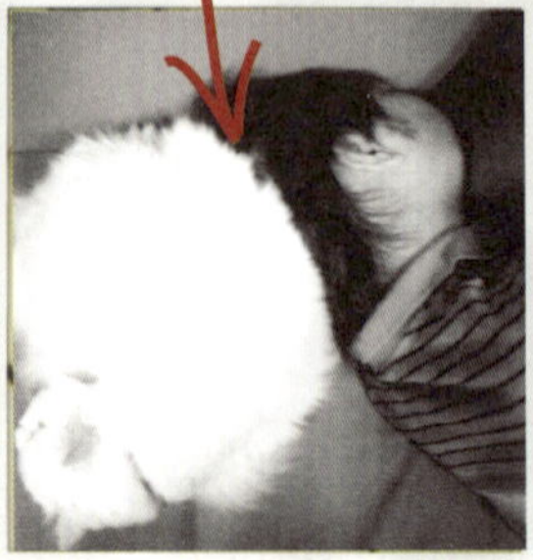

製作人累了，主唱也是

阿信睡覺圖

Bass手的極限是-帥！

阿信睡覺圖

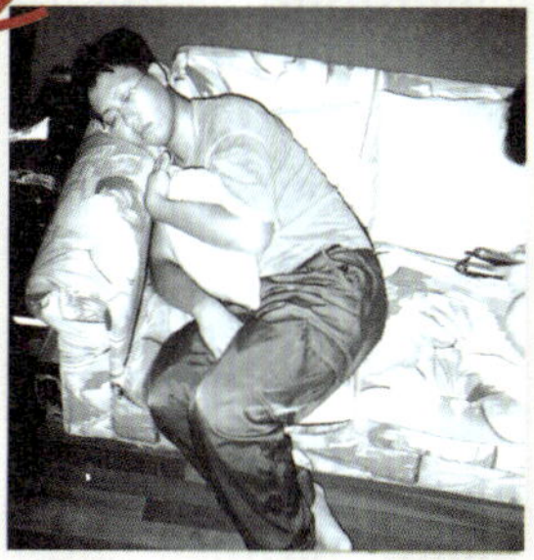

阿信睡覺圖

幹嘛?

500

情比金堅

Protools內建有Midi功能，可以直接在螢幕上用滑鼠調整每一個音符。團員們利用Midi編曲完成後再列印成樂譜，交給向來負責五月天專輯弦樂部份的李琪老師，由他來增添修補不足的地方。

阿信率先躺倒在後座沙發上，一邊抱著電腦思索未完成的幾首歌詞，一邊監督弦樂的施工。也許是太疲憊了吧？沒多久阿信就墜入了遙遠的夢鄉，發出穩定的鼾聲，鼾聲的節拍竟跟喇叭中傳送出來的〈人生海海〉樂聲結合得入絲入扣。怪獸神情專注地望著螢幕，一旁的瑪莎正低下頭來彈奏鍵盤，尋找合適的音符。

「你們的吉他是走A調嗎？」瑪莎頭也不抬地問。

「是的，這就是所謂的Blues，布魯斯……威利。」怪獸企圖搞笑，瑪莎卻沒有半點反應，讓怪獸臉上僵硬的笑容顯得十分尷尬。這回遇上難題了，接下來該要怎麼編？兩人愣在原地，絞盡腦汁苦苦思索。

「你還記得當初我們怎麼編〈春嬌與志明〉的弦樂嗎？」怪獸問。

瑪莎頓了半晌，眼睛賊溜溜地亂轉：「這裡有五月天的套譜呀，你要不要拿來參考一下？」怪獸白了瑪莎一眼。接著他們又為了單單一個小節裡面弦樂跟吉他會不會互相衝突而爭論上半個小時，進度嚴重落後。

「其實這段Solo時吉他的高音已經很多了，弦樂的加入只會變成一場大混戰。也許我們可以反其道而行，讓弦樂的高音部做為襯底，卻用低音部來走旋律看看。你覺得如何？」怪獸提出了一個解決之道。

「對呀！聽你這麼一說好像也有道理。」瑪莎恍然大悟。兩人又低下頭來默默地對著掌中的滑鼠、對著螢幕上花花綠綠的波形、對著指間的Keyboard搏鬥了好一會兒；彼此沒有對話，只用眼神示意。

瑪莎突然大叫：「靠！八小節的弦樂我們竟然編了兩小時還搞不定。」

「已經兩小時過去啦？」怪獸抬起頭來看著螢幕右上方的時間，動作因濃濃睡意而有些遲緩。

地下室裡永遠見不到陽光，時間永遠轉得比腦子快。天亮了天黑了，可能下雨可能天晴，也許早晨也許黃昏；這些都跟五月天無關。地下室被剝奪了擁有溫暖陽光的權利，只能沐浴在板著臉的日光燈下，視線太冰冷。

× × × × ×

5月30日深夜，團員們為專輯第十二首歌〈火燄大挑戰〉進行編曲，從五月初就開始引頸期盼的耳機分配器終於派上用場，卻也為時已晚。這是一首輕快的歌曲，以石頭的Wah-Wah吉他刷扣【註5】為中心主軸來滾動。也因為是最後一首歌的關係，團員的心情輕鬆了許多。

照例仍由諺明開始試錄。因為尾奏尚未編完，不知該如何是好的諺明只得即興狂打一陣Tom Tom做為收尾。聽到這段鼓聲，Control Room裡所有團員都不禁一臉大便，紛紛捲起衣袖準備在諺明身上練練拳頭。

「你這根本就是舞龍舞獅嘛！」怪獸第一個發難。

「聽到你最後一段鼓聲，我差點衝進去Tracking Room把你痛打一頓。」石頭也忍不住開口抱怨。

應該是早已習慣團員們的取笑吧！諺明聽到眾多反對聲浪依舊不痛不癢，神色自若的說：「你知道嗎？其實我剛剛根本沒有要打Tom Tom，只是想打China時不小心揮棒落空，剛好Tom Tom的位置就在鼓棒附近，很順理成章地就打起Tom Tom來了。」一邊解釋，諺明還一邊笑嘻嘻地表演揮棒落空的動作。團員們聽了更是怒不可遏，氣呼呼地要諺明進去重錄。

等諺明關上門後，石頭站在Console前自言自語：「搞什麼嘛！越錄火氣越大。」石頭搖了搖頭，按下Talk Back鍵說：「再來一次，Let's go！」

一句老話，又是早晨了。

終於到了5月31日。迎接五月最後一個早晨時，沒有比及時完成專輯中最後一首歌更令人興奮的事了。剪完〈火燄大挑戰〉的鼓後，怪獸心情愉快地小跑步上台階，卻被阿信一把攔住。

「你知道嗎？我現在最害怕的就是我們最擅長的部份，會成為我們最大的盲點。Richie Sambora每次彈起吉他來都是那套Wah-Wah的老招，十幾年始終如一。他自己也許彈得很陶醉，可是那通常也是我們按下隨身聽停止鍵的時候。」阿信一臉凝重，不苟言笑的對怪獸說，讓怪獸的心情也跟著沈重了起來。

「我現在下去聽〈火燄大挑戰〉的前奏，那還是一樣的貝斯走法、一樣的吉他破音，這些都可以在我們以前的歌曲中找到相同的影子。當然不是說這樣不好聽，只是到了第三張專輯總該有些突破。最近我自己寫歌時也稍微感覺到，像是踏上以前曾經走過的路；拿起樂器來，會不自覺彈出極為類似的旋律，也許兩、三個音符不盡然相同，可是仍然沒有跳出原來的框框。」

「習慣是一件很可怕的事。今天我們下手去編一首歌也許有無限的可能性，但卻被以前固定的模式給限制住了，無法舒張開來；聽在我耳朵裡，完全沒有驚喜的感覺。也許是因為我們一直待在這裡沒天沒地的錄音，感覺可能鈍掉了、麻木了，無法客觀判斷。明天就是六月了，依原先的進度應該已經開始做收尾的工作，但我希望能再盡量多嘗試看看，找到新的出路。」

「記得在第一張專輯的時候，我們腦中會浮現一種聲音，卻無法清楚描繪出它的具體形狀是方是圓。到底是吉他呢，還是鋼琴？也許是弦樂的關係？可能鼓跟貝斯可以再做變化？我們會一直不斷嘗試，直到真正抓住那聲音為止。先別管時間足不足夠，我覺得《人生海海》也應該抱持相同態度去做。」

「我始終認為《人生海海》不會是張很有Live味道的專輯。它應該是張從錄音室裡一刀一刀刻出來，非常精緻非常細膩的專輯。」

瑪莎剛好從Control Room裡上來，本來想嘻皮笑臉地逗兩人開心，看到大廳裡籠罩的低氣壓，有些不知所措。瑪莎僵在原地，看看阿信，又看看怪獸，自動閉上嘴巴。怪獸始終一言不發，靜靜聆聽阿信說話，身體沉入沙發裡思索，偶爾從喉頭發出一聲「嗯」做為回應。

瑪莎聽了一會兒後，開口說：「其實我覺得這張專輯錄起來很有空間感，層次分明；樂器不會互相堆砌累積，變得太滿，或蓋掉你的Vocal。而且我對自己的貝斯非常滿意，放進的情感更深沉許多。」

「舉例來說吧，〈相信〉剛錄好時我乍聽之下覺得還不錯，後來錄完其他歌再互相比較之後，發現〈相信〉的完成度很明顯的較低。」阿信說。

「〈相信〉裡我自己就疊了兩三把吉他，照理說應該會比較明亮，結果不知道為什麼聽起來卻這麼悶。」怪獸終於開口。

「那首歌的鼓打得很沉，你的Vocal也很悶。」瑪莎做起伸展操來。

「一開始我選了比較亮的麥克風來配唱，後來是因為老爸覺得不好，才又換了一隻麥克風。」阿信解釋。「我覺得現在所有的歌都像是遺失了最後一塊拼圖，缺少了畫龍點睛的部份。就頻率來說，低音幾乎都很滿沒什麼大問題，反而是中高頻變得很虛。也許我們可以從這點來著手。」

大廳裡的氣氛和緩了許多，相信是瑪莎從中解圍的功勞。三人開始討論起每首歌的優缺點，跟可以再改進的地方。

「有時候我們不能只以台灣樂團的角度來做音樂，要把自己當成國際樂團，去創造出新的聲音，去突破既有的規則。」阿信為這小小的會議下了結論。你知道阿信，他嚴肅的時候總撐不了多久，搞笑細胞又會開始作祟。「我們要想像自己是英國樂團，站在倫敦的濃霧之中。」

「喂！這太Over了吧？」瑪莎笑著制止了他。

「就創造新聲音來說，我們並不是沒有在嘗試。像昨天錄製〈為什麼2〉的民謠吉他之前，我還要瑪莎在Tracking Room裡來回走動，從他的腳步聲去判斷每個位置的微妙差異。走到錄音間哪一個角落時腳步聲共鳴比較好？我再去調整四隻Room Mic的位置。」怪獸為自己辯白。

「老實說，我完全聽不出來有什麼差別。」阿信說。「從流行音樂的角度來看，也許音色甜美流暢就足夠了。可是今天從一個國際樂團的角度來看，要怎麼去創造一個嶄新的聲音，要怎麼創造出一個沒有人試過的錄音方法或技術，這才是最重要的。你說的〈為什麼2〉民謠吉他，連我這個同樂團的成員都聽不出來了，你怎麼能去冀望聽眾能發現？甚至說，你怎麼能去冀望那些只會注意主唱在唱什麼的人能聽得出來？」瑪莎跟怪獸不約而同地點點頭。

「現在離混音師來台還有近十天，我們能做什麼就盡量做。像〈人生海海〉的鼓我希望能再錄一個Take看看；我自己也還有一首新歌快寫完了，寫出來後我們再跟〈火燄大挑戰〉互相比較，選出較好的歌來。」

阿信抬頭看看時鐘，搔了搔腦袋：「到最後這個關頭才來說這些好像有點不太對勁哦？都已經快火燒屁股了。」

5月31日早晨，團員們及時完成最後一首歌的喜悅被阿信的一番話給沖淡了，卻也給予了團員們新的希望。一切從零開始。

註1.〈校車〉是〈啾啾啾〉的Working Title。

註2.小馬就是老爸，也就是五月天製作人陳建良。因為諺明曾跟老爸在Why Not共組樂團，年齡也比較相近所以五月天所有團員裡只有諺明一個人會稱呼老爸為「小馬」。

註3.〈為什麼2〉是〈借問眾神明〉的Working Title。

註4.〈Solo Rock〉是〈永遠的永遠〉的Working Title。話說〈永遠的永遠〉的Working Title本是叫做〈Slow Rock〉，自從怪獸跟石頭拿起吉他在這首歌的尾奏錄進了一段交相輝印的藍調Solo，阿信聽過之後大筆一揮，在白板的進度表上把歌名又改成了〈Solo Rock〉，小小臭了他們一下。

註5.Wah-Wah是吉他效果器的一種。由踏板來控制，可以扭曲吉他的聲音，聽起來就像是「哇哇」聲一樣，故名之。

TO NEXT

Mission Impossible 3
ASHIN CHORUS
505 & MIDI
MAYDAY

* CHAPTER EIGHTEEN

To Die For

五月天の素人自拍

✱ CHAPTER EIGHTEEN
To Die For

「先試一次看看。」
「好，再來一次。」
「出來聽聽看。」
「這Grooving不對，再錄一次。」
「也許可以換另外一種彈法？」

人們來回奔波於Tracking Room與Control Room之間。

開門，關門。
剪貼，再剪貼。
對拍，再對拍。
修點，再修點。

執著於十秒的間隔裡，一遍一遍。

錄音鍵。
停止鍵。
播放鍵。
儲存鍵。
Undo鍵。

手指一個動作，全部又回到起點。Play Ball！

× × × × ×

藝術家經年累月地重複做相同的事。單單為了一個標點符號、一小節的貝斯、一道色彩、一個16 Bit鼓點而傷透了腦筋。在聆聽者／閱讀者的耳朵或眼睛裡，那可能只不過佔去了短短幾秒的時間。

也許那個時點某個地方的某個聆聽者／閱讀者一邊看書或聽唱片正吃著漢堡漢堡上的芝麻灑落他低頭拂去新衣服上一身的芝麻，剛好是書上那個標點唱片裡那小節貝斯畫中那道色彩廣播裡那16 Bit鼓點，三天的努力就沒了。

消逝了。忽略了。遺忘了。泡沫般破滅了。

可是藝術家還是會為了這個標點這小節的貝斯這道色彩這個16 Bit鼓點，而花上三天的工夫來修正它，無論那多麼微不足道。

× × × × ×

「再來一次好不好？」瑪莎問。

「再來十次都沒問題呀。」阿信賊賊的笑了。

× × × × ×

6月2日，〈火燄大挑戰〉重錄了鼓的部份，又加了505編曲機的Loop，狀況卻仍然沒有改善。問題出在貝斯，瑪莎始終編不出來滿意的版本。團員們先把〈火燄大挑戰〉擺在一邊，錄了首新Demo〈一顆蘋果〉。他們準備先試著編看看這首新歌，再跟〈火燄大挑戰〉互相比較，挑出比較好的那首收錄在專輯中。

「本來乍聽之下，我只覺得〈一顆蘋果〉的旋律還算挺悅耳的。沒想到搭上樂器後的成品竟超出了我們的預期。」怪獸說。

結果你們都很清楚，〈一顆蘋果〉以全票通過獲選。

離混音師預定結束工作離台的6月20號（因為機票來不及訂，所以混音師來台的日期又改成6月9日）只剩下半個多月的時間，還剩一半以上的歌曲都尚未配唱跟和音。阿信卡在歌詞的部份一直創作得不是很順利，臉色一天比一天臭。無論何時，你看到阿信，他手中總會抱著電腦不放，皺起眉頭；或是拿著把民謠吉他，一個人坐在大廳自彈自唱，神情嚴肅。來探班的技師團都不敢主動開口跟阿信聊天，怕打擾到他的思緒。

〈人生海海〉跟〈純真〉的弦樂也還沒編完。李琪老師預定6月7日來錄音室錄製弦樂的部份，而且6月8日時五月天必須暫時放下錄音工作，飛到日本參加Glay主持的節目為八月的日本演唱會做宣傳，所以無論如何都得在那之前把弦樂編好。進度永遠也趕不完，始終遙遙領先。

到了晚上，團員們開始重新錄製〈啾啾啾〉的貝斯間奏。〈啾啾啾〉一開始的版本只有短短不到兩分鐘，團員們為延長歌曲時間加進了一段鍵盤間奏；阿信先初步編好大概的鍵盤旋律，再由老爸來修飾，用三種不同音色疊出迷幻的音牆。為配合這段鍵盤間奏，怪獸跟瑪莎絞盡腦汁構思該怎麼去編與鍵盤相襯的貝斯間奏。

「這段貝斯間奏總共應該要有十六小節，以八小節為一個循環來跑和弦。我在想也許可以讓這十六小節自組成一個Session，每四小節就換一次和弦跑法，營造出升調的感覺；每過四小節，就像攀過一次山頂。」怪獸說出他的意見。

阿信在一旁聽了大惑不解，問：「這旋律⋯⋯難道是塞什麼和弦都管用嗎？聽你說起來好像很隨心所欲的樣子。」

「才沒有那麼簡單勒。」瑪莎扁扁嘴。

「因為這段間奏的形狀已經差不多架構好了，我們只是試著讓它變得更完整而已。」怪獸解釋給阿信聽。

按下播放鍵，瑪莎隨著〈啾啾啾〉的音樂試著彈奏一遍貝斯。練完之後，怪獸跟瑪莎歪著腦袋在沉思如何編曲，阿信不禁主動發表意見：「我現在聽貝斯跟老爸的鍵盤搭配起來，覺得和弦進行還挺順暢的。雖然也許不到

craig
KODAK 400VC
Mission Impossible
drunk
VU
TONE SWITCH

怪獸所說的：柳暗花明又一『爽』那種地步，但感覺很合適。只是瑪莎彈每一個和弦的第五個音都會有點怪怪的。其實還算OK啦，只是沒那麼Fusion【註1】。」

真是一語驚醒夢中人。

「是七度音對吧？」瑪莎問，一邊在指板上摸索。

「你可以用屬七和弦試試看。」怪獸建議。

「可是並不是每個和弦都能這樣套用呀！」瑪莎抬起頭來說。

「如果你練成這招，你在貝斯手排行榜【註2】上的名次一定提高不少。」阿信調侃著說。

「我才不在乎那個勒！」瑪莎反駁。

三、四個小時後，這段十六小節的貝斯和弦終於大致編完。瑪莎早就棄械投降了，跟阿信聊起天來。怪獸一邊拿著民謠吉他找出合適的和弦，一邊在紙上塗塗寫寫。沒辦法，提出這個主意的是他，苦主的角色當然也非他莫屬，只好咬著牙承擔下來。

「說起來〈啾啾啾〉的旋律是大調，阿信唱的卻是小調，我們這段貝斯又編成二段轉調。所以……我們其實是在做無調性的東西。」瑪莎一邊說明一邊自我解嘲了起來。「因為一開始〈啾啾啾〉只是一段很短的《候鳥》電影配樂。我們想出一個固定Pattern後，吉他跟貝斯彈的都是相同的旋律，根本沒想到日後會把它收錄在專輯中，所以也沒有事先溝通過這首歌的調性。後來阿信加上主旋律，老爸又加了一段鍵盤，每個人都走不同的調，現在收拾起來才這麼棘手。」

怪獸拿起那張已被修改多次的和弦表，跟瑪莎解釋：「這邊是C7onD，因為老爸的鍵盤剛好走到七度音，所以如果用Cmaj7就掛點了。」

瑪莎試著彈彈看，自言自語：「嗯，Fm在這裡出現還挺有感覺的。」閉上眼睛在心中盤算了一下該怎麼走音階，瑪莎突然苦笑：「要我算這些和弦根本就是想要我的命嘛！我覺得樂理好的人，數學一定也很不錯。」嘴巴向怪獸努了努。

怪獸一聽，放下手中的吉他說：「好，我對不起你嘛。都是我的錯，好不好？」

瑪莎沒有回話，繼續自言自語：「我現在真希望能只彈根音就好了。不知道那該會有多輕鬆。」怪獸瞪了他一眼。

兩人商量了一下，又把原來的和弦進行稍微再做修改。

阿信一把奪走和弦表，看了之後不禁咋舌：「這上面寫了那麼多和弦，都沒有一個重複的呀？」怪獸跟瑪莎聞言，尷尬的笑了笑。

「你們這工本會不會下得太高啦？」阿信用開玩笑的口吻說。「要知道一張唱片才三百多塊，依這個價錢來判斷，一張專輯最多只能用上五套Pattern，最多二十幾個和弦呢。」

「如果和弦是一種存貨，可以放在儲藏室裡面的話，我們A調跟E調那幾格的和弦都用得差不多了，該要去補補貨了。【註3】」瑪莎突發奇想，逗得所有人轟堂大笑。

「瑪莎，這段間奏的結尾你要不要試著用八度音爬把位到最高音看看？」阿信突然又冒出個新想法。

瑪莎歪著頭回答：「可是最高音彈不上去呀，你看，八度音在這邊。」

怪獸從椅子上跳了起來：「你可以換弦彈呀，怎麼可能彈不上去？不想彈你就說嘛！」瑪莎吐吐舌頭，一臉被識破的表情。

「從剛剛我就一直覺得這最後的和弦怪怪的，編得不太順暢，卻始終想不出解決之道。如果用上阿信想到的怪招就能兩全其美，你卻死都不肯彈；既然派不上用場的話，那這十六小節的和弦就可以拿去作廢了嘛！」怪獸作勢把和弦表往桌上一擲，試圖用激將法來對付瑪莎。沒想到反而弄巧成拙，阿信跟瑪莎見狀爭先後恐地搶上前來，竟像是要真的撕破那張花了四小時才辛苦完成的和弦表。

怪獸馬上臉色大變，低聲下氣的央求：「算我輸了。求求你們不要把它丟掉，我只是開玩笑而已。」

瑪莎接過和弦表，試著彈了幾遍，不禁舉起白旗投降：「這很快耶！以這種速度要我彈同樣一個音可能都辦不到了，你們居然還想叫我用八度音來爬把位！？你們想辦法去找別人來彈吧，我決定不幹了。」

怪獸跟阿信對看了一眼，很有默契的異口同聲說：「我們應該聯絡得到阿熾【註4】吧？跟朋友打聽一下電話號碼多少吧。」瑪莎聞言，不自覺嘟起嘴來，像是跟媽媽賭氣不說話的孩子。

阿信拍拍瑪莎的肩膀，安撫他說：「沒關係，五月天的貝斯手還是只有你一個人的。我們先錄看看，好不好？彈錯的部份再用剪接的方式填補。你看！這段貝斯錄進去，〈啾啾啾〉馬上就變成專輯的主打歌了呢。」瑪莎這才心不甘情不願地拿起貝斯。簡直是在哄小孩嘛。

× × × × ×

6月6日，團員們請來十位幼稚園孩童，在〈相信〉尾段的大合唱添上幾句稚嫩的嗓音，卻也被他們的童言無忌弄得手忙腳亂。最後還得誘之以利（乖，好好唱的話，諺明哥哥就請大家吃薯條哦！）兼脅之以威（如果你們不用心學，瑪莎哥哥會打你們屁股！）才把他們安撫得服服貼貼。

6月7日，弦樂如期錄完。6月8日早晨，今天得搭機前往日本宣傳。石頭跟瑪莎還在沉睡中，諺明回家收拾行李，怪獸到區公所辦理役男出境許可。阿信只好搬一隻麥克風到Control Room裡，又唱了幾軌〈候鳥〉和聲，還得自己充當錄音師一職。直到啟程往機場之前，團員還在整理每首歌每一軌的錄音。

「The Golden Finger！」怪獸總這麼稱呼自己。所有繁瑣的工作：修接點、整理Region、Auto Tune，這些要對著波形盯上好幾個小時，用手指來操控滑鼠的單調作業幾乎都是由他來完成。

石頭則是對器材系統瞭若指掌。錄音室器材的設計他也參與了不說，每次電腦出了什麼問題，或是要拆裝Pre-Amp、505編曲機，過帶、檔案備份、轉格式，每個人都會喊：「石頭，換你出馬啦！」

× × × × ×

混音師Craig是個滿頭灰髮的中年人，小腹微凸，孩子的年齡都跟五月天團員們差不多大了。初到台灣的前幾天，因為時差調整不過來加上水土不服，Craig的混音一直進行得不是很順利。團員一從日本回國後，馬上坐下來開會商量該如何讓Craig能進入狀況。他喜歡吃什麼樣的菜餚？喝什麼飲料？他睡不睡午覺？團員替他設想好一切細節，讓Craig能無後顧之憂地專心混音。

同時，《人生海海》還剩下七首歌尚未配唱跟和音，最大的原因是卡在阿信的歌詞。為了趕工，Craig在Control Room混音時，團員們還得一面在隔壁的Midi Room拼命配唱。以免到時進度落後，Craig把配唱好的歌都Mix完後，其他的歌卻都尚未配唱，讓Craig沒有歌可以Mix。

兩邊像是展開了一場賽跑，Midi Room的團員們拼了命配唱，盡量不讓在後頭混音的Craig追趕上他們的腳步。Craig習慣了台灣的生活環境，同時也摸熟五月天的調性後，混音的速度逐漸加快。同時他也擔心以這樣的混音速度，在他6月20日離台前可能來不及把整張專輯都Mix完，也不禁急起直追。剛開始的〈候鳥〉、〈彩虹〉還得花上整整一天才Mix完，進行到中段時已經可以一天Mix兩、三首歌了。兩邊展開了一場追逐戰，你追我跑，沒有人願意落後。

「我們幾乎每一張專輯都這麼趕。」諺明說。「第一張專輯時，早上十點混音師田中信一就要到強力錄音室開始混音，凌晨四、五點我跟瑪莎還在敬業錄音室唱最後一首歌〈擁抱〉的和音。我已經撐不住，先掛在一旁呼呼大睡，留瑪莎一個人自己拿著麥克風邊唱邊錄。他唱完自己的部份後把我搖醒，輪到我一個人邊唱邊錄，換他去睡覺了。」

「我記得很清楚，一直唱到早上八點四十分才全部弄完。我們抱著盤帶就直奔強力錄音室，趕去跟田中信一會合。」

6月15日時，Craig把〈相信〉整理到一半，走出Control Room透透氣，不經意聽到從Midi Room傳出來的〈純真〉。〈純真〉是首單純的歌，只有老爸的鍵盤、怪獸的古典吉他跟弦樂。Craig聽到〈純真〉時很高興的說：「這首歌很輕鬆，混音起來一定很快就完成了。」

團員聽到這句話，臉都綠了，趕緊埋頭苦幹。

「本來我們還以為〈相信〉後段的大合唱有很多軌和聲，應該可以頂一陣子了。沒想到Craig居然進入On Fire狀態，三兩下就搞定。這下不妙了。」怪獸苦笑，用半開玩笑的口吻說。「Craig也稱讚我們這張專輯的弦樂錄得很不錯，頻頻追問我們是不是在這裡錄的。如果有哪一段鼓不錯，他也會抱持著同樣懷疑。他就這麼不相信我們的錄音技術嗎？」

雖然處在這樣火燒屁股的緊急狀況下，Craig也不曾忘記他那美國式的幽默。他常用肢體動作來表達情感，像〈純真〉Mix完後團員們一齊進Control Room試聽成品。所有人都一本正經，只有Craig一個人假裝低頭掩面，抽著鼻子做出感動哭泣的表情。有時團員們會閉上眼睛，專心用耳朵聆聽檢查每個段落。Craig會趁沒人注意時揮舞著雙臂，彷彿在指揮弦樂。

× × × × ×

五月天第一張專輯的混音師是田中信一，第二張的錄音跟混音則是北城浩志，都是日本人。每個混音師都有自己的風格跟習慣，當他們踏進Control Room的第一個動作，就是先改變喇叭擺設的位置，將傳送出來的聲音調整到自己最習慣的聆聽方式。田中信一在混音之前會主動帶一些像九連環之類的益智玩具，送給五月天的團員，用意是希望他們能在後面安安靜靜地玩玩具，不要打擾他工作。因為他對聲音很敏感，無法忍受雜音。

北城浩志則是因為早在先前《愛情萬歲》錄音時就已經跟團員相處了好一陣子，十分清楚五月天的調性。混音時團員們還在後面用國語討論該怎麼取捨一個片段，不諳國語的北城竟然不需要老爸的翻譯，事先就已照團員的決定動手調好了。「因為每遇上一個需要抉擇的部份，我們一定是選擇比較折衷的手法嘛！北城浩志早就摸熟我們在想什麼了。」怪獸說。

Craig的風格跟田中信一、北城浩志都不同。他不忌諱雜音，就算團員在後面來來去去，不時進來查看一下他的進度，Craig都工作得十分順暢。如果一段相同的吉他收錄了兩三軌，以田中信一的作法，他會選擇他想要的聲音，然後把其他軌都砍掉（北城浩志因為同時擔任錄音的部份，想得到什麼音色他早就處理好了，所以沒有這方面的考量）；Craig則會把所有軌的吉他都用上，一軌吉他Pan【註5】極左、一軌吉他Pan極右，讓歌曲聽起來更有空間感。

Craig是做流行音樂出身的，所以他混音的風格會比較細膩，吉他比較溼、顆粒比較小，讓整張專輯顯得流暢許多。

× × × × ×

諺明坐在桌上，也許閉上雙眼，手指跟著旋律在桌面上敲打節拍。石頭跟怪獸坐在後面的椅子上，一樣全神貫注。阿信站著，瑪莎坐在地上，所有人都在專心聆聽混音後的歌曲成品。

如果說每個樂器的聲音像是枝上剛綻放的鮮花，混音師Craig所做的工作就是小心翼翼的把它摘下，修剪多餘的枝葉，調配每一朵花朵在花瓶裡的位置，利用一雙巧手插出一盆鮮豔欲滴的花。

簡單說來，這就是Mixing。毫無疑問的，花卉本身就是種懾人之美；而Craig總能讓花兒們彎下腰來，笑得更燦爛些。

× × × × ×

6月17日，Craig發現〈相信〉錄好的鼓出現相位抵消的問題，決定臨時重打。在這之前，沒有半個人聽得出來，連團員們都沒發現。他重新架好每隻麥克風的角度後，諺明進去重打的效果卻好得出奇，讓每個人聽了都嚇一跳。

「專業錄音師的技術果然跟我們之間還是有一段很大的差距。他架設每一隻麥克風的角度都必須精密計算，不是我們在旁邊看個幾分鐘，有樣學樣就能偷偷揣摩起來的。」諺明說。

「最特別的就是他處理Over Head的收音方式！諺明Cymbal一敲下去，就讓聆聽者有股燥熱的感覺。」怪獸咋舌不已。

「如果能早一個月就請Craig來當我們的錄音師就好了

！」石頭也不禁佩服。

6月18日，離Craig回國只剩兩天了。Mix完〈相信〉、〈一顆蘋果〉後，擔心趕不上進度的Craig乾脆不回飯店了，借了幾張毛毯就在Tracking Room裡打起地鋪來。「這裡面又安靜，又有空調，比飯店舒服多了。」Craig聳了聳肩。其實在過帶時，他就已經累得坐在電腦前打起瞌睡了。

Midi Room這邊還是處在水深火熱的狀態。到了最後幾天，阿信的歌詞剛寫完出爐沒多久，熱騰騰的就直送Midi Room開始配唱、和音，剪完後馬上丟到Control Room讓Craig混音。已經到了不這麼做就趕不及的最後關頭。

6月20日，最後一天。

十一首歌都配唱完了，只剩最令人頭大的〈啾啾啾〉。勞頓一整天，照理說也該是入睡的時間了。苦惱著歌詞寫不出來的阿信跟怪獸卻攤在大廳的地板上沉思。三十分鐘、一個小時過去了，他們還是維持著相同的姿勢不動。再過沒多久，Craig就會出現在錄音室。屆時錄不完〈啾啾啾〉該怎麼辦？

阿信突然靈光一閃：「我想出歌詞來了。走，我們去Midi Room配唱吧。」

× × × × ×

嗶。現在是中原標準時間2001年6月20日晚上九點整。

走進Control Room，每個人眼中都閃爍著興奮的光芒。Craig一邊重新檢查每首歌的頻率，看看是否遺漏了哪個細節，一邊跟老爸交接：「在Mastering的時候，你們還可以再利用⋯⋯加低音⋯⋯。」也許因為是最後一天的關係，所有歌曲也都依照進度即時趕上了，Craig今天顯得悠哉許多，一有空還抓住石頭不停聊天，談談洛杉磯的天氣、羅馬的交通。回國沒多久，Craig又要去舊金山監督一間新錄音室的施工，彷彿永遠也閒不下來。

阿信在後頭竊竊私語：「人之將閃，其言也善呀。你看Craig已經開始交待『後事』了。」

怪獸瞪了他一眼：「不過現在的心情跟早上寫不出來〈啾啾啾〉時截然不同。根本是天堂跟地獄嘛！」

「Will you die for music？【註6】」阿信笑著問。

「Almost。」石頭深有同感，點頭如搗蒜。「我已經累得半死了。」

「音樂這玩意兒搞起來真的會要你的命。」Craig轉過

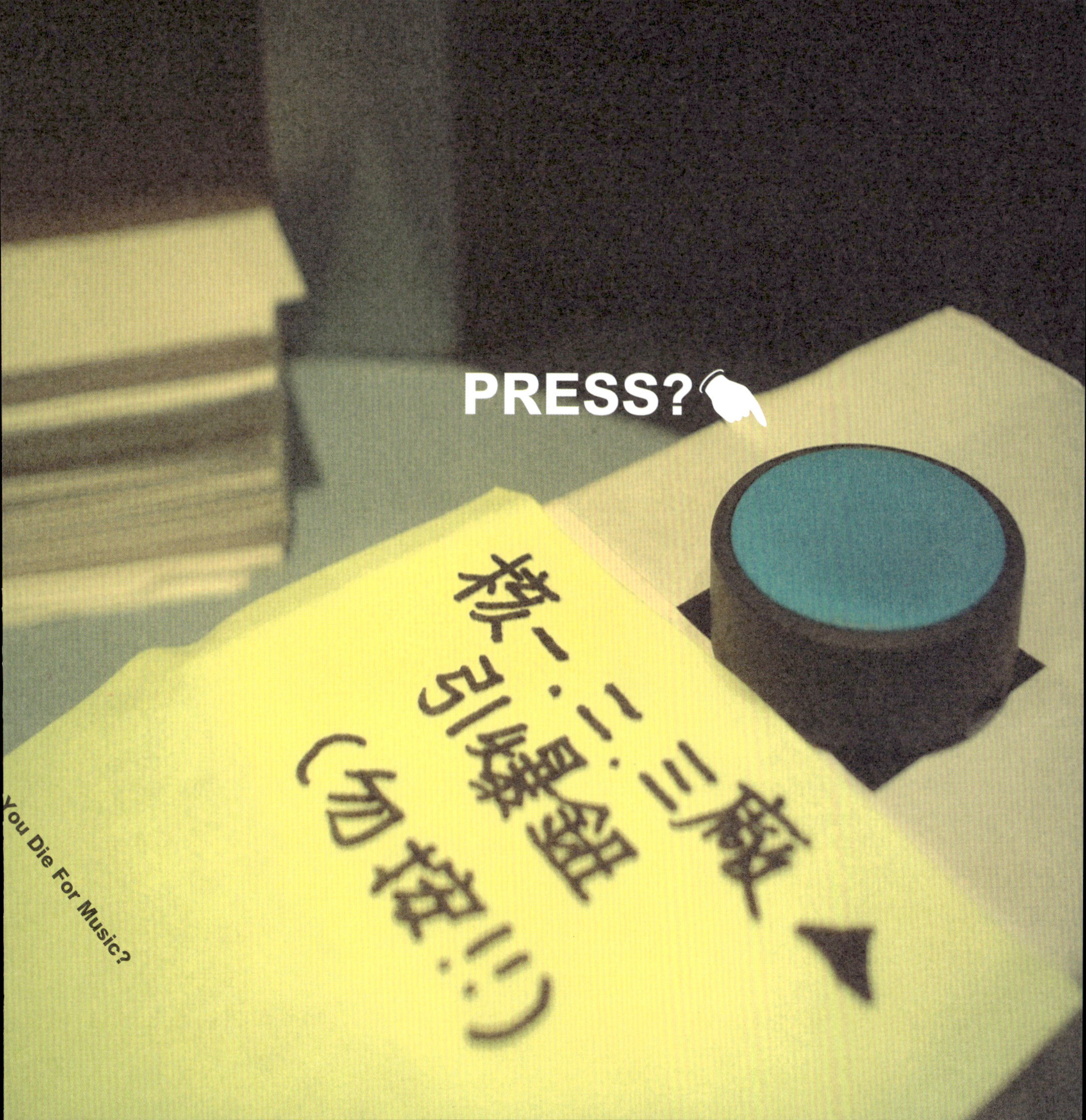
PRESS?
核一.二.三廠
引爆鈕
(勿按!!)
You Die For Music?

頭來附和。

整理完畢後，眾人一起上樓，準備駕車送Craig去機場。團員們擠在同一台手提電腦前，爭先恐後地上網到PTT站的Mayday板寫文章，彷彿迫不及待地想昭告全世界：「完成了！《人生海海》終於完成了！」

Craig看了看手錶，環視四周，臉上一副不可置信的表情：「直到現在我還無法相信我就要離開這裡了。似乎還有另一首歌在電腦裡，等著我去Mix它。」

團員們分別開了兩台車，才載得上這麼浩大的陣容。現在正是塞車的時候，瑪莎的車卡在車陣裡動彈不得。路上行人來來去去，男的女的老的少的，一襲長裙或者提了皮包。他們顯得如此匆忙，是在追趕著什麼嗎？經過一個多月的閉關，實在太久沒離開錄音室了，外頭的一切景物看在團員眼中竟顯得如此新鮮。

瑪莎先繞道去加油站加油。看著窗外擁擠的車潮，怪獸攤在後座上眷戀不捨的自言自語：「真的好久沒離開錄音室，出門走走了。就算只是漫無目的地四處閒逛也好。我覺得現在的空氣真新鮮，雖然跑進我鼻子裡的全是汽油味。」

怪獸深深呼吸，貪婪地攫取自由的空氣。汽油口味的。

× × × × ×

然而這不是結束。從來不是。

明天他們就要頂著大太陽，在高樓上拍攝〈人生海海〉的Music Video。後天他們得繼續專輯的Mastering，晚上還得跟TVBS-G的工作人員開會商討新節目的內容。還有大後天、大大後天、大大大後天……

人們總說有一天你會放下手中的吉他。每個人都這麼說。有時候鼓棒在掌中顯得那麼沉重，而創作不再是那麼令人愉悅的事，音符不再讓你的靈魂顫抖。有時候你會趴在地板上，怎麼殫智竭慮都想不出最後一句歌詞；而地板太過冰涼，你臉頰微微發燙。

掙扎著，掙扎著往出口的方向。雙肘摩擦出血，牙根緊咬。你像是死了一次，又因為一句歌詞的完成而再度重生。

相信我，呼吸汽油的感覺真的很美好。

× × × × ×

Will you die for music？

Almost，almost。

註1.Fusion指的是融合派爵士樂風。順便一提，這段文字有很多音樂用語，只是想重現他們當時對話的味道，可以不用一一詳加說明。最好的閱讀方式是將《人生海海》的CD放進音響裡，從〈啾啾啾〉2分19秒聽到2分48秒，邊配合文字服用，你就能知道怪獸跟瑪莎為什麼會這麼傷透腦筋了。

註2.著名音樂BBS站風之國度Bass板於今年中舉辦了一次Bass手排名票選，只提名有發表過專輯作品的Bass手。這次票選中，瑪莎得到第十七名。

註3.五月天的歌曲中以A調跟E調居多，所以瑪莎才拿這點來開玩笑。

註4.阿熾是1976的Bass手，也是瑪莎相當佩服的Bass手之一。再順便一提，風國的Bass手票選中阿熾得了第三名。第四名是瑪莎最佩服的Bass女王林心怡，她目前是陳昇樂團恨情歌的團員。第五名是脫拉庫的阿吉。

註5.Stereo（立體聲）的音響器材有兩個輸出端，就像音響的喇叭總是成對，隨身聽的耳機有左右兩邊一樣。Pan是混音台上的一個旋鈕，可以將聲音控制在左邊或右邊輸出端的任何位置。

註6.這是昇哥的口頭禪。五月天聽到昇哥這麼對恨情歌團員說過後，便常常把這句話掛在嘴邊。

TO NEXT

SUBWAY

MONSTER

......

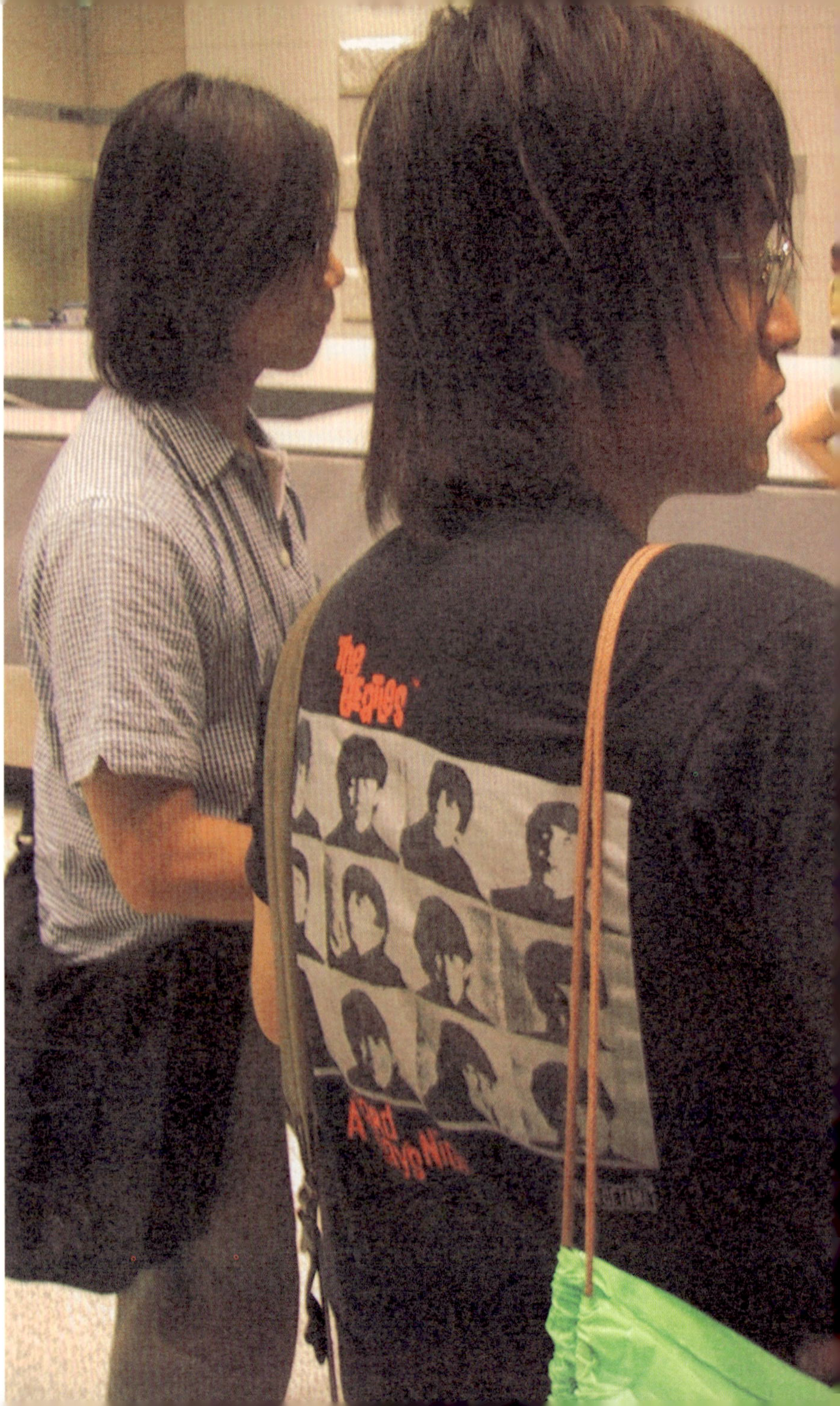
The Beatles

NEW

5

MAYDAY 3rd ALBUM "人生海海"
START AT 2001/05/08
in this studio

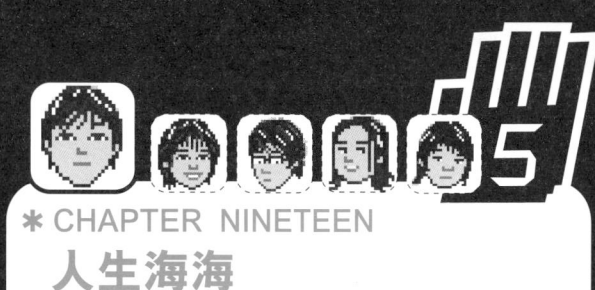

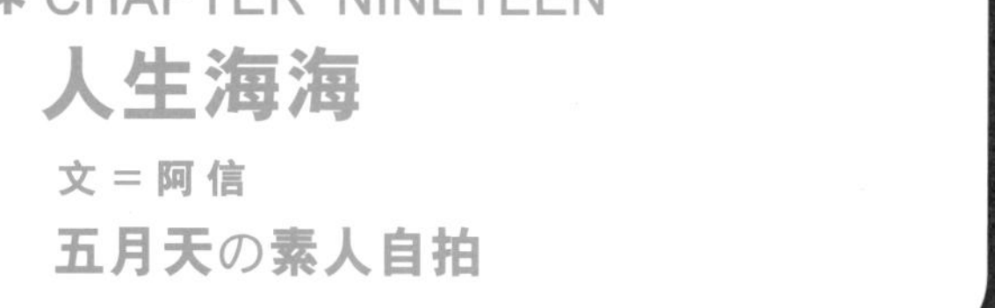

*CHAPTER NINETEEN

人生海海

文＝阿信

五月天の素人自拍

✱ CHAPTER NINETEEN

人生海海

Day 1 嗨！久等了！

嗨！久等了！我遲到了！
可是我說過一定會來的，對吧……

呼，包包好重，先讓我把它放下吧。
你一定不相信我在路上遇到什麼的。
不不不，你聽我說嘛。這不是藉口，真的。

你的咖啡都涼了。
表面的泡泡就好像一輩子都在等下班的公家銀行出納員的皮膚那樣，
固執又蒼白又皺皺的，好像受了什麼委屈的樣子。
真的，就衝著這一點，我不會亂扯的！

你不信？

我知道我的信用差，
可是下次一定把那兩張CD帶來還你，
是啊是啊…孤獨的人是可恥的…約書亞樹……
我保證，一定記得，就像信用卡帳單永遠準時送到一樣。
不然……不然我就跟這個禮拜阿尼一樣的下場！

等一下！嗯……我要一杯跟他一樣的。

嗯，熱的。對，不要加那個……。
對，要雙倍，不要奶油，
求你，也不要碎果核和巧克力粒。
就這樣吧……嗯，大杯……
杯子上要不要有小碎花或小熊？
太誇張了吧，你們決定就好了……
謝謝，不用點心。這樣就好。

你看，又是作不完的選擇和決定。
只是一杯咖啡而已耶。

你寄的Mail我看了，
你面臨的選擇看來足足比一杯咖啡大一百萬倍喔，
苦惱斃了吧！哈！所以呢
……嗯，我還在想哩，我也沒甚麼頭緒。

不過下決定是難的，
人生是一輩子就這麼一回的單程旅行呢。
不過，我的想像是把人生當一條獨木舟或保特瓶之類的在河上漂流。
既然你無法改變水奔向的終點，那就輕輕的漂吧。

生命會有自己的出路。
你不必假設一堆實驗組對照組，
它會自行引領你經過最美的景色。

啊！就像你一定不相信我剛剛在路上遇到什麼！

Day 2 小題大作

啊！就像你一定不相信我剛剛在路上遇到什麼！

不是藉口，真的。我發誓是真的。
只不過發誓還不一定有人要相信呢。
前一陣子不知怎麼搞的，人人都在問。
嗯，喜歡吃蘋果或柳丁真的有那麼重要嗎？
吃意大利麵一定要用叉子不能用筷子？
這世界上小題大作的人真的不少哩。

為了擠一顆痘子而大吵一架而分手的情侶
為了吃河豚而奉陪性命的老饕客
為了朋友沒錢換假牙而把不擋銀的父母斃掉的小開
為了信仰的神祉不同打上幾個世紀的人們
發現了一句歌詞像挖到寶的記者

可是，世界上當然也有這麼可愛的小題大作：

為了一隻迷路海豚動員了數百壯丁汽車快艇直升機
為了一個半拍的音符而賠上一個下午加一個夜晚
為了一個演唱會冒著酷日豪雨排上一個禮拜的隊
電視冠軍的大部分競賽主題

所以，可別覺得我對剛才路上遇到的事情小題大作喔……

Day 3 義不容辭

所以，可別覺得我對剛才路上遇到的事情小題大作喔……
也許我今天拯救了世界一次也說不定！

不過，當然不是單純簡易的那種。
例如說，在路上撿到控制全世界核子彈頭的搖控器，一腳順便把它踩碎。
正被追殺的特務莫名其妙的塞了一個足夠毒殺全人類的生化病毒罐頭，
於是我趁星期天去海邊玩的時候把它丟進了海裡。
但是，如果是你，一定也會義不容辭的做出跟我一樣的事。 ^__^

義不容辭的考了100分
義不容辭的打掃外掃區
義不容辭的談著戀愛
義不容辭的吃下茄子、苦瓜、青椒、花椰菜
義不容辭的辦好了活動並且完成了教室後面的壁報
義不容辭的把三角函數、價數表、世界首都，五千多年的中外歷史裝進腦袋裡
義不容辭的早起
義不容辭的等待流星雨

義不容辭的聽了大家說的需要支持的理念和音樂
義不容辭的選用了比較複雜的和弦
義不容辭的大聲疾呼
義不容辭的想要改變一些什麼
義不容辭的想要拯救世界！！

發現自己義不容辭的活著……
哈！於是我義不容辭的坐在這裡和你胡扯一些什麼的。

Day 4 燈籠魚

哈！於是我義不容辭的坐在這裡和你胡扯一些什麼的。

至於遲到的原因呢，事實上，就不是胡扯了。
我遇到了一條燈籠魚……你沒有聽錯。
就在走路過來的途中，就在216巷和忠孝東路口！
我遇到了一條燈籠魚！

病厭厭的趴倒在人來人往的紅磚道上……
除了我一眼就發現了他以外，
沒有人注意到他正在虛弱說著話。

「我是來找答案的……我是一隻深海的燈籠魚。」

我住在沒有光線，沒有聲音的一千公尺海底。

在我的一生之中，那裡也不用去，
也完全沒有什麼一定要完成的事，是這樣的日子啊！
所以每當我無聊的時候，應該說，只要是我醒著的時候吧，
我總是在這個無邊的黑暗中想像著海面上的世界。

那遙遠的海面上常常無聲的下著雨，
沒有一個海浪來得及被命名就消失。
那遙遠的海面上，是另外一個不同的世界，
有人拿著刀和子彈互相伺候的世界，
有著基因改造的漢堡肉和泡麵的世界，
有著網路謠言、搖滾演唱會、生化武器、該死的民族主義的世界……
蒼白固執的銀行出納員委曲的等著下班，
咖啡店的服務生們則不厭其煩的確認著大杯小杯要不要加奶油和果核。

但是這些事物，沒有一種可以對我所居住的地方產生影響。
沒有光線沒有聲音的一千公尺的海底，
海平面以上的一切什麼也到不了。
這裡只有黑暗和寂寞安靜的唱和著……
而在這平靜死寂的世界中，
有一件事卻始終困擾著我。

你猜喔！有什麼事可以不斷的困擾著一隻魚！哈！
我想我的一生，既然那裡也不用去，
為什麼我的頭上非要長了一個發亮的燈籠呢？
我把那裡給照亮都沒有特別的意義啊！
我沒有非要完成的事，沒有一定得前往的地方。
我的一生完全可以在黑暗中開始，在黑暗中結束。

這個怪異的器官，
竟然沒有經過任何人同意就自作主張的長在我的額頭上，
自作主張的釋放出虛弱的光芒。
雖然這個燈籠本身並不會帶來麻煩，
但是這是一個哲學性的困擾哩！
我並不必用這個來覓食啊！
也不必用這個來求偶，因為我不須要愛情啊！
聽好了！這可是沒有方向，沒有任務，沒有目的的深海魚的一生呀。

我向他表示我開始有一點理解糾纏著他的疑惑，
但是我不能理解他為什麼從1000公尺的海底，
跑到忠孝東路來找什麼該死的答案。

他突然提高了音量。
「就像你們人類也是一模一樣！」
「一模一樣的啊！」

你想過為什麼你要帶著意識呢來到這個世界上嗎？
為什麼有那麼多的能力、情感、記憶？
就像一個完全不知道為何存在的，附著在額頭上的大燈籠！
就像完成了五年特訓，而始終沒有接到任務指示的007一般，
無奈的帶著一身特技活著！

為什麼非得走這麼一回呢？
為什麼要經過那麼多的喜怒哀樂？
為什麼要走過出生長大這樣漫長的過程，
然後再面對枯萎凋謝的結局？
為了帶來什麼，帶走什麼？
為了替造物者證明他的無所不能，
除了人類他還創作了海、雲、花、大樹、斑馬、無尾熊和帝王企鵝，
燈籠魚、隨身聽、青椒、花椰菜、香雞排、電吉他、麻辣鍋……

所以過著沒有方向，沒有任務的人生啊！
不知不覺發現自己畢了業，
找到了不是那麼喜歡的工作，
直到有一天發現自己永遠在等著下班，然後又等著上班。
直到有一天你猛然回頭一看，

發覺自己活得那麼像一隻沒有方向、沒有任務，
而且搞不清楚為什自己長了燈籠的燈籠魚！

「沒有方向，沒有任務。」
我想，這條垂死的魚High了。

Day 5 人生海海

我想，這條垂死的魚High了。
可是他High完，就斷氣了！

因為他是一隻魚，沒有眼皮，
圓圓的眼睛就這麼無言的望著天空……

街上的聲音又一點一滴的拼湊回來。
整個城市穿過了凍結的時刻，
重新的、粗魯的擁抱著我，
悶悶暖暖的在耳邊低吟。
人們愉快的談笑著，車子轟轟作響。
空氣震動個不停，店門口的喇叭俐落乾脆不會累的唱著
……

我回來了！有一種突然醒過來的感覺，
好像去了一趟冥王星……才想起和地球上的你有約！

是的！我遇到了一條燈籠魚，這就是我遲到的原因。
是的！我沒有拯救全世界。
但是某種意義上，我那個微小而傾斜的世界卻被拯救了！

西伯利亞平原的農夫看著落日出了神，
鋤頭一扔，向著橘紅色的地平線走去。
我在人來人往的街頭想像著那樣無邊無際的地平線，
意識的深處有一個膠囊安靜的溶解了，
裡面的淡藍色的粉末灑出來，像一個海。

喝完了這杯咖啡之後，
和你道別之後，走出了這扇門之後，
我會等著紅色的站立小人變成綠色的走路小人，
確定小人不會像傳說中的跌倒，
然後走過向晚的斑馬線。
哼著再也不會Update的Beatles，就像每天一樣。
即使隨意的將任何兩個日子對調過來，
也絲毫不構成任何影響的，那樣的每一天。
捷運電車的窗外街路依然塞車，
信用卡帳單按時寄發，那樣的每一天。

我將會穿過冰冷的柵門，
我將會攤在沉默的沙發上，
無數次巡迴著每一個電視頻道，那樣的每一天。

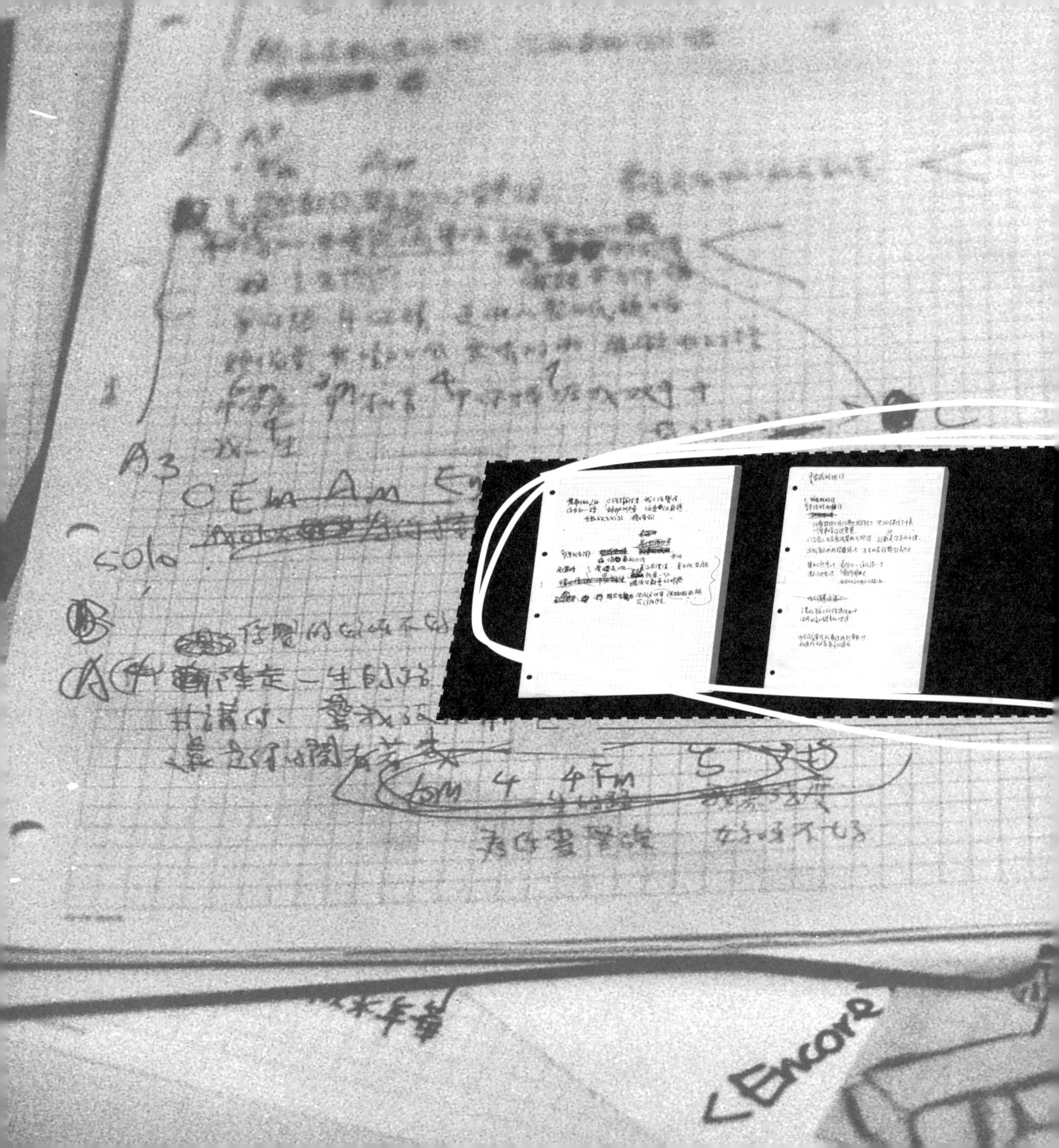
A3
solo
<Encore

阿信的手稿

我將會在午夜時分變成孤獨的巨人，
繼續埋頭編撰著給這瘋狂世界的密碼，然後唱著⋯⋯

我將在同一個地方，流浪。
乘著開往中國的慢船，
船上搬演的是我渺茫而綺麗的人生，航行，
在未知而裝滿了疑惑的海上。
在那海底，有著成千上萬的終生尋找答案的燈籠魚，
成千上萬懷著巨大繁雜的疑惑的生命無聲的漫游著。

飛魚躍出了海面，問我將往那個方向。

藍藍的海上鋪著金色的陽光，
陽光均勻而公平的分給世界上的每個人。
空氣也是，沒有一個地方的人們分到的是次等的喔。
快樂著的人是那樣，悲傷著的人也是那樣。
那旅途中可愛的人的臉浮現在我眼前，
好像一伸手就可以佔有那種溫暖。

風也正在吹。
昨夜冷冷的憂愁，
像一根輕柔的白色羽毛跳著舞飛向彩虹的盡頭。
我想，去那裡都是美好的，
因為沒有固定方向，沒有肩負任務。
一路上我們可以品嚐著那些小題大作的快樂甜蜜，
品嚐著那些義不容辭的沉重無奈，
然後毫不留情拋到腦後，像每一個沒有名字的浪。

遺忘。
遺忘。

#×○ㄅㄟ一#×○ㄦ
北京

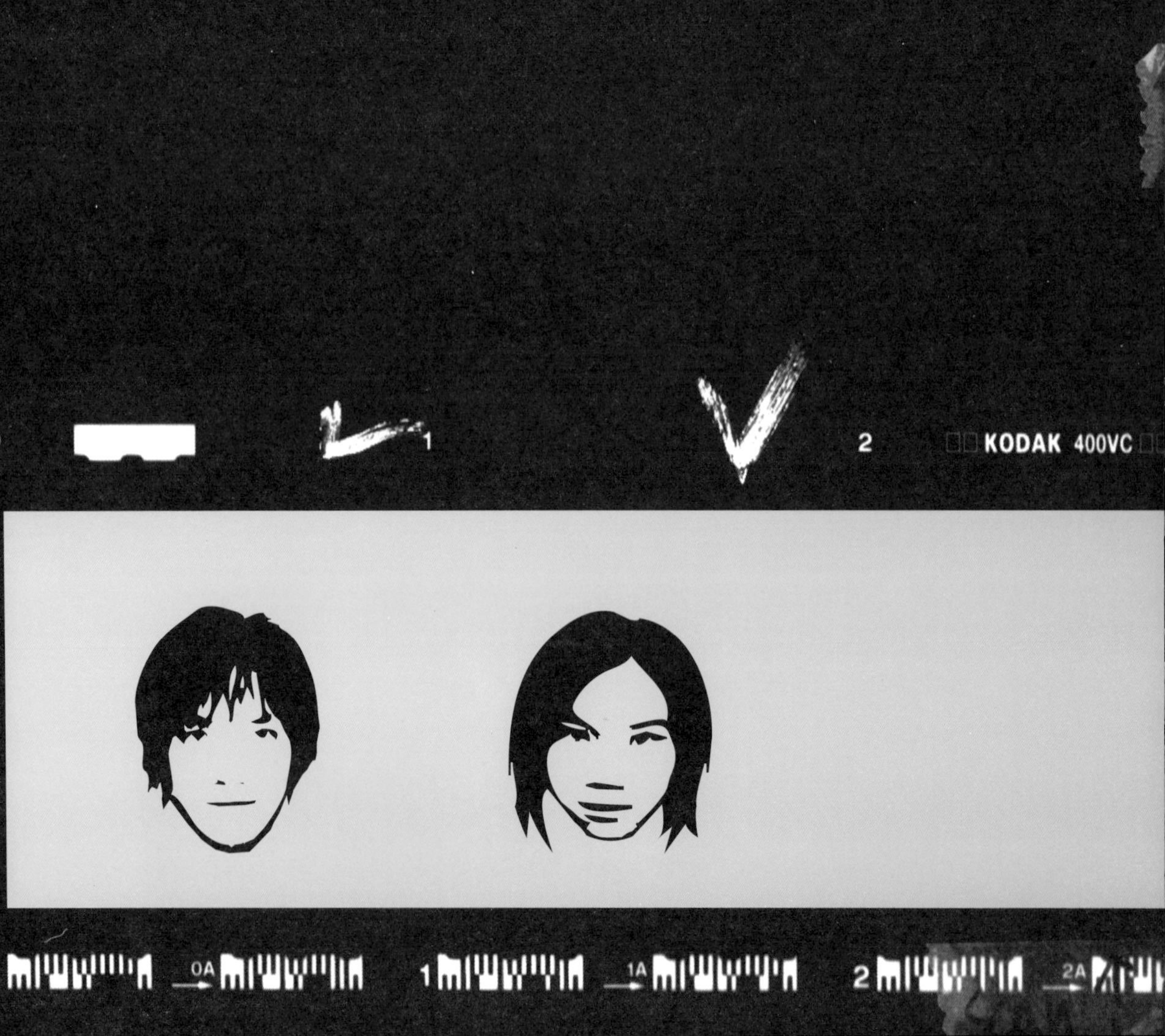
1
2
KODAK 400VC
0A
1
1A
2
2A

20

實驗報告

3 KODAK 400VC 4 KODAK 400VC 5 KODAK 400VC

我該慶幸2001年2月8日那天清晨六點，我還在網路上衝浪，尚未入睡。是怪獸的一通電話開始了這一切：「我們打算要出一本屬於五月天的書，不知道你有沒有空來幫忙寫點東西？」

於是我花了將近半年的時間，跟在五月天的身邊記錄下大大小小的所有事件。起初一個禮拜有兩、三天，我會在晚上十點左右出現在樂風，看看他們怎麼錄音，提一些很愚蠢的問題；跟他們一起聊天、一起吃宵夜。阿信會高聲疾呼：這些都是澱粉耶！你們居然還吃得那麼高興。一邊轉過頭去偷偷流口水。

漸漸的我離開樂風的時間越來越晚，或者可以說越來越早，因為黎明總已到來，而陽光也總是那麼刺眼。漸漸的我回家的時間減少了，在樂風的沙發上蜷曲著身子過夜的時間變多了。漸漸的我跟怪獸打麻將也偶爾開始贏錢，漸漸的錄音告一段落後我也會被灌酒，漸漸的我成了其中的一份子。

五月團員們開始閉關錄音時，我甚至不回家了！每天住在同一個屋簷下，睡著相同堅硬的榻榻米；我在自己能力範圍內，會試著盡可能幫上一點忙。也許是買個晚餐，也許是幫忙架個麥克風、按個錄音鍵；表演時充當不稱職的吉他技師，幫忙擺設樂器跟效果器。

我很自豪的是，這本書中的每個場景，我都在那裡。怪獸為了生日祝賀錄影帶而瞞著瑪莎熬夜忙剪接的夜晚，我在他身旁；錄音室初次試鼓，每個人的耳朵都貼在柱子上專心聆聽的夜晚，我的耳朵也在柱子上；石頭騎著自行車帶頭暴走時，我也是在後頭催著油門拼命追趕的人之一；〈左鍵〉拍攝音樂錄影帶的小戲院裡，瑪莎臉上露出不耐表情時，我正跟他聊天。

我很少事先擬好問題，再正經八佰的依序去訪問各個團員。這本書中團員的每一句話、每一段訪談，都是在又一個打著哈欠的清晨，又捏扁一個啤酒空罐，幾個人席地而坐的聊天內容中截取而來。最重要的是，你必須在那裡。你必須跟著團員一起趕校園巡迴，在小巴士上顛簸，在台中飯店房間抬槓，在戲院裡一起等燈光師拆拆裝裝。

你必須感受五月天所感受的。一同焦躁，一同苦惱，一同快樂一同憂傷。就因為你在那個相同的地方，所以你才能體會到那個時點那個場所那五個人的感覺，也才能提出最切入重點的問題，而得到最不經修飾的回答。如果你不在哪裡，你根本無法事先設想到會有這麼多形形色色的狀況。

這像是一場實驗。把一個人丟到五月天的中間，強迫他過跟五月天相同的生活，學習怎麼跟這五個人接觸，並從相處中摸索出每個人的性格跟想法。再把這段時間的體驗寫成實驗報告，就成了著本《五月天的素人自拍》。

這本書對台灣音樂界跟文學界來說都是一項嶄新的嘗試，之前從來沒有出現過這麼詳盡這麼鉅細靡遺的樂團記錄文學。從現場的綵排到錄音室的製作，從想法的掙扎到個性的描述，一切都表露無遺了。

我的眼睛就像是鏡頭的快門，捕捉了所有畫面；我的筆是底片，記錄了當時的對話氣氛甚至是味道觸覺。我是導演、編劇兼剪接師，而演員是你們都很熟悉的那五張臉孔。

我們都該慶幸2001年2月8日的那個清晨，我還沒滚上床睡覺。你們因此而得到了這本書裡最詳實的記錄，我因此而得到了五個朋友，甚至更多。

文=Quiff

五月天從哪裡來？

文=田瑜萍

●暫別的演唱會

體育場內的人越來越多，臉上都一樣帶著興奮、渴望和急切的表情。

他們之中，有人已經在外面露營了三、四天，每天和朋友換班回去洗澡；在台灣溼熱的溽暑中，這是他們罕有不吹冷氣也甘之如飴的經驗。這些回憶記錄著他們的年輕時光，爸媽不懂為何孩子提起這群名叫「五月天」的人，臉上就會散發出光彩？那個口沫橫飛和眼睛發亮的世界，似乎是他們無法理解的經驗，其實這條成長之路，只不過是重蹈父母早已忘懷的青春歲月罷了。

當兵前的最後三場演唱會。開演前，舞台後方的更衣室，石頭陪著怪獸在外頭抽煙，其他三人則在室內做最後的準備。阿信拿著歌詞小抄猛背，瑪莎說笑，諺明帶著一貫的沈默看著他們，時而成為被取笑的對象。看似輕鬆的背後，隱隱透露一絲緊張難捨的氣氛。

工作人員拿著無線電對講機衝進來，提醒他們已經開始倒數。眾人陸續把手邊的事情放下，往舞台方向前進。怪獸居首、阿信接後，緊跟著的石頭、瑪莎和諺明，五人竟是一逕的沈默。

當怪獸從通道現身舞台，敏感的歌迷馬上尖叫起來，引發下一波的加入，衝擊著五個人的耳膜。場內一片黑暗，踏上舞台的怪獸感到一陣暈眩，腦筋一片空白，他彈下第一個音符，歌迷的螢光棒海馬上不規則的擺動起來。阿信的手心冒著汗，全身僵硬，有種忘了自己是誰的感覺，他完全不記得自己是怎麼唱出第一個字的。石頭手心的汗水，從胸膛背後狠狠的竄出，濡濕襯衫，他閉著眼，擋住外界的目光，也擋住將要奔騰而出的淚水。諺明藏身在鼓後，彷彿給了他一個安全空間，讓他可以隔絕台上正在擴散的緊張感。瑪莎睜著無辜眼神站在一旁，長長的頭髮遮得住臉龐，遮不住那片搖曳的螢光棒海。

直到三、四首歌過去，怪獸和阿信才算回過魂來。望著舞台下，因為前方投射而來的強光而看不清歌迷的面孔，但聽著他們從頭到尾跟著唱和的歌聲，彷彿是被一種神奇的薄膜包裹其中，體內的腎上腺素完全被激發出來，最HIGH的搖頭丸都比不上這種快感。人生海海，曲終人要散哪，可是誰也不想離開。

●音樂如何竄入生命

五月天從地下樂團搖身變為如今當紅的偶像團體（雖然他們不太喜歡這個封號），歌迷年齡層從小學生到大學生都有，女生居多，綠葉偶而間雜著。他們的歌曲旋律易記，歌詞朗朗上口，這種曲風的塑造，主唱阿信說，好友團脫拉庫的激發，功不可沒；當然，聽流行音樂長大的記憶，也影響至鉅。

◎阿信

談到如何對音樂產生興趣，阿信瞇著眼露出微笑：「因為我爸曾是開唱片行的！」

阿信的父親在他出生前，開了北投唯一一家唱片行，養成愛聽音樂的嗜好。唱片行在阿信出生前結束營業，但留下來的收藏，讓他從小就有聽不完的唱片。

國小時，阿信一放學就跑回家，坐在老式音響前，把爸爸的唱片一張張拆封，掀開蓋子、放下唱針，發呆似的聽歌。爸爸添購的新貨，像是聖誕老公公的禮物，阿信迫不及待先撕開封套，放進唱盤中。林淑容的〈昨夜星辰〉、鳳飛飛的〈涼啊涼〉，存在回憶的留聲機中，一打開旋律就清晰可聞。

年紀小小的他，大人歌照樣聽得起勁，愛聽的歌，阿信一遍遍的重放，直到聽膩為止。國小六年級，阿信聽音樂有了自我意識，吸引他掏錢的第一張唱片，是張雨生的《天天想你》。國一時，迷上了庾澄慶的〈讓我一次愛個夠〉、〈想念你〉，生平第一場參加的演唱會，就是庾澄慶在士林廢河道的演唱會。

「當時很震撼，完全沒想到在家裡聽唱片的感覺是這個樣，現場演唱完全是另外一個樣子」，阿信著迷於現場演唱會的快感，此後成為國內各演唱會的常客。李宗盛宣布閉關，出國前舉行了「不捨」演唱會，瑪莎和阿信就坐在前幾排，仰頭看著這個未來將簽下他們的製作人唱歌，縱使只有一把吉他伴奏，仍是感動不已。伍佰寫真書《月光交響曲》，其中有張LIVE A GO GO演唱會的現場照，高中的阿信頂著小瓜呆頭站在照片中央，旁邊有怪獸、後頭是瑪莎，眾人專注望著台上的伍佰。

國三愛上陳昇，讓他開始想唱歌。聽了陳昇的〈貪婪之歌〉，阿信才發覺原來國語歌可以脫離談情說愛的範疇，「國中時總會有些少年維特的煩惱，聽到〈貪婪之歌〉，才開始以認真的態度去看待國語歌！」

家中只有阿信跟弟弟兩個孩子，從小父母對他們買書買唱片的錢不加限制，這樣的鼓勵，讓阿信沈浸在書本和音樂的世界中。國中三年，老師在台上講課，他在課本上寫寫畫畫，對學校教的事不感興趣。書桌底下、膝蓋之上，是一本本的課外書籍。

對唸教科書這檔事產生厭倦感，阿信在班上成績普通，面對國三聯考，早早選定附中美術班應考。一方面逃避唸書、一方面美術成績不錯，老師鼓勵他往美術路上前進。誰知道這條路，在他考上附中美術班後，反而一步步偏離。

◎ 怪獸

怪獸十分晚熟，高中時才真正接觸到流行音樂，而且是為了練習吉他技巧才開始聽的，十足驗證派。他依稀記得，很小很小的時候，聽到高凌風唱的〈燃燒吧！火鳥〉，會HIGH到在沙發上跳來跳去。舅舅看他這麼喜歡，乾脆帶他去夜市買這張專輯，那時攤子上一字排開的都是匣式錄音帶。

上了小學，怪獸聽的是日本卡通歌主題曲，像是〈聖鬥士星矢〉、〈七龍珠〉，完全不知國語流行歌。「這些卡通歌一點都不唬弄，交響樂就用交響樂的配置來做、搖滾樂就請搖滾樂團來唱，不像台灣的卡通歌，一聽就知道是騙小孩的玩意」。

看卡通迷上主題曲，聽交響樂則是爸爸的影響。怪獸的父親是位知名律師，和李鴻禧是同窗好友，兩人都喜歡古典樂，常會一起討論。怪獸耳濡目染，也迷上了古典樂，特別喜歡韋瓦第的《四季》，和其他小孩不一樣，怪獸是聽卡通歌加古典樂長大的。

國小時的怪獸已經是風雲人物。他成績好，又喜歡打棒球，下了課常領著同學，操場就是棒球場。念大直國中時，升學壓力逼得他每天背起兩個書包上學去，胸前被書包背帶壓成X型，這段期間，除了該上的音樂課，音樂完全不在生活中。

怪獸功課好，父親的期望也高。怪獸父親當年念的是新竹一中、台大，希望怪獸也能考上建中後進入台大，繼承衣缽當個律師。不過怪獸國中三年ㄍㄧㄥ太緊，到了聯考反而失常。

對他來說，聯考是夢魘。怪獸國中成績一直保持在全校前六名，但高中聯考放榜後，全校錄取建中六十幾個，其中卻沒有他，只考上第二志願師大附中。高中考大學，父親希望他念法律系的願望也落空，只考上社會系。高中聯考放榜時，他頭低低雙手奉上成績單，滿懷愧疚對爸媽說：「歹勢啦！」

生命有時像是電腦中的「踩地雷」遊戲，當你踩到這個點時，永遠不知道會引發什麼出現。怪獸步入音樂旅程的地雷點，是一場學校舉辦的合唱比賽。他發現總有人打扮成小紳士或小公主模樣，意氣風發的上台為同學伴奏。他們彈鋼琴時露出的陶醉樣，引得怪獸躍躍欲試，他和同學訂下約定，考上高中後要去學吉他，親身體驗那種感覺。

為何選吉他棄鋼琴？一是怪獸對鋼琴實在怕怕，他國小一、二年級時，曾被媽媽送去練鋼琴，好動的他坐不住，視練鋼琴為苦差事，從此打死不碰。至於第二個原因，怪獸搔搔頭：「可能是其他大部分的弦樂管樂器都是要穿西裝、打領帶，彈起來才有味道。吉他攜帶方便，又可以穿得很休閒的彈奏，也沒多想就選了。」

高中聯考完的暑假，他迫不及待地和同學到樂器行學吉他。第一把吉他是媽媽買給他的，一把再普通不過，價值2000元的民謠吉他。

父母對怪獸玩音樂起先不太反對，因為怪獸的父親本身也培養了許多休閒興趣，像是自己和自己下棋、高中時代和好友李遠哲一起參加管樂隊、大學時加入台大網球社，對兒子的管教觀念是「培養課外興趣不錯，但這些興趣僅止於課外，一切還是以功課為重」。

沒想到有一天，怪獸的課外興趣變成了專業。

◎ 瑪莎

瑪莎從小就是國語歌曲的愛好者。

他自己花錢買的第一張唱片，和阿信一樣是張雨生的《天天想你》。但激起他特殊感覺的專輯，則是張洪量的《蛻變》和陳昇的《擁擠的樂園》。「我國小一年級聽羅大佑唱〈亞細亞的孤兒〉好感動，只是長大後才聽得懂他在唱什麼！」

小時候，媽媽邊做事邊放蔡琴的專輯，瑪莎就在一旁跟著聽。幼稚園大班的瑪莎被媽媽送去學鋼琴，希望能改改他調皮的個性，因為瑪莎從幼稚園中班起就懂得逃學。

不喜歡和其他小朋友一起午睡是逃學的原因，每到午睡時間，瑪莎就逃回離幼稚園不遠的家，回去後無所事事，常和附近的小孩打架，天天如此，終於讓幼稚園老師一狀告到瑪莎媽媽那兒。

媽媽希望把他從野孩子培養成有氣質的小男生，請來鋼琴老師到府教學，還買了一台鋼琴回家，花了好一大筆錢。

鋼琴對瑪莎來說是個大玩具，有時候在外面和別人打架，全身髒兮兮的，一回家往鋼琴前一坐下來，就變得很有氣質的彈琴。爸媽忙於工作，小他兩歲的妹妹也不是玩伴，內向的他沒人可說話，常常一個人彈著鋼琴玩。練琴對他來說，向來是自動自發，沒人逼著。

學鋼琴後，意外顯露了天分，他進步神速。國小二年級時，鋼琴老師跟瑪莎父母商量，要幫他出學費和生活費，送他到國外念音樂學校。

瑪莎的媽媽不願意，爸爸也有意見。爸爸認為這是興趣，不能拿來當飯吃，也深怕這樣學下去，瑪莎會越來越「娘娘腔」。沒多久爸媽離婚，瑪莎中斷了學琴的課程，從此鋼琴對他的定義，從玩具變成抒發情緒的工具。

爸媽離婚後，三年級的瑪莎搬到姑姑家住。國小期間他總共搬了四次家，常在不同的家庭裡流浪，有次甚至住到沒有血緣關係的乾媽家，倒也意外接觸到各家庭中對不同音樂的喜好，增加了聽音樂的廣度，他就像個海綿，努力的接受外界一切訊息。

國語歌是從小一路聽來的記憶，接觸西洋音樂則是他念國一時，由表姊朋友介紹的「空中補給合唱團」開始入門，瑪莎得意的說，他從瑪麗亞凱莉還沒大紅就注意到她，花蝴蝶在暢銷作《MTV UNPLUGGED》之前的專輯，他張張都有！

瑪莎聽西洋音樂的指標，除了唱片行的排行榜外，家中第四台的MTV頻道，也是來源之一。房間裡全是排行榜暢銷歌手的專輯，麥可波頓、惠妮休斯頓等，甚至喬治麥可每一張專輯他都有，音樂是他唸書的最佳良伴。想起高中聯考前那段苦悶的K書時光，總有娃娃唱著〈大雨〉的歌聲做配樂。

聽音樂聽出興趣，瑪莎開始認真考慮，不如學好吉他、自彈自唱。擔心瑪莎變得娘娘腔的爸爸怎麼也沒想到，瑪莎捨棄了鋼琴，還是選了溫柔的貝斯。

◎ 石頭

石頭因為混速食店才混上了音樂路。

從小興趣廣泛，但石頭專注一項興趣的熱頭，熬不過一個夏天。大抵男孩子會好奇的玩具，他都要碰一碰，模型、電動玩具只能讓他專心幾個月，沒多久又轉移目標。唯獨音樂，可說是他最持久的興趣。

石頭的父親是船員，他跟著爺爺、奶奶、姑姑和叔叔一起長大，從小就是令人頭痛的小孩。國小會聯合其他男生去掀女生裙子，國中常和同樣無所事事的同學及女生班的「大姊頭」去速食店、撞球間殺時間，偶爾「伸張正義」打打架，也教訓過一個小偷和色狼。外表看來酷酷的他常引起誤會，有回一個同班同學看他不順眼，撂人打他，雙方各自找來學長當靠山，兩邊人馬一字排開對決時，二人放狠話卻放出了惺惺相惜的好感，此後成了不打不相識的好友。

總給人壞小孩印象的石頭，在速食店裡，碰上了一個改變他一生的人。

國二、國三期間，石頭和同學放學後，都待在國父紀念館對面一家名為「湯姆漢堡」的速食店，打屁說笑，天黑了才回家。某天有位常去的大哥哥，過來攀談，石頭才知道他是個玩團的人，擔任鍵盤手的他介紹石頭聽一些樂團的作品，開啟石頭的音樂之路。

看大哥哥說起「THE DOORS」、「VAN HELEN」等搖滾樂團的興味盎然模樣，他開始省下奶奶給的吃飯零用錢，一天只吃一個麵包，加上奶奶給他的補習費，通通拿去買CD，然後每天混在速食店中，等到補習班下課的時間，才回家吃晚飯。

石頭那時常逛的唱片行是忠孝東路的交叉線。他省吃儉用，卻捨得花大錢買進口原版CD，除了搖滾樂團，也買過JOHN LEANO的《IMAGINE》。跟石頭同住的叔叔常放披頭四的音樂，他天天聽，旋律印在腦海中，卻不知道那就是披頭四的歌。對他而言，披頭四的音樂是和科學小飛俠混在一起的　ㄕ~記憶。

樂團作品聽多了，他立志考上高中後要去學吉他，無奈高中聯考失利，必須重考。石頭決定把之前買的CD放一旁，全神貫注在學業上。重考那年，他每天早上五點起床，坐一個小時的公車到補習班，唸書念到晚上十二點才回家，週而復始。他沒交什麼朋友，只有一位同校同學在同一個補習班，兩人相約晚上一起坐車回家。單調的生活日復一日，連農曆新年都在K書中孤獨度過。

當時不知哪來的毅力和恆心，石頭腦中只有唸書兩字。辛苦一年，終於考上師大附中，他的人生馬上從黑白變成彩色的。

別人眼中無憂無慮的石頭，心中卻藏有一個秘密。小學六年級時，班上統一辦身份證，他發現身份證上的母親名字，不是他從小叫媽媽的那個人。

石頭的爸爸和石頭的親生母親在他很小的時候離婚，他直到國小六年級才知道，這件事從此一直擱在他心上。二十歲那年，石頭才跟生母相認。這件事讓他受到很大衝擊，而他進入國中後的叛逆，應該與此有關。

別人看他常買高檔貨，以為他家境不錯，其實他小時候曾經窮到要幫爸媽做家庭手工賺錢。他爸爸當過船員，離職後在岸上找工作，卻是苦無用武之地，屢屢碰壁，只好去開計程車。

後來改開大貨車，賺的錢多了些，不幸卻出了車禍，傷了一隻手、一條腿。醫生說要鋸腿保命，家中奔走許久，另覓偏方，才保住那條腿，讓石頭的爸爸免於殘廢。

父親受傷，家中頓失經濟來源，再加上龐大的醫藥費，國小三年級從奶奶家搬回去跟父母同住的石頭，每天放學回家就幫媽媽做家庭手工，一件工資一毛五。石頭做過髮夾、貼過貼紙，而這些家庭手工，就是當時全家賴以維生的收入。

石頭是個很ㄍㄧㄥ的人，雖然成為負擔家計的一份子，早早體認現實的殘酷，白天到學校還是一副無憂無慮的樣子，掀女生裙子、和朋友玩耍。同學都看不出來，他家中正遭逢巨變。

別人以為他家境不錯，只有他自己暗嘗箇中苦楚。他常萌生羨慕和嫉妒交纏的心情，有個好朋友住在他家附近，頂樓有大大的桌球桌和電視，石頭每次去他家玩都不免怨嘆：「我們家為什麼沒有？」朋友的爸媽找石頭一起出去玩，石頭看著友人全家出遊的快樂模樣，總是很羨慕：「為什麼我們家從來沒有一起出去玩過？」

因此長大後，石頭很重視跟家人相處的時光。奶奶之外，姑姑要算是他最親近的人。姑姑就像他第二個媽媽，好東西不會忘了他，考試前則幫他複習劃重點。有次他偷奶奶的錢去買模型，姑姑生氣得要趕他出家門，讓一向天不怕地不怕的石頭手足無措。姑姑不打他，卻用「不講話」來懲罰他，兩個倔強的人，曾有過一年多沒講過一句話的痛苦紀錄。

◎ 諺明

諺明是鋼琴、繪畫、桌球和電子琴等技能的逃兵，卻意外一頭栽進鼓的世界。

諺明的父親很開明，他希望兒子除了學校功課外，一定要培養一些課外興趣，念國小時就送諺明去學鋼琴，上了兩次課諺明嚷著手痛不學。接著轉往繪畫路，沒多久諺明又說對寫生提不起興趣，於是再轉戰桌球。

桌球只讓諺明沈迷了一個暑假，又宣告放棄。電子琴算是諺明最持久的一門興趣，從雙層電子琴彈到單層電子琴，總共學了三年。到了國二，諺明把電子琴擱在一旁，理由是「電子琴好像是女生彈的樂器」。

諺明爸爸不放棄，有天看到諺明和同學相約去打籃球，提了一句，「我幫你報名爵士鼓班」。諺明應聲好，也沒多想，就出門打球去了。

諺明有個弟弟，也是同樣命運，從鋼琴學起，同樣覺得手痛，把鋼琴拒於門外。具有實驗精神的爸爸，複製諺明的學習之路，繼續送弟弟去學畫，幸好這次提前命中目標，弟弟對畫畫興趣頗濃，於是兄弟倆一個打鼓一個畫畫。

諺明學鼓，有個糟糕的開始，第一次去樂器行就被老師放鴿子，那天老師去趕那卡西場，因為賺的錢比較多。諺明只好自己胡亂打一通，草草結束回家，第二次才見著老師。

爵士鼓學了一年多，即使高中聯考也沒間斷練習。爸爸看諺明有興趣，買回一套鼓讓他在家練。苗栗透天厝頂樓加蓋的空間裡，撞球桌、桌球檯、電子琴和爵士鼓，是兩兄弟的遊樂場。諺明的第一套鼓，花了一萬多元，品質不佳，只要一敲，透明鼓皮內塵屑飛揚，後來也沒丟棄，轉賣給別人，反映了諺明的節儉本色。

諺明的爸爸以為撞球本是種高尚運動，但被坊間的撞球店搞得烏煙瘴氣，變成不良少年的嗜好，於是買了撞球桌回家，還附有撞球的教學書，他要諺明和弟弟有空學學這門紳士運動。諺明高超的撞球技術，到現在還能電電其他團員。

因為打鼓打出興趣，後來除了高中和五專聯招，諺明還報考了國光藝校。國光藝校是全國唯一一所設有爵士鼓班，並且當作主修課程的學校。

考試成績不錯，高中考上新竹中學，五專考上了明新工專；國光藝校八百多人應試，只錄取十二個人，諺明考了個第三

名。爸爸問他想讀那個學校，諺明選擇國光藝校，爸爸點頭贊成。於是諺明北上唸書，開始了離家的生活。

●在附中相遇的日子

五月天的萌生，始於阿信和怪獸的相遇。

阿信和怪獸，是一種奇妙的互補。看似內向害羞的阿信，其實很健談，反倒是看來海派的怪獸，面對人常說不出自己內心真正的感覺。不過阿信玩耍的本領，不敵怪獸在派對上領頭嬉鬧的架勢，而怪獸有些說不出的心中感覺，常靠有如他肚裡蛔蟲的阿信代為表達。怪獸永遠是班上前幾名，阿信考過高中全校倒數第三名。阿信感性、怪獸理性，兩人認識的那一天，晚上就投緣到在怪獸家徹夜長談。

阿信和怪獸同一年考進附中。兩人的附中生活，寫下了許多歷史。擔任吉他社社長和副社長時，阿信設計了整套的CI系統，包括組織章程、標準色、標準字及統一的社服；並製作了淺顯易懂的教材，內容由怪獸和其他社員共同研擬，阿信負責改編成漫畫教材。

怪獸和阿信兩人的合作，立下許多先例。他們為附中吉他社招生的人數，創下歷史新高，有300人之多，使得那屆吉他社成為附中最大社團。他們辦的成果發表會，首次有代表性的主題曲出現，這首名為〈MADE IN HEAVEN〉的作品，是阿信第一首正式發表的歌詞創作。怪獸擔任畢聯會主席的那屆畢業典禮，開始加上許多新花樣。阿信看到今年附中畢業典禮把禮堂搞成羅馬競技場，還得意地說，附中學弟青出於藍。

對阿信來說，考上附中美術班，是他實踐歌唱夢的開始。入學那天，他就興奮地跑去參觀附中吉他社，在他心目中，抱著吉他唱歌，是件天經地義的事。一看到吉他社招生的攤位，阿信笑容漾上臉龐：「這真是太妙，太喜歡了！」

阿信吉他彈得不好，這點他也承認。但他很喜歡在一個樂團之中的感覺，只好卡在主唱位置。阿信的媽媽對兒子的歌喉沒有太大信心，阿信當初ㄠ媽媽買第二把吉他的理由就是：「你不讓我買吉他，我只好去唱歌。」媽媽當下掏錢答應買吉他。

和阿信同一年考進附中的怪獸，入學前那個暑假，已經先上了兩個月的吉他課。他進入附中吉他社沒多久，打算練電吉他，學長以基礎不穩的理由勸阻，怪獸不理，樂器行的吉他課照上，不久竟能拿著電吉他四處「風神」。怪獸私心覺得，青春有限，印象中樂團都要十年才有成，自己高中才起步，晚別人許多，當然更要加倍努力。

怪獸的第一把民謠吉他在入學後不久宣告失蹤。遺失的過程，倒也看得出怪獸不拘小節的個性。有天放學他背起吉他回家，到家後才發現不是自己的那一把，這把不小心換回來的吉他好像還比較好彈，他暗自竊喜「賺到了」。

至於第一把電吉他，也是媽媽買給他的，花了一萬元，可是買回來沒多久即宣告報廢，讓他學了個經驗。原來怪獸把電吉他隨手放在牆邊，不料電吉他順勢滑倒造成斷柄，彈起來全部走音，怪獸渾然不覺，直到有天老師跟他借來示範，發現怎麼調音都不準，才知道這把電吉他早已經壽終正寢。

怪獸捨不得，還是繼續彈，有天躺在床上，把電吉他舉到面前，柄已經搖搖欲墜，他才含淚放棄。第二把電吉他花了怪獸媽媽二萬元。

怪獸彈琴重技巧，常找一些很難的譜來練，一整天就彈最難的那一小節。彈著彈著，也會覺得無聊，放下吉他不練，但過不了五分鐘，又忍不住拿起吉他繼續再彈。吉他對他來說，就是有這種魔力。

高一下學期要選社團幹部，學長們有意培植怪獸和阿信，遇上別校吉他社舉辦成果發表會，就派兩人去觀摩。怪獸和阿信的班級離得遠，平常碰不到一塊兒，直到被學長派去觀摩中國市政專科吉他社的成果發表會，兩人才算正式認識。

怪獸看到阿信，第一眼就十分投緣。兩人相見恨晚，彷彿是許久不見的老朋友，一路聊個不停，對組團的看法啦、吉他相關的問題啦，聊東聊西，直到看完成果發表會還不過癮。阿信索性到怪獸家過夜，兩人聊到天亮。

徹夜長談的內容脫離不了高中生的生活範圍，阿信跟怪獸聊到每天上學在大直轉車，發現大直麵店老闆的女兒長得還不錯，頓時讓怪獸對阿信改觀：原來阿信看似乖乖牌形象的背後，也會在路上亂看美眉！他吐槽：「阿信這習慣到現在不改。」

經過社員投票，阿信和怪獸成為吉他社社長及副社長，此時也是新進社員例行組團的時候。原本已經找了其他人組團的怪獸，忍不住把阿信拉來自己的團，團名叫「LIMIT」，沿用以前學長的團名。一方面懶得想新名，二方面這個團以前的成員都是吉他社幹部，算是繼承學長的一個傳統。

忙著組團、忙著社務，只要是讀書以外的事情，阿信跟怪獸都躍躍欲試。當上了附中吉他社的社長和副社長，他們創下招生人數最高的紀錄，近三百名的新生當中，包括了瑪莎和石頭。石頭雖然立志學吉他，卻多選了一個攝影社，高一上學期，石頭幾乎不在吉他社出沒，他在追攝影社的一個學姊，待在攝影社的時間比吉他社長得多。

◎ 瑪莎石頭高一、怪獸阿信高二（1993）

1993年九月，阿信、怪獸、石頭、瑪莎四人正式在附中吉他社相遇，埋下五月天的種子，這個種子向下紮根，直到他們考上大學，才露出一點新綠。瑪莎見到其他三人的感覺是，「社長阿信很少講話，看來裝酷令人討厭，熟了之後才知道他跟不熟的人話不多。副社長怪獸看來開朗，比較好親近」，至於和他搭檔擔任下一屆副社長的石頭，「高一石頭就開始彈電吉他，看來臭屁不鳥人，CD一張張的買，跟他超不熟，很討厭他」。

說到高中流行的聯誼，怪獸、阿信、石頭及瑪莎異口同聲的表示，附中吉他社最被其他學校排斥，社員對聯誼的興趣也不大。建中吉他社喜歡跟景美吉他社交流，北一女則跟成功高中搭檔，只有男女合校的附中最沒搞頭，自己社內辦郊遊。

升上高二的阿信和怪獸卸下吉他社正副社長職務後，將這個重擔交給瑪莎和石頭。怪獸沒閒著，除了繼續擔任吉他社教學組組長，同時也忙著選班聯會主席。從小就是孩子王的怪獸，高中時人緣頗佳，高一生日那天被同學千里迢迢從校園這一頭扛到另一頭丟進水池裡，這可是人緣超好才能得到的禮遇。

怪獸有個同屆也是吉他社社員的同學，名叫周恆毅，外號小周的周恆毅，如今是陳昇「恨情歌樂團」的團長兼鍵盤手，是怪獸選班聯會主席的大將。小周把選舉那一套搬進校園，每天早上上學時刻，要怪獸站在川堂，身穿告急布條，一個個拜票，此舉也讓怪獸高票當選，票數足足領先第二名達三倍。

怪獸是班聯會主席，形影不離的阿信則是班聯會文宣組成員。怪獸做任何事都全力以赴，彈吉他、搞社團、當班聯會及畢聯會主席、搞樂團、做音樂，連喝酒都是，當上班聯會主席後把身體搞壞，每堂下課仍到訓導處報到，每天這樣跑跑跑，ㄍㄧㄥ到卸任時眼睛出現黃疸症狀，肝從此不太好，容易疲累。如今每到錄音期間仍會發生類似肝撕裂痛的情形。

承繼了阿信和怪獸風光辦活動的傳統，瑪莎和石頭籌辦吉他之夜時，參照BRYAN ADAMS演唱會的概念，將舞台設計成上下大小兩舞台，非常先進。禮堂上方位於階梯上的小舞台，是石頭把老舊的課桌鋸了腳充數，他很有成就感。

瑪莎和石頭雖一起搞吉他社社務，兩人感情卻沒有因此變融洽。有一次吉他社開會，副社長石頭頻投反對票，瑪莎氣得拍桌子，跑到操場大叫洩憤。不對盤的兩人反而是到卸任後，雙雙被留級，才打開僵局，成為朋友。

要組團發表成果的瑪莎和石頭各行其事。瑪莎加入一個五人的無名樂團，因為找不到主唱，聲音KEY較高的瑪莎被拱成主唱，但他無心留戀，之後還是回到貝斯手的位置。瑪莎棄吉他選貝斯，一來覺得聲音低沈好聽，二來他看不慣大家都偏愛可以衝到台前秀技巧耍帥的吉他，故意要和他們不一樣。

石頭的團有七人之多，一個主唱、三個吉他手、一個鍵盤手、一個貝斯手、一個鼓手，名為「冰焰」。他們十分認真，下課後還去校外練團室練團，石頭投入了大部分時間，和攝影社學姊的戀情竟因而告吹。

◎ 怪獸高三、瑪莎石頭高二、阿信留級（1994）

怪獸順利升上高三，阿信卻留級了，和瑪莎、石頭一起念二年級。阿信留級那一年，大多窩在永康街金石堂書店，每晚蹲在那看書，直到書店打烊。也因時間較多，他開始嘗試寫歌，某天下午在教室打混時寫出的作品（這首〈好聚好散〉收錄於2001年任賢齊最新專輯中），拿下當年校內歌唱比賽創作第三名。

高三的怪獸，延續和阿信、同是吉他社社員的貝斯手施汝霖及鼓手錢佑達組的團，玩團、唸書，就是怪獸的高三生活。畢業舞會上表演完後，怪獸封琴唸書準備大學聯考。聯考前一個月，苦悶的唸書生活中，發生一件小插曲。怪獸買了一大長串鞭炮，準備到學校惡作劇，石頭奉命行事，拿根香點燃鞭炮的點火線，劈哩啪啦的鞭炮聲準時在上課中響起，讓教室裡陷在聯考壓力下的怪獸，有一種發洩的快感。

瑪莎因為吉他社社長一職，高一下學期起和阿信熟了起來，當阿信和錢佑達留級和瑪莎一起念高二時，他們出過一陣小小的鋒頭。學校例行舉辦的歌唱比賽，伴奏的樂手難尋，阿信、瑪莎和錢佑達三人Case多到接不完，如果以伴奏一首收三百元的價碼來算，這場為期一週的歌唱比賽，他們可以賺到一萬多元，當然，他們純為興趣下場，一毛錢也沒收。

◎ 怪獸大一阿信高三瑪莎石頭高二留級（1995）

交出吉他社職務後，瑪莎和石頭雙雙留級，多念一年高二。吉他社連續三屆社長都留級，阿信前一屆的學長、阿信和瑪莎，無一倖免，被戲稱為吉他社魔咒。

怪獸大學聯考沒考上理想中的法律系，意外落馬到台大社會系。升上高三的阿信，面對大學聯考一點把握也沒有，前途茫茫。阿信住在學校附近租的房子裡，一個人聽著張楚的專輯《孤獨的人是可恥的》，低沈的北京腔從音箱流洩而出：「上蒼保佑吃完了飯的人民，上蒼保佑糧食順利通過人民，升官的升官，離婚的離婚，無所事事的人」，彷彿是一種「Culture Shock」，突然感到人生遼闊起來，生命是有厚度的，當下瀟灑轉念：「考不上就去當兵吧！」

留級那年，瑪莎和阿信一樣跑書店，不過他去新生南路的何嘉仁書店。石頭則和小周成日泡在學校附近的YAMAHA樂器行，看看演唱會錄影帶，聽教琴老師講PINK FLOYD，討論JAZZ、FUSION等曲風。高中三年，阿信、瑪莎和怪獸三人之中，石頭最親近怪獸，不過打混都跟著國中兼高中的同學小周。

如果要類型化，阿信、怪獸、瑪莎和石頭四人中，阿信和瑪莎的個性較接近，怪獸則和石頭相似。怪獸和石頭的理性邏輯能力強，怪獸高中和大學聯考，數學分數都是滿分，石頭的物理成績也不差，兩人都選擇吉他手位置，用吉他音符代替說不出的感覺，卸任副社長職務後都繼續擔任教學組長。瑪莎和阿信的口才在五人中較突出，個性較外放，容易與人打成一片，兩人先後都任吉他社社長，在學校的時候，瑪莎就常跟阿信混在一起。

◎ 高中感情、怪獸最苦

擔任班聯會主席期間，怪獸可說是風雲人物，曾有吉他社學妹寫仰慕信來示意。不過怪獸笑說沒有阿信多，阿信引來的狂蜂浪蝶從校內擴散到校外，曾有北一女的學生追到學校來，因此大家給他取了個「萬佛朝宗」的外號。

高中時代，怪獸就深為感情所苦。「那時候的我比較不瞭解女生微妙的心情，常發生很多苦悶的事，又不知道該怎麼做。畢業舞會女朋友去弄頭髮，遲到，我急著上台表演又等不到她，兩人就冷戰起來。現在想想還很難過，心都揪在一起」。

怪獸知道她傷心，但不懂應付女孩心。印象深刻的是有次女友陪他回家，兩人路上散步聊天，聊著聊著卻吵起來，外頭下大雨，在走廊下躲雨的女友掉頭就走，怪獸衝出去追她，一把抱著她，卻無法修補已有裂痕的感情。兩人分分合合，在一起五、六年，大學時仍然步上分手一途。別人眼中叱吒風雲的怪獸，從高中到大學，心中卻為愛情所苦。

◎瑪莎石頭高三聯考、阿信大一、怪獸大二（1996）

阿信聯考考上實踐，大一功課較重，少回附中探望學弟，同時興趣也轉移到北區大專搖滾聯盟所舉辦的「野台開唱」上。美其名搖滾聯盟，其實工作人員只有數人，其中包括阿信。瑪莎和怪獸不時幫忙跑腿，而「台灣樂團、野台開唱」一詞正是阿信所取，他也少不了擔任美術設計的工作，1996、1997年野台開唱的T恤和海報都是阿信設計的。

怪獸喜歡跟學弟混，可能是因為沒有弟弟的關係。直到大三，怪獸還不時回附中吉他社教學弟，五月天演唱會的技師團，大部分來自附中吉他社，學弟跟著學長四處征戰。石頭和瑪莎畢業那一年，怪獸領軍和阿信在畢業舞會上開唱，那時唱〈愛情釀的酒〉、〈星期六〉、〈我要你的愛〉，全部重新編曲過。

上了大學，怪獸加入台大椰風搖滾社，照例從教學組長爬上社長一職。此時他和阿信、瑪莎和錢佑達組了個團，取名「

SO BAND」，其實是台語「便所」倒過來念，開始實戰磨練技巧。

他們把流行歌重新編曲，征戰大小場地，橫跨各校舞會，許多僻遠的學校也見他們蹤跡。有次經由台大學姊的介紹，接了華梵大學的表演，以為路不遠，阿信、怪獸向附中學弟借了兩台摩托車，興沖沖扛著吉他奔去，沒想到足足騎了兩個小時才到。

拿出高中辦活動的經驗，怪獸以台大椰風搖滾社的名義辦了個「台大酒神祭」，跟校方借了塊荒草地，自己割草、搬器材，以有限的人力物力財力辦了連續兩天的活動。當時參加的樂團不乏今日知名樂團，如糯米糰、廢五金等，伍佰和魔岩唱片主管張培仁也到場觀賞。

「SO BAND」表演時唱了五月天膾炙人口的歌曲〈軋車〉，〈軋車〉是阿信和怪獸要去APA工作室練團時，利用騎車的十分鐘創作出來的歌曲，靈感來自同學買了小綿羊機車，成日掛嘴邊要去〈軋車〉找刺激。寫出這首歌後，同學的小綿羊反而被偷了。

表演完後，視伍佰為偶像的怪獸和阿信，興奮地前去攀談，得到他正面的鼓勵。伍佰讚賞他們的表現，要他們多寫些歌，累積自己成績，別一味唱改編歌，同時也邀請他們去看看自己在LIVE A GOGO的小型演唱會。

此舉影響他們頗深。看到「伍佰 & CHINA BLUE」的演出，怪獸和阿信才見識到一個樂團應有的緊密度和力量，比起來，別人在蓋房子，自己卻為玩泥巴而沾沾自喜，當下決定增加練團的頻率。

高三面臨聯考的瑪莎，苦悶的K書生活中看了《拒絕聯考的小子》一書，更覺得聯考沒道理。一個人住在房東利用樓梯間隔出來三坪大、只有書桌和床，僅容旋身的空間中，聽著廣播放著蔡藍欽的〈老師的話〉，柔柔地唱出瑪莎的心聲，一時間淚水盈眶，瑪莎趴在桌上嚎啕大哭，久久不能自己。一個人生活在大都市中的寂寞，讓瑪莎看不懂村上春樹的書卻又好像隱約體會了這種氛圍。

玩音樂，瑪莎的媽媽不干涉，爸爸卻不喜歡，尤其聽到他從理工組轉考文科，更把兒子的不聽話歸咎到音樂上。爸爸希望他念理工科，但高二分組時瑪莎偷偷轉去第一類組，直到發成績單才讓父親知道。爸爸大怒，父子倆整整一年沒說過話，連生活費都不給，幸而瑪莎的媽媽偷偷接濟他。直到瑪莎升上高三成績不錯，父子倆的關係才改善。

和小周混樂器行的石頭，與吉他社同學陳泳錩、何修仁及小周組了個名為「無名」的樂團，石頭是吉他手、小周鍵盤手兼主唱、陳泳錩擔任鼓手，何修仁則是貝斯手。他們參加大專青年音樂大賽，拿下北區第一名、全國第二名的成績，被友善的狗唱片公司網羅，錄了《地下音樂檔案》第二集。換句話說，石頭是五月天之中，第一個進錄音間灌唱片的人。

穿著高中制服的石頭，每天下課就去錄音室錄音。面臨著大學聯考壓力，石頭依舊老神在在，高三時興趣又添一項——游泳，他每天早起游泳，享受逃避升旗的好時光。

這一年的聯考，瑪莎考上輔大社會系，石頭考上淡大水資源環境工程系，都不是兩人理想中的科系。瑪莎原本立志唸大傳，無奈分數不夠，不過英文分數排名全國前一百名，說起此事臉上少不了光彩。石頭想進建築系，先他一步考進淡大歷史系的小周說水環好混，石頭進去念了才知道完全不是這麼一回事，該修的科目加倍的多，步上大三終被退學的命運。

◎ 1997野台開唱、五月天正式成軍

瑪莎和石頭畢業，怪獸和阿信回母校送他們。阿信用紅色廣告顏料在白布條上寫下「抗議石錦航同學順利畢業」的標語，利用畢業生繞操場一周的時刻，和怪獸兩人拉著布條站在操場中央，上頭紅字看似血跡斑斑，一時間，不管認不認識石頭，全校都知道有個人叫石錦航。

四個人都升上大學後，擺脫了聯考的陰影，天地變得無限遼闊。阿信、怪獸、瑪莎忙著「野台開唱」，不免心癢下場一試身手。對音樂的熱愛，在高中歲月裡，總是不敵現實生活中名為聯考這個龐然大物。度過聯考難關，怪獸召集石頭、阿信、瑪莎加上鼓手錢佑達，從「SO BAND」脫殼而出，有了五月天的雛形。

錄了第一張唱片的石頭，唱片公司原想投資他們推出第二張專輯，但靈魂人物小周迫不及待想從業餘跨界到職業，於是

「無名」宣告解散。

石頭轉入怪獸的團後，大家亟思換個名字，「SO BAND」聽來玩笑味居多，而且有點油裡油氣，像是混PUB的團，不太適合做為他們逐鹿「野台開唱」的名稱。

想了又想，最後瑪莎提供自己上網的代號「MAYDAY」，直譯成中文「五月天」作為團名。大家覺得聽來不錯，符合團員五個人的特質，一致通過，卻不知道「MAYDAY」的中文意思是「求救」。

「野台開唱」規定要唱創作的歌，五月天這時累積了一些作品，1996年以「SO BAND」名義開唱，有〈憨人〉一曲。1997年以「五月天」之名上台，加上了〈金色大街〉、〈八月愛人〉、〈I LOVE YOU無望〉、〈軋車〉、〈HOSEE〉、〈雨眠〉等歌，每唱到〈軋車〉，總讓歌迷在台下HIGH到不行。後來錄進專輯中的歌曲，早在那時就嚴格地接受觀眾的考驗了。

大學生活中，除了練團、四處演出，他們還喜歡去陽明山上的冷水坑洗露天溫泉，泡在溫泉中看星星，訴說最近生活中的大小事，多半不離音樂。某天下山途中，路經一家餐廳，貼出徵團駐演告示，進去一看，老闆一人坐在冷清的餐廳中托著腮，見到他們，迫不及待大吐苦水。

老闆是王大哥，擁有這棟樓的所有權，原本日子過得不錯，收收學生的房租，日子也算愜意。沒想到租屋學生的小請求累積起來，竟然變成一個大麻煩；原本只想解決學生的開伙問題，結果搞出一家生意欠佳的餐廳。

怪獸和阿信見狀，為了爭取演出機會，自告奮勇改裝餐廳、引進生意，進行搶救貧窮大作戰。阿信發揮美術天分，把牆壁漆上黃色，加上來來往往的管線，取名「黃色潛水艇」，是他們最愛樂團「披頭四」的歌名。餐廳內有幅披頭四的海報，由他們提供，如今這海報掛在大雞腿錄音室的牆上。

他們召集學弟每天上山放音樂、提供自己喜歡聽的錄音帶，因為老闆只有一卷張惠妹，天天播不膩。他們四處發傳單並固定駐唱，不久生意好轉，引來其他樂團進駐，五月天始功成身退。

◎ 98音樂餐坊悵流行

五月天成立初期，四處爭取演出機會，除了學校，里民大會、商家開幕，能接都接。他們去過新莊「德州炸雞」為開幕壯聲勢，酬勞是吃到飽的炸雞。同學父親公司同事聚會，也走馬上陣去表演。士林金雞廣場開幕，大安森林公園，西門町街頭，連靠近社子、位於重慶北路上的「阿寶音樂餐廳」，都曾見過他們足跡。在阿寶音樂餐廳演出期間，認識了同在那裡駐唱的脫拉庫。

接觸了三屆「野台開唱」，阿信發覺，來看的人面熟的很，三年來少有新血加入。阿信思索，樂團不僅要爭取演出機會，更要練習累積自己的能力，拓展歌迷群。

透過網路，他們找到位於士林陽明戲院樓下一家徵求駐唱團體的餐廳，叫做「98音樂餐坊」。駐唱期間，他們累積不少現場演唱應付客人的經驗，每週一次固定演出也成了練團的最佳約束，不過他們同時也面臨組團以來最大一次危機——差點分道揚鑣的一天。

在「98音樂餐坊」駐唱期間，團員面臨個人及樂團的種種問題，各有掙扎。餐廳老闆為人海派，出入份子複雜，怪獸每天上工前不免要和老闆喝上幾杯，感情不順借酒澆愁外，無法拒絕別人熱情的個性，也是原因。第一任鼓手錢佑達上大學後，團員覺得他參與熱度始終沒有提升，便找來第二任鼓手陳泳錩接替。陳泳錩一方面學校成績面臨不及格危機，一方面女友反對，對練團一事終究不能專心。

瑪莎不喜歡餐廳氣氛，位於地下室的房間陰陰暗暗，終年瀰漫香菸的煙霧及酒味，來的客人不見得是為聽音樂而來，大學的新鮮感總是誘惑著他。阿信面臨團員信心問題及課業壓力，也不知道該怎麼走下去。

某天深夜表演完，同學好心來載阿信回去趕作業。阿信在摩托車上問同學：「我們真的走得到那個地方嗎？」同學安慰他：「應該會吧！」徬徨在不可知的未來中的一顆心，奔馳在濃濃的黑夜裡。

五月天 at 98音樂餐坊 with 國璽

「98音樂餐坊」的生意時好時壞，有個下雨天，竟然一個客人也沒有，只有老闆一人在台下找他們喝酒。怪獸和石頭唱完了酒，和其他團員拿起樂器上台，成為老闆的專屬樂團，演唱〈酒後的心聲〉。

在各自狀況不佳的情況下，五月天幾乎面臨分崩離析的地步，當怪獸和阿信對樂團的出路傷神之際，卻找不到失蹤好幾天的瑪莎。一晚喝了酒，怪獸騎了車就殺到瑪莎家裡找他，這是怪獸從不會做的事。快攤牌解散的低壓氣氛，籠罩著五月天。

人生不會一帆風順，樂團也不可能沒有意見不合之時，五月天至今仍能維持不錯的感情，靠的是幽默感。朋友多年，熟知彼此個性，遇上快要冒火的那一刻，幽默感就跑出來擔任救火員的角色，說說笑話，轉移目標，適時澆熄大家的火氣，好幾次快要撕破臉，總能靠此化解危機。

差點撐不下去的五月天，幸而碰上了脫拉庫。

一路走來，五月天始終感激脫拉庫的良性刺激。從脫拉庫的身上，阿信體認寫歌旋律易記的重要性；學到了現場演出時，歌詞須能引得觀眾互動的重要性。兩團一起征戰墾丁「春天的吶喊」，五月天這一團開著怪獸家裡的車，在高速公路上塞了12個小時的車到墾丁找飯店，迫不及待投入藍天沙灘的懷抱中朝聖，那片沙灘，彷彿是音樂人的耶路撒冷，看別人表演、自己表演，不管認不認識，都用音樂交朋友。每年的「叫春」活動，帶著莫名的磁場，總會吸引怪獸和石頭飛奔而去。

經由脫拉庫主唱張國璽的介紹，五月天到角頭唱片的前身「恨流行」唱片，試錄〈軋車〉一曲，脫拉庫則錄成名作〈吃屎〉。隔天怪獸接獲張四十三的電話，決定將〈軋車〉一曲收錄在《ㄞ國歌曲》專輯中。

這通電話來得正是時候。團員因為這突如其來的鼓勵有了新目標，把他們凝聚起來。從沒想過可以出唱片的他們，有了這個機會，自是興奮不已，怪獸從接到電話的那一刻起，「很爽」的情緒持續好幾天。

張四十三很賞識五月天，繼《ㄞ國歌曲》的合作後，張四十三忙著「董事長」專輯的錄製工作，於是把手邊進行的同志專輯二《擁抱》交給五月天進行，他們兼任製作人、編曲和詞曲創作者的角色，完成這一張有主題的專輯。從籌畫歌曲的方向到進行錄音工程，對他們來說是個很好的磨練，在這個階段，五月天從一個表演樂團成長為錄音室樂團。

在這張專輯中，五月天共同創造出〈明白〉、〈擁抱〉、〈透露〉、〈有句話對你說〉、〈雌雄同體〉等歌曲，脫拉庫也為這張專輯寫了首〈玩〉。第一張唱片，做的雖不完全是自己的專輯，其實幫助很大，團員能從客觀的角度看樂曲的配置、錄音的效果，得到一次寶貴經驗。

在《擁抱》專輯後期，第二任鼓手陳泳錩表達求去之意，他認為有了《ㄞ國歌曲》中的〈軋車〉，對音樂算是有了交代，接下來要轉換跑道去打網球，團員四處打聽，找來圈內公認鼓技出色的ROBERT，繼續完成《擁抱》專輯。

《擁抱》推出後，恨流行接下了台北藝術節的活動，於是五月天和脫拉庫在街頭活動上頻頻相遇，作了七、八場的Unplugged的演出。五月天的歌迷開始成型，在這幾場活動中，已經有死忠歌迷跟隨，累積他們出片時的爆發力。

看到脫拉庫的演出，阿信下定決心揚棄文藝青年的外衣，脫拉庫最膾炙人口的歌曲是〈吃屎〉和〈瑪麗亞〉，歌詞毫不文謅，卻能引起現場歌迷共鳴互動。阿信寫〈金色大街〉、〈八月愛人〉的文藝青年口吻，從此消失。

熟用了錄音室器材，五月天錄了兩張DEMO CD，一白一黑，分別收錄國台語歌。當時開出來的曲目，國語歌的部分取名為〈愛情萬歲〉，有〈金色大街〉、〈八月愛人〉、〈明白〉、〈虛弱〉、〈透露〉、〈愛情萬歲〉及〈瘋狂世界〉等歌曲。台語歌則叫做〈黑白講〉，有〈HOSEE〉、〈軋車〉、〈風若吹〉、〈志明與春嬌〉、〈I LOVE YOU 無望〉、〈雨眠〉、〈黑白講〉、〈我不知影〉。這些歌曲誕生於是1997年三月到98年四月之間。常把庄腳囝仔掛嘴邊的怪獸，媽媽那邊的親戚都是南投魚池人，他跟阿信一樣，台語是母語，這樣的成長背景，影響他們日後加重台語創作的比例。

脫拉庫已經和新力唱片簽約，張四十三也建議五月天不必拘泥於恨流行，可以出去闖闖看。所以他們把這份DEMO拷成四份，送往滾石、魔岩、新力、福茂等四家唱片公司，靜待回音。為何選擇這四家？滾石、魔岩推出的唱片，是五月天從小聽到大的精神食糧，有分親切感，新力是因為脫拉庫的關係，至於福茂，是在叫春活動中拿到的名片。

《ㄎ國歌曲》時期的五月天，當時鼓手仍為陳泳錩

◎ 簽約滾石

人生際遇向來妙不可言，看來幾個不經意的小決定，卻常成為生命轉彎的巧合。他們親自送件，首先送到滾石、魔岩，卻不知道台灣滾石唱片的辦公室在忠孝東路六段。他們送到光復南路的魔岩唱片後，接著跑到對面的滾石製作部，交代門口的總機小姐：「這是我們的DEMO帶，就算不聽也不要丟到垃圾桶，聽完才可以丟，請幫我們轉交到製作部。」而離總機小姐最近的製作部，是李宗盛領軍的區域製作部。一年後，這位幫他們轉交DEMO帶的總機小姐，變成他們的電視宣傳。

另外兩片送往福茂、新力的DEMO帶沒有下文，新力唱片簽下脫拉庫的祝驪雯剛好出國。阿信接到的第一通電話，是魔岩唱片賈敏恕打來的電話。

這段期間，對五月天來說宛如雲霄飛車一樣的刺激，他們在軌道中上上下下，身旁的景物變化得太快，來不及反應就擦身而過。度過乏人問津的小下坡，馬上登上了搶簽約的高點，接著又墜入錄音期間的小顛簸，不斷往上攀升之中，一眨眼，他們來到暫停當兵的休息站。

他們和賈敏恕見了面，不過老賈開宗明義就說，找他們來不是為了簽約，他們的東西不錯，不過還要多磨練，希望他們多多創作，找到自己樂團的風格，擁有自己的歌迷。

另一邊的滾石區域製作部，DEMO帶送到了李宗盛的辦公室，執行製作人陳建良、製作助理劉慧君及企畫朱冠綸三個人發現後，視為有潛力的新人，經過接觸，決定前往VIBE現場實地觀察他們的演出。

1998年五月，陳建良、劉慧君及朱冠綸三人到VIBE看表演前，還忙著幫新人梁靜茹拍照做造型。隔幾天，五月天在文化大學有另一場表演，陳、劉、朱三人在辦公室心不在焉、磨磨蹭蹭，想早點蹺班上山看表演，被李宗盛發覺，只好全盤托出。李宗盛聽了五月天的DEMO帶，也非常欣賞。

四年前坐在台下，把李宗盛視為偶像的小毛頭，怎麼也沒想過，有天自己的作品會被偶像青睞。李宗盛雖然欣賞他們，卻有使不上力的感覺，因為他以製作人之職，要先確定有發行公司願意接受五月天的作品，才能進行製作的工作，但滾石和魔岩方面都採觀望的態度。李宗盛為之氣結。他和魔岩的張培仁因而產生小小摩擦，李宗盛一度打算，若是滾石和魔岩都不要，他願意先出面簽下五月天。期間五月天也透過朱冠綸和真言社的企畫葉雲甫聯絡，但沒有進一步的發展。

魔岩接觸了，滾石製作部也有人聯絡過，可是沒有人敢簽下他們。處於猶豫不決的狀態，相較脫拉庫簽約後穩定朝發片計畫前進，五月天有點徬徨。

暑假到了，鼓手ROBERT成立一個「搞玩聯盟」，找來脫拉庫和菸草，三團一起在@LIVE辦個小型演唱會，每個團表演三十分鐘。菸草的女主唱是ROBERT的女朋友，鼓手當然是ROBERT兼任，吉他手是石頭，貝斯手則是脫拉庫的阿吉。

他們沒料到，接著表演的是楊乃文小型演唱會，許多唱片公司的人都來參加。表演前，朱冠綸自掏腰包帶著五月天去打理造型，為這次出擊增加了印象分數。脫拉庫表演了〈瑪麗亞〉、〈玩〉、〈吃屎〉；五月天則唱了〈軋車〉、〈HOSEE〉、〈I LOVE YOU無望〉、〈瘋狂世界〉。

這場表演造成情勢大逆轉，五月天一時成為炙手可熱的樂團，新力、上華、魔岩，加上原來的滾石區域製作部，四家搶著跟他們接觸。當時為刺探軍情，朱冠綸還硬著頭皮跟著五月天去和上華的劉天健吃飯，最後五月天決定跟滾石簽約。主要是因為小時候聽滾石出版的專輯長大，心目中視為偶像的藝人，多數在滾石旗下；同時陳建良、劉慧君及朱冠綸陪著他們度過前一陣子難熬時光，並時而給他們多方建議。至於滾石系統的魔岩唱片，向來以磨歌手出名，已經大四的怪獸，不知道簽了約何時才發片。種種因素考量下，五月天和滾石老闆段鍾潭簽下一紙三年的合約。

簽約前，怪獸正隨著系上的棒球隊到花蓮集訓，接到阿信打來的電話：「快回來，要簽約了！」他連夜趕回台北，和團員一起討論。簽約時，團員穿著短褲拖鞋來報到，瑪莎看到偶像李宗盛一時間有天旋地轉的感覺，就這樣，他們蓋下生平最重要的一個章之後，段鍾潭說：「Welcome to the ROCK」，正是電影《絕地任務》中，史恩康納萊對尼可拉斯凱吉說的同一句話。

搞玩聯盟：五月天，脫拉庫，煙草

◎ 諺明的加入

離家北上唸高中的諺明，前半年是難熬的痛苦時光。第一次離家和表姊住在台北，吃飯、洗衣，自己照顧自己是小事，沒有朋友卻是倍感孤獨。一週最快樂的時光是星期六，可以直接從學校坐車回苗栗，星期天則是不捨的揮別父母回到台北，陷入一種痛苦指數的輪迴中。

高一下學期，和同學熟了起來，諺明開始著迷於群體活動中。和大夥一起去舞廳、談戀愛、聯誼，生活變得多采多姿起來，每天都很晚回家，充分享受台北的繁華。高一註冊後，諺明才發現不能主修爵士鼓，得從古典鋼琴學起，副修爵士鼓，選修國樂。

雖然小時候學過電子琴，但古典鋼琴的指法截然不同，只好硬背死記應付考試，彈得不好，老師的教鞭馬上揮舞而至，啪的一聲落在手背上，學的是戰戰兢兢。三種科目中，除了爵士鼓得心應手，其他兩樣都是難題，古典鋼琴得硬記音符來應付考試，現在諺明回想起古典鋼琴，大約只會彈個八小節，是當時死背留下的痕跡。國樂課的中國笛則讓諺明吹到頭昏眼花，他不懂訣竅，剛開始直吹到頭暈目眩還吹不出聲音。

高二揮別古典鋼琴，原本以為爵士鋼琴會好些，沒想到難度更高。諺明的高中生涯，除了功課之外，多半算是快樂，班上女生是男生的五倍，尤其讓附中畢業的怪獸羨慕不已。

高中畢業後原本可保送文化大學西樂系，但諺明已經立定志向，決定要朝玩團方向發展，毅然決然去當兵，抽中海軍陸戰隊。考運不錯的他，同時考上海軍藝工隊及海軍陸戰隊的藝工隊，他選擇了位在高雄國光藝校豫劇科的海陸藝工隊，當了樂隊鼓手。算起來，他在國光藝校待了五年之久。

當兵生涯對諺明來說不算難過，二年眨眼就過去了。他在藝工隊期間，前有張震嶽剛退伍，同期有小虎隊陳志朋，後來變成老鳥還挑了「紅孩兒」的王海輪進藝工隊。他巡迴演出之餘兼任部隊伙委，成天短褲拖鞋，騎著摩托車載著學弟外出買菜。

諺明的理財天分，那時就看得出來。以前的伙委做到虧錢猛挨長官罵，輪到諺明，居然還有好幾萬盈餘。他的訣竅不外乎東扣西補，像是跟老闆買秋刀魚三斤，結算後要老闆多送兩斤，手中邊拿塑膠袋裝更多的魚，口中忙著安慰老闆「明天再來跟你買」。

公帳管得不錯，諺明私下生財也有方。他利用閒暇在校區外的樂器行兼課，還沒退伍就存錢買了輛福特的車子。退伍前還利用退伍假，和朋友兩人各拿出十萬元，籌備在板橋北門街弄間樂器行開班授徒。

預算卡得緊，兩人加起來二十萬元的成本，要裝潢店面、買器材設備，只好自己多動手。買了木板興致沖沖自己隔間，完工的成就感維持不到五秒，就發現忘了做門。

創業維艱這話一點也不適用在諺明身上，他開張一個月就回本了。諺明偏著頭，也想不透為什麼生意好成這樣，他三個月內收了一百多個學生。

開班授徒對諺明來說，只是個騎驢找馬的工作，他真正的目標還是玩團。經由合夥人介紹，他加入一個叫「MASK」的團，轉戰台北多個PUB，半年後離開，主要是因為不喜歡PUB中混亂的氣氛。

他玩團，板橋生意照做，離開「MASK」後，經由國光藝校的同學陳錚介紹，他加入了「WHY NOT」。

陳錚、諺明、陳建良（五月天的製作人）、陳建良的姪子陳民轅、以及張瑞麟組成「WHY NOT」，沒多久被張小燕看上要簽約，差一點，諺明就成了小燕家族的一員。記得那天下午，張小燕約了他們到咖啡廳談簽約事宜，獨自赴約的張小燕認為他們有觀眾緣，結果由張小燕的先生彭國華開的風華唱片出面簽下「WHY NOT」，簽約不久就推出第一張唱片《無法度按奈》。封面中五個男生戴著帽子梳著瀏海，一派偶像模樣。

這張專輯銷售狀況還不錯，首批三萬多張很快賣完，但補貨不及，銷售量受阻，團員想另覓唱片公司。外號小馬的陳建良覺得青春無法蹉跎，已經三十歲的他再熬下去不是辦法，所以解散「WHY NOT」。諺明跳到「RELAX」這個團。

當時的五月天鼓手ROBERT現在已成為楊乃文MONSTER樂團成員

說起「RELAX」可是來頭不小，這個團的主唱就是如今擁有天后地位的張惠妹。由於在豐華出過唱片，當時豐華要簽張惠妹前，陳復明老師還找了小馬和諺明一起去PUB看她表演。

豐華簽下阿妹後，陳復明要諺明教張惠妹打鼓，培養節奏感，不過這課只上過一堂便沒有下文。張惠妹發片後，諺明還跟著她在海外巡迴演唱會擔任鼓手，少了阿妹的「RELAX」，則因尋找主唱不甚順利，最後解散了。離開「RELAX」的諺明也結束板橋的音樂班，改開樂風練團室，在這裡，五月天的成員正式集合。

◎ 成名後賺的錢

五月天和滾石簽下合約後，一邊擔任任賢齊校園演唱會的樂團，一邊展開錄音的工作。原本就怕坐飛機的怪獸，跟著任賢齊到台中表演時，飛機正好遇上亂流，嚇得他臉色大變，此後南北奔波，能不坐飛機就不坐。遇上國外錄音宣傳，肯定前一晚不睡，上了飛機再吞兩顆安眠藥，弄昏自己。

開始錄音前，李宗盛認為國內的環境不適合樂團錄音，要他們先到馬來西亞去試錄幾首。不料在馬來西亞時，鼓手ROBERT對錄音方式有意見，回國後與團員懇談退出五月天，如今ROBERT是楊乃文「MONSTER」樂團的鼓手。

鼓手臨時掛冠求去，為五月天的發片路添增一個變數。簽約時，滾石幫五月天租了一個練團室，經由陳建良的介紹，到了樂風練團室落腳。ROBERT離開，五月天製作人陳建良幫五月天和練團室老闆諺明簽上線，幾經思考，諺明加入五月天，成為第四任鼓手，完成五月天最終的組合。

諺明接替ROBERT未完的工作，跟著阿信他們錄音，跑任賢齊校園演唱會的場子，初期合作當然會有磨合期，第一張專輯內的鼓聲，幾乎是阿信、怪獸和諺明一小節一小節修出來的成績。不過到了第二張專輯，雙方已經有了默契，阿信、怪獸要什麼樣的鼓點，諺明馬上就通。

第一張專輯從錄音到推出後的宣傳，都是一次讓五月天嚴重水土不服的經驗。在練團室內錄音，因隔音不佳，常常招致鄰居抗議，警察半夜上門盤查。摸索錄音的訣竅，得從一次又一次的失敗中成長，時間永遠追著他們跑。推出專輯後，他們走遍全國各地電台，也上過張菲主持的「龍兄虎弟」參加〈音樂教室〉的演出，不過下了節目，宣傳人員一逕個搖頭，樂團似乎不太適合這種節目的調性。從此他們很少上綜藝節目，改往全台灣各地區人潮聚集的地方表演。

從西門町、九族文化村、高雄新崛江廣場街頭，回到了台北舉行五月天第一場大型演唱會，1999年八月廿八日，台北體育場的「168演唱會」，對五月天來說，是畢生難忘的經驗。

第一張專輯推出時，有些從《擁抱》時代就跟隨五月天的樂迷不時出現在他們的街頭活動中，西門町的簽唱會雖然聚集了不少人，但五月天認為那是任賢齊和周華健站台的功勞。「168演唱會」前，五月天完全不知道自己能號召多少歌迷來參加。一出場看到一大片黑壓壓的人頭，讓他們站上台後簡直失了魂。

阿信的媽媽對兒子成了明星這事，總是覺得有些奇怪，家裡那個小鬼頭唱歌又不好聽，要辦演唱會有沒有人會去捧場？媽媽問阿信：「體育場很大，會不會沒有人去？」阿信說：「那你帶多一點人來好了！」結果阿信的媽媽帶了一百多個人去捧場。瑪莎的媽媽在淡江大學附近賣滷味時，也不忘為自己兒子廣為宣傳。

第一張專輯推出後，五月天還能自由活動不受歌迷干擾，他們和宣傳租了一台九人巴士，南下台中、高雄做宣傳。晚上到六合夜市，瑪莎誇口可以吃下十盒冷凍芋，阿信和他打賭，回台北的路上，瑪莎拚命塞，贏了賭注卻拉了肚子。成名有成名的苦惱，沒紅自有沒紅的快樂。

「168演唱會」後，五月天隱約意識到自己吸引歌迷的魅力，練團室終日有歌迷守在門口，信件、小禮物不斷送來。諺明出去倒垃圾，被附近的歐巴桑認出來；而瑪莎是跟金城武一起出席某報社活動，才發現自己好像不一樣了，可以跟金城武這樣的偶像同台。

五月天成名，當然也引起周遭親友生活上的改變。怪獸有個舅舅，四十幾歲染個金髮，遇到怪獸到台中宣傳，常帶著美眉來找他簽名。怪獸的表弟，叫做黃牛，從小視怪獸為偶像，國小頂個大光頭上台北玩，最愛畫拿著吉他的怪獸。他一心想考師大附中進吉他社，跟隨表哥的腳步，還是阿信利用暑假幫他惡補術科，希望能考上師大附中美術班。黃牛最後

怪獸in成功嶺

從復興美工休學，組了個團叫「強辯」，如今在地下樂團中小有名氣。

儘管第三張專輯《人生海海》發行後，五月天每場簽名會總會湧進以千計的歌迷，要全部簽完名是件大工程，但阿信總是希望能夠一一簽完這些歌迷的CD，因為他國三的時候，曾經半夜12點跑去排隊要林強簽名，沒想到等了2個小時還是沒簽到，那種失望感，至今印象深刻。

累積了三張專輯的銷售量，許多人以為五月天成了大富翁，阿信笑笑：「我們的版稅要均分給五個人，拿到後投資到樂器、錄音設備，回家孝敬父母後，剩下來平均分擔到八個月中（兩年出三張專輯），也只等於零用錢。」

◎ 當兵前的心情

作為一個學生樂團，為了前途大計，除了已經當兵的諺明，怪獸、石頭、阿信、瑪莎都做了延畢的打算。不過石頭大三時被二一退學，因有心臟病不必當兵，其他三人則約好2001年年底，一起高唱從軍樂。

其實他們朝夕相處了兩年多，是該換個環境轉變心情，接受新刺激。瑪莎永遠是樂團中最樂觀的那一個，阿信記得，剛簽約時曾經有過疑惑：「五月天真的能夠闖出一番名堂嗎？」瑪莎的回答給了他信心：「當然可以，兩年我們就能達到目標。」

兩年過去，瑪莎說的話已成真。這回去當兵，很多人不看好他們，認為回來後不是解散就是不紅，瑪莎仍是一派樂天：「我們感情這麼好，為什麼回來不會在一起？」

隨著日子一天天過去，儘管忙碌的宣傳行程逼得他們有好多事要做：當兵前要拍完MTV、有三場演唱會要閉關練團、電台電視報紙的宣傳通告、雜誌訪談、海外的宣傳行程、去日本參加GLAY的演唱會、韓國釜山音樂祭的表演。但九月十日石頭要先離開團員，去英國利物浦PAUL MCARTNEY創立的音樂學校報到，是既定的事實，就像賽跑的起跑點，裁判槍一響，各自要往自己的跑道前進了。

面對暫時解散的心情，石頭說：「我很難過，因為我沒辦法送他們上火車。在這暫別的兩年中，我希望出國替他們看一點東西，而他們待在軍中好好思考，兩年後大家重新組合一次。」

諺明除了幫忙管理錄音間的生意，也準備短期進修，到美國洛杉磯待三個月到半年，上一些打鼓的課程，同時也去見見世面。向來不想太遠的阿信，這次心力全放在專輯上，當兵對他來說，反而是件遙遠的事。專輯做完，全身的精力好像也被抽光，正好到軍中好好休息。怪獸說：「要當兵其實很捨不得大家，好幾年都生活在一起，幾乎天天見面，當兵後見面的機會變少，總會有些難過。不過畢生所學功力都投注到《人生海海》專輯中，趁這段時間可以好好休息，接受新刺激。」最樂觀的瑪莎說：「兩年不長不短，正好是個休假，讓我們去做想做的事。合作久了，大家默契成型，反而激不出新火花，利用這段時間各自充實，兩年後再擦出新火花。」

於是在五月天的樂團經歷上，2001年九月開始，先暫時夾著一張書籤；兩年後，繼續打開這本書，往下再品嚐。

to be continued ▶▶

後記

想起了很多事情。

吉他社裡學長姐學弟妹的喧鬧聲、在墾丁的晚上突然注意到的滿天星星、錄音時電腦當機大家的慘叫聲、校園巡迴那個又黑又熱的禮堂、台中醉鴛鴦餐廳的牛小排、高雄六合夜市的烤雞腿、十萬青年站出來演唱會的螢光棒海、在後台大家撐著不哭的烞樣、以及無數個在車上睡覺的晚上、還有很多很多……

五月天在一起已經十年了，在這十年中我們一起吃了很多好吃的，也一起玩了很多好玩的；一起錄了很多歌，也一起表演了好幾個地方，然而，這不只是五月天的故事，這是屬於大家的故事。

在這本可以說是五月天十年紀念的書的最後，我們要說的是：

感謝 時報出版社、阿琪、呆呆、SARA、小乙、瑜萍、Quiff，感謝你們為了本書拼命！
李宗盛大哥、張培仁先生、賈敏恕先生、張四十三先生、蕭福德老師、
阿扁總統、蘇貞昌縣長、羅文嘉先生、
老爸＆老爸婆＆恰比、慧君校長、龍爺＆寄居蟹工作室、Mr. Drexel、
小羅哥哥、張老師、Jeff＆瑞揚的好兄弟們、
傑克、寶明、阿通伯、蔡老闆、長毛＆阿帕鼓工作室、
TAKURO & TERU & HISASI & JIRO (from GLAY)、
周老師、赤木、琪琪老師、士杰、黃牛、小智、彭克誠、啟銘、林詠傑、郭正謙、
附中吉他社、脫拉庫、四分衛、董事長、
樂風工作室（小白老師、阿任、小莉）、
滾石唱片、勇志、艾姐、佩伶姐、冠綸、梁Terry、DJ雲甫、守儒、
龐克游紹、皮董、筱薇、喬姐、小嫻、宜良、
還有所有在本書中出現、幫助過五月天、支持五月天的你。

因為有你們，讓原本看似崎嶇的道路，變成充滿驚奇刺激的旅程。

這是我們大家的故事

五月天愛你們！

love & peace

by 怪獸 2001 9 18

作者簡介（五月天）

主唱阿信

本名陳信宏　洋名Ashin
1975年生　台北北投人　O型射手座　實踐室內設計系
喜愛歌手：Beatles、羅大佑、伍佰、Mr.Children
喜愛樂手：China Blue

吉他手怪獸

本名溫尚翊　洋名Monster
1976年生　台灣新竹人　A型射手座　台大社會系
喜愛歌手：Beatles、Mr.Children、U2 、Oasis
喜愛樂手：松本孝宏

吉他手石頭

本名石航瑋　洋名Richard Stone
1975年生　台北人　B型射手座　淡江大學
喜愛歌手：Jim Morrison
喜愛樂手：Dave Gilmour

貝斯手瑪莎

本名蔡昇晏　洋名Mathew Tsai
1977年生　高雄人　O型金牛座　輔大社會系
喜愛歌手：U2、Sting、Beatles、羅紘武、李宗盛、羅大佑
喜愛樂手：Sting、Eric Clapton、Dave Grusin、
艾拉妮絲Live的鼓手＆Bass、Sting Live的鼓手

鼓手諺明

本名劉諺明　洋名Ming
1973年生　台灣苗栗人　O型獅子座　國光藝校
喜愛歌手：Mr.Children、Original Love
喜愛樂手：Phil Collins

執筆者簡介

Quiff　無可救藥的偏執狂　聒噪的自閉症患者
軟屌硬蕊小說家
全球樂團資訊網BandPlaza.com主編
明日書城www.BookFree.com寫手
作品跨越不同領域，著有電影文字、音樂文字、小說、雜文無數
（撰寫chapter1-20，除五月天團員作品外）

田瑜萍　中國時報影劇組記者　主跑唱片線
（撰寫五月天從哪裡來？單元）

Popular系列㊺

五月天的素人自拍〔典藏紀念版〕

攝影・撰文—五月天
協力執筆—Quiff、田瑜萍
主　編—饒仁琪
視覺統合—林小乙
封面視覺企劃—林小乙
封面設計—戴翊庭
視覺設計—前期／E・T、後期／SARA
執行企劃—王嘉琳

董事長—趙政岷
出版者—時報文化出版企業股份有限公司
108019台北市和平西路三段二四〇號七樓
發行專線—（〇二）二三〇六—六八四二
讀者服務專線—〇八〇〇—二三一—七〇五・（〇二）二三〇四—七一〇三
讀者服務傳眞—（〇二）二三〇四—六八五八
郵撥—一九三四四七二四時報文化出版公司
信箱—10899台北華江橋郵局第九十九信箱
時報悅讀網—http://www.readingtimes.com.tw
法律顧問—理律法律事務所　陳長文律師、李念祖律師
印　刷—華展彩色印刷有限公司
初版一刷—二〇〇一年十月一日
二版二刷—二〇二五年八月二十九日
定　價—新台幣四八〇元

時報文化出版公司成立於一九七五年，
並於一九九九年股票上櫃公開發行，於二〇〇八年脫離中時集團非屬旺中，
以「尊重智慧與創意的文化事業」爲信念。

五月天的素人自拍〔典藏紀念版〕／五月天作 .
– 二版 .– 臺北市：時報文化，2025.08
面；　公分 .–（popular 系列；45）

ISBN 978-626-419-752-6（平裝）

863.55　　114011177

ISBN 978-626-419-752-6
Printed in Taiwan